Bismarck von unten

Ein St. Pauli-Krimi

Eine scheinbar normale Woche im Rotlicht-Milieu auf dem Kiez in Hamburg-St. Pauli – wenn Kriminalkommissar Max Herbst und seine Praktikantin Nicole Dewitz vom Sittendezernat nicht immer wieder auf die verzweifelten Schicksale naiver Mädchen stoßen würden, die in die Fänge von brutalen Zuhältern geraten sind. Konnte sich eine von ihnen, Corinna Mielke, aus der Gewalt der sogenannten „Geräuschlosen Kaufleute" befreien? Wo tauchte der aus der Untersuchungshaft geflüchtete Bordellbesitzer Emil Berg unter? Was passierte im Bismarck-Denkmal? Schwierige Aufgaben für die beiden Polizisten im Rotlichtviertel, wo Geld das einzige Gebot ist, die Faust die Paragrafen ersetzt und der perverseste Sex nicht als Todsünde gilt.

Ähnlichkeiten mit vielleicht noch lebenden Personen sind nicht beabsichtigt, aber scheinen manchmal unvermeidbar...

Waldemar Paulsen, Jahrgang 1947, war Kriminalhauptkommissar bei der Hamburger Kripo. Er war in den Siebzigern und Achtzigern des vorigen Jahrhunderts Zivilfahnder auf der Davidwache. Seine Aufgabe bestand in der präventiven und repressiven Bekämpfung von Prostitution und Zuhälterei, als auch in der Einhaltung der ehernen Kiezregeln. Nach 41 Jahren und 150 Tagen Dienstzeit wurde Paulsen in den Ruhestand versetzt.

Die besten Krimis sind immer Reportagen. Das heißt: Der Autor war dabei. Man denke nur an den Klassiker Dashiell Hammett, einen Ex-Detektiv, Stig Larsson, einen militärischen Ausbilder, oder an das Prinzip der TV-„Tatorte“. Aber keiner war näher dran als Waldemar Paulsen, die St. Pauli-Legende, Kommissar in Europas einzigem staatlich lizensierten Unterweltsumpf. Und nun, in Pension in einem kleinen Fischerdorf an der Nordsee, hat er sich endlich entschlossen, den Giftschrank seiner Erinnerungen und Erfahrungen zu öffnen – und uns mitzunehmen in die Welt der Mörder und Zuhälter, Straßenhuren und Dominas, der Korrupten und Schamlosen, der Puffs und Striplokale. „Bismarck von unten“ ist Fiktion, sagt Paulsen, aber er hätte diesen Krimi nie schreiben können ohne den geheimen Aktenschrank in seinem Kopf, ohne das, was er – oft in Todesgefahr – erlebt hat als Zivilfahnder in Hamburg. Nichts ist erfunden, alles ist irgendwann passiert, und so wie ein Komponist aus Tonfolgen eine Sinfonie erschafft, so hat Paulsen aus seinen gesammelten Fakten einen authentischen Roman verfasst, den nur er schreiben konnte, denn er war dabei. Es ist ein unterhaltsamer, spannender, teilweise erschütternder Krimi geworden – in zwei Sprachen, weil die Fahnder so reden und die Ganoven anders. Aber wenn sie aufeinander treffen, benötigen sie keinen Dolmetscher, eine kugelsichere Weste wäre dann ganz nett …

Bismarck von unten

Ein St. Pauli-Krimi

Waldemar Paulsen

Keiner kann vor seiner Vergangenheit fliehen, aber

Einige können sie ziemlich gut verstecken

Kapitel 1

An einem Sonntag war es, 3.August, 1:45 Uhr:

„Berliner-Benno“ fuhr nicht übereilt, weil er nicht vor Mitternacht am Ziel sein wollte; die Verkehrslage auf den Autobahnen ärgerte ihn dennoch. Auch darüber redete er gelegentlich vor sich hin, wie um seine Absichten vor sich selbst zu begründen.

Endlich…, Mannheim, dachte er.

Per Telefon hatte er von seinen Rotlicht-Jungs erfahren, dass seine Mannheimer Partie, die Inge, am Vortag von „Mannheimer-Klaus“ aus dem Bordell von „Grübel-Otto“ entführt worden war. Wieder einmal hatte dieser Schläger seine Geschäfte gestört. Die beiden verband seit Jahren eine intime Antipathie. Benno schnaubte verächtlich:

„Der Sauhund Klaus, dieser alte Seibelfreier, -seibelt mehr als zehn Frisöre- soll sie nach woandershin verkauft haben“, unterhielt er sich während der Fahrt mit sich selbst. „Den Typen hol ich mir, sind eh alle mit einverstanden! So was darf der nicht machen. Der hat den Bogen überspannt! Sollte der wirklich glauben, dass er schneller als eine Patrone laufen kann? Wohl eher nicht. Der wird hüpfen wie ein Stepptänzer auf einer Showbühne, ha, ha. Otto meinte, der „Mannheimer-Klaus“ ist jede Nacht zwischen zwölf und zwei in der Diskothek „Barbados“. Na, mal sehen…“. Das Zeiteisen zeigte gerade zwei Uhr, als Benno mit seinem Jaguar auf den Parkplatz der Diskothek rollte. Den Schlitten parkte er in einer dunklen Ecke.

Dann griff er – noch im Sitzen – nach der Pistole, die er unter seinem Sitz deponiert hatte, schraubte den Schalldämpfer auf, prüfte das mit sieben Patronen gefüllte Stabmagazin der 45-er und lud die Pistole durch, sodass eine Kugel schussbereit im Patronenlager steckte. Mit der Waffe in der rechten Hosentasche, schlurfte er über den schwach beleuchteten Platz, kneisterte nach der Karre vom „Mannheimer-Klaus“ und vor seinem geistigen Au ge spulten sich die kommenden Ereignisse ab: Da, ja – Glück gehabt. Da steht ja die Karre. Der rote Mercedes 500 SL mit einem ätzenden Spoiler auf der Heckklappe. Scheißfarbe, der Schlitten. Die Autonummer stimmt, hat „Grübel-Otto“ richtig gereunt. Der Mannheimer scheint hier zu sein. Na gut, ich warte hier hinten, bis er kommt. Dann ist endlich Sense. Was erlaubt sich dieser Hartgeld-Lude eigentlich? Greift mir meinen besten Traber, die Inge, ab, die umsatzstärkste Stiefelfrau, die ich je hatte. Bohrt sie einfach an. Nee, nicht mit mir. Den Haubentaucher putz ich von der Platte! Der wird sich die Radieschen von unten ansehen. Meinen einträglichsten Geldautomaten so mir nichts dir nichts ohne Ansage und ohne Abstecke abfegen. Nein, nicht mit mir. Inge machte es ja Spaß, auf zwei Hengsten gleichzeitig zu reiten. Jeder Muskel ihres Körpers schrie nach mehr bei den lüsternen Freiern. Die Krumme war dann jeweils entsprechend.

Der Jaguar stand jetzt im Schatten einer mächtigen Brombeer-Hecke in der Nähe des roten 500-ers und er hatte den Hinterausgang der Diskothek, der direkt auf den Parkplatz führte, genau im Auge. Sein Herz hämmerte vor wachsender Erregung, und der Mund wurde spontan trocken vor selbstauferlegter Furcht. Er sog zweimal rasch nacheinander kräftig an dem Zigarillo, so tief, als wäre das Nikotin Sauerstoff pur.

Die feisten Wangen schoben sich hoch, und die Mundwinkel hoben sich zu einer Grimasse. Nervös war er, ja, hatte gerade am Abzug der Pistole herumgefummelt und sich fast in den Oberschenkel geschossen. Vorsichtshalber zog er die Hand aus der Hose; sie war schweißnass, ebenso das Polohemd unter den Achseln.

Auch die Schweißperlen auf der Stirn nahmen rapide zu. Er wischte sich mit breiten Händen über das Gesicht, wie immer, wenn ihn etwas sehr erregte und er noch nicht wusste, wie das Ende ausfallen würde. Aber er würde den Mannheimer, diesen Schmock, einfach in die Falle tappen lassen. Der Loser sollte keinen Abend mehr zu zweit verbringen...

Mann, hoffentlich kommt der Heiermann-Lude nun bald! Die anderen Gäste, die Spaken, rennen auch noch immer hier rum, soll' n die doch einen Satz machen, die Flockenbeutel! Hoffentlich ist das ist hier bald alles vorbei, dachte er und ein Blick auf seine Rolex mit Brillantkranz zeigte ihm, dass es 2:30 Uhr geworden war. Er liebte dieses Zeiteisen, es war sein bestes Schmuckstück. Jetzt war Showtime angesagt...

Gerade als der Parkplatz menschenleer zu sein schien, verließ der „Mannheimer-Klaus", ein kraftstrotzender Hüne, mit hochgezogenen Schultern, federndem Gang, wippendem Hals und nickendem Kopf die Disko und ging zu seinem Auto. All seine Bewegungen sahen aus wie die Offenbarung einer gewaltigen Körperkraft. Sie kannten sich seit Jahren persönlich, hatten ständig Protest, wenn er „Grübel-Otto" in Mannheim besuchte. Auch der Mannheimer lungerte immer wieder mal bei Otto herum – und war stets ausgemistet. Nein, er hatte keinen Igel in der Tasche, war einfach nur klamm und nicht in der Lage, sich über eine ordentliche Abstecke selbst einen Stall mit Trabern aufzubauen. Die Jungs erzählten, dass er schon seit Jahren geputzt sein soll, er filmte nur rum. Alles an seiner Show war reine Figine. Aber jetzt musste endlich Schluss damit sein. Für eine Aufmische war der Hamburger ihm allerdings nicht gewachsen. „Der Typ ist mir einfach zu kräftig. Hab keine Chance, ihm eine auf die Zwölf zu ticken. Bleibt eben nur die Wumme“, flüsterte er sich ins Ohr, während er hart schluckte, weil er die Trockenheit in seinem Rachen spürte. Benno läutete seine große Runde ein. Mit einem leicht spöttischen Lächeln auf seinen Lippen, dachte er:

„So, du Schmock, das Warten hat ein Ende, nun bist du fällig“, sinnierte der Hamburger, als „Mannheimer-Klaus“ sich zum Türschloss runter beugte.

Es war die Stille vor dem Tod … – und dann machte es plopp, plopp, plopp. Die Pistole verursachte drei stille Schüsse aus einer Entfernung von maximal drei Metern. Der Schalldämpfer auf der Rohrmündung hatte seinen Zweck erfüllt. Alle Geschosse trafen fast lautlos die Rückenpartie des „Mannheimer-Klaus“, der sofort in die Knie ging und wie ein Sandsack auf den Schotterboden fiel. Außer einem knappen Röcheln hatte er kein Sterbenswörtchen mehr von sich hören lassen. Rosa Bläschen sammelten sich auf seinen Lippen. Zwei Kugeln waren unterhalb des rechten Schulterblatts eingedrungen und hatten die Lunge durchschlagen.

Der Täter wartete einen Moment ungeduldig, bis sich der „Mannheimer-Klaus“ nicht mehr rührte, dessen stark hervorquellende Augen starr auf den Sternenhimmel gerichtet waren und die Spitzen seiner weißen Turnschuhe ebenfalls in dieselbe Richtung zeigten. Glück gehabt. Scheint keiner gesehen zu haben.

Nun aber schleunigst die Platte putzen, dachte der Schütze, während er sich in seinen Jaguar setzte, die Wagentür zuknallte und mit einem lauten, sonoren Sound von über hundert Dezibel rasant und eine Staubwolke hinter sich lassend, von dem fast vollbesetzten Parkplatz der Disko fuhr. Eine Welle verächtlichen Lachens fegte über ihn hinweg.

Es war schnell gegangen, als wäre es gar nicht passiert, blitzschnell. In der Ferne hörte er ganz schwach das Signalhorn mehrerer Polizeifahrzeuge.

Er konnte die Signale zwischen Polizei und Feuerwehr unterscheiden. Man hatte ihm einmal gesagt, dass bei den Polizeifahrzeugen zuerst die tiefen und dann die hellen Töne aufeinander folgen würden. Bei der Feuerwehr war es umgekehrt: Zuerst den hellen und dann den tiefen Ton.

Eine segensreiche Erkenntnis, die einem gelegentlich dienlich sein kann, dachte der Hamburger und schmunzelte.

Nachdem eine Zeit vergangen war, wie lange, dass konnte er aufgrund seines hektischen Zustandes nicht verifizieren, parkte er in einigen Kilometern Entfernung für einen Moment zwischen zwei Lagerhallen in der völligen Dunkelheit eines Industriegebiets, um tief Luft zu holen. Er schaltete die Scheinwerfer aus, schloss die Augen und sank vor Schwäche im Fahrersitz zusammen. Sein Adrenalin-Spiegel schien ihm das Hirn zu sprengen. Er hatte starkes Herzklopfen und massierte seine pochenden Schläfen. Die Situation hatte ihn extrem kurzatmig gemacht, aber nach etwa fünfzehn Minuten ließen die

Schmerzen nach und auch die Kurzatmigkeit war überstanden.

Auch dieser Hanseatische Vermieter von weiblichen Geschlechtsteilen war ein von Selbstliebe beherrschter Narziss, wie fast alle Zuhälter im Rotlichtmilieu. Sie waren selbstbezogene Menschen, deren Geltungsbedürfnis ihr ausgeprägtes Wesensmerkmal war. Ihr exzentrisches Verhalten diente dazu, das brüchige Selbstwertgefühl mit einem überhöhten Konzept von scheinbarer Überlegenheit und häufig gewalttätiger Verachtung gegenüber anderen Menschen zu kompensieren. Es war stets ihre eigene Unzulänglichkeit, und die unterbewusst tickende Unzufriedenheit darüber, die immer mehr in Enttäuschung über sich selbst mündete und sie deshalb kriminell werden ließ. Zudem stammten sie fast alle aus sozial auffälligen Milieus, wo nur das nackte Überleben zählte.

Fast alle waren denkfaule Analphabeten, die meinten, wer Muskelkraft hat, braucht keinen Verstand.

Den Müll in ihrem Kopf konnte man nur als innere Umweltverschmutzung werten.

Es war bei dem Hamburger durchaus nicht so, dass er jeden umbringen würde, den er nicht mochte. Dann wären die Straßen mit Leichen gepflastert gewesen. Eine flächendeckende Bleivergiftung sollte es auch nicht werden, aber Ausnahmen bestätigten die Regel. Wäre der Barackenelvis aus Mannheim, dieser Schmalzflockengangster, eine Wanze gewesen, hätte er ihn längst unauffällig totgetreten. Aber was sollte es, redete er sich ein. War es nicht so, dass man das, was da eben auf dem Parkplatz passiert war, als natürliche Auslese verstehen konnte? Es war doch nichts weiter als ein bloßer Showdown, für den er nicht verantwortlich gemacht werden konnte; und wo die Nächte lang sind, ist das Leben oft kurz. War es nicht so? Gefühle hatte er sich abgewöhnt. Gerechtigkeit verlangt nun mal gewisse Konsequenzen. Die Kunst des guten Lebens wollte er in vollen Zügen genießen; natürlich nur nach seinem Dogma. Die Konversation „Na, wie geht's, Alter?“ – „Ach Scheiße, so solala!“, gab es bei ihm nur noch in der Vergangenheit. Er sah die Welt eben neu und wollte sie auf diese Weise verstehen. Als alleiniger Herr seines Lebens. Es war schon eine Herausforderung der besonderen Art, auf die er sich einließ …„Ha, gut geklappt. Die Sau, der Verräter, sowas macht man nicht unter uns Jungs. Das ist Verrat!“

Es war bisher alles perfekt; einfach spitzenmäßig und reibungslos verlaufen, bildete sich der Hamburger ein. Auf keinen Fall durfte die Verbindung Mannheim-Hamburg hergestellt werden. Nun aber ab zu den Pfeffersäcken nach Hamburg, dachte er, als er den Motor startete und mit dem Lenkrad den Heimweg einschlug. Tief in Gedanken immer noch. Und tatsächlich, die zweite Ampel passierte er bei Rot, einfach so.

Es war keine Absicht, er war wohl woanders mit seinem Kopf. „Scheiß-Bullen“, schrie er, fuhr gemächlicher weiter und warnte sich: „Nur nicht auffallen und womöglich von einer Streife angehalten werden.“ Erschöpft parkte er gegen Morgen den Jaguar vor seiner Haustür, holte die Pistole unter dem Fahrersitz hervor, roch nach dem Abschrauben des Schalldämpfers an der von Pulverschmauch behafteten Rohrmündung und ging ins Haus. Die Dunkelheit war gewichen. Die ersten Sonnenstrahlen schoben sich am Himmel an den Wolken vorbei.

Nein, Achille*? ,

iss nich, krieg eh keinen Happen runter, sinnierte er mit einem leichten Würgereiz und tiefem Seufzer im Hals, als er nach einer Flasche Johnny Walker Black Label griff.

Mit einer Cola mixte er sich einen Drink und lümmelte sich auf die Couch. Rosa könnte auch etwas mehr Gas geben, dachte er. Die Krumme war schon mal erheblich besser. Selbst ein gefrorenes Huhn aus dem Supermarkt würde seine Schenkel weiter auseinander kriegen, als sie mittlerweile. Sie ruiniert mich, wenn ich keinen Fleiß erkennen kann, dachte Benno.

Stolzieren sollte sie, nicht marschieren wie ein Malocher im Hafen. Das törnt die Freier ab. Naja, sie kommt halt in die Jahre. Ne alte Frau ist eben kein Turnierpferd, sie fängt langsam an zu lahmen. Obwohl, auf alten Schiffen lernt man doch segeln. Sie hatte stets einen feuchten Keller. Wo war der Fleiß der vergangenen Jahre geblieben, wo denn, ging es Benno durch den Kopf.

Nachdem die Whiskyflasche bis auf einen Viertelrest leer war, warf er sich in vollen Klamotten auf das Bett und fiel sofort schnarchend in Tiefschlaf. „Der Geräuschlose Kaufmann“, wie er sich gerne nennen ließ, nahm die fordernden Hungerlaute von Alfred, wie er seinen Kater nannte, nicht mehr wahr…

*Essen

Kapitel 2

Sonntag, 3. August, zur selben Zeit auf St. Pauli:

Es war bereits halb acht am Abend, als die Prostituierten der Tagschicht des Bordells „Emil & Konsorten“ ihre letzten Freier bedient hatten und ihre Schicht beendeten. Die ersten Frauen der Nachtschicht waren bereits eingetroffen. „Braunschweiger-Willy“ übergab die Tagschicht an Bordellbesitzer Emil Berg, der als sogenannter „Wirtschafter“ die Nachtaufsicht übernahm. Berg prüfte die eher dürftigen Umsätze der Tagschicht und Willy klagte, dass so wenig Freier unterwegs waren. „Frisch sein“ war was anderes. Wer frisch war, hatte stets eine gute Kuppe, der Nettoverdienst würde dann schon beruhigend sein. Wenn sich nicht bald was änderte, würden sie in die Miesen gehen. Man müsste sich einen zusätzlichen Geschäftszweig suchen, waren sie sich einig.

„Es liegt wohl an der Ferienzeit. Die Familienväter sind mit ihren Torten verreist; jeden Sommer wieder das leidige Thema. Mal sehen, was die Nachtschicht bringt“, war von Emil Berg zu hören. „Vielleicht sollten wir zusätzlich mit Obszönitäten ordentlich unsere Portokassen füllen. Pornos in allen Sex-Variationen wären doch was, auch wenn wir sie momentan nur unter dem Ladentisch verkaufen können, sind ja immer noch verboten. Scheiß-Gesetz. Oder wir gründen ein Inkassobüro. Wir ziehen den Strom von den Zockern ein, die ihre Schuldscheine nicht einlösen; notfalls eben mit dem Baseballschläger. Von den Straßenpuffs am Hans-Albers-Platz könnten wir Pflastergeld für ihre Traber verlangen, die ab zwanzig Uhr auf den Bürgersteigen kobern.

Im Übrigen, Willy, heute Abend rief mich der „Münchener-Ferdi“ an. Er ist zurzeit in Hamburg und hielt sich nachmittags in Hagenbecks Tierpark auf, um nach neuen Bräuten zu suchen. Ihm lief der armselige kleine Schnüffler Herbst von der Sitte über den Weg. Der hat den Ferdi richtig angemacht, ihn sozusagen provoziert. Er meinte zu ihm, dass er ihn unter Wind hätte und er die Mädels in Ruhe lassen solle. Eine Frechheit, was der Herbst sich da rausnimmt. Ständig hören wir nur Drohgebärden von dem. Wir müssen uns langsam mal was einfallen lassen, der Typ wird lästig. Unser Leben wird weniger von Gesetzen der Soliden geregelt, als vielmehr von althergebrachten Sitten und Gebräuchen, eben den St. Pauli-Gesetzen. Es gilt doch immer noch das gute alte Kiez-Gesetz: Wir regeln alles unter uns. Dazu brauchen wir die von der Schmiere nicht.“ „Wie, was meinst du, Emil?“

„Naja, vielleicht sollte man mal versuchen, ihm ein paar Scheine zu stecken. Dann haben wir ihn in der Hand und er spurt.“ „Glaub ich nicht, ich hörte, dass er vermögende Eltern haben soll. Außerdem soll er von einem besonderen Ehrgeiz beseelt sein. Wird wohl deshalb nicht klappen“, erwiderte „Braunschweiger-Willy“.

„Hm…, sollte er das ablehnen, müssten wir mal prüfen, welche von unseren Bräuten geeignet wäre, mit ihm in die Kiste zu steigen. Währenddessen ein paar aussagekräftige Fotos zu schießen, wäre nicht von Nachteil. Funktioniert auch das nicht, könnte das Gerücht gestreut werden, die Betreffende ackere für ihn. Was hältst du davon, Willy?“

„Gute Idee, Emil . Das wär schon eher was. Dann wären wir ihn los, wenn die Bullen im Schmieren-Präsidium davon erfahren würden, die haben Meure vor Gerüchten."

„Wie Meure, Willy?"

„Na, sagt man hier so für Angst. Plan B wäre, dass man auch einen Autounfall haben könnte. Die Bremsen sind nicht immer von bester Qualität. Was für einen Schlitten fährt der Typ eigentlich, und wo parkt der?", fragte Willy.

„Ilonka, hau ab! Du hast Nachtschicht, runter auf den Hof, oder weshalb spielst du hier den Langohr-Hasen? Geht dich nichts an, was wir hier dibbern!", war der scharfe Befehl von Emil Berg.

Bergs Grobschlächtigkeit täuschte über seine Raffinesse hinweg. Er tyrannisierte die bei ihm tätigen Geldmaschinen auf übelste Weise und hatte im Übrigen Prokura von den anderen Luden, seine Methodik auch bei deren Bräute anzuwenden. Er kam dem personifizierten Bösen erschreckend nah, nannte sein Tun „Gewinnmaximierung" nach dem Abgabenprinzip. Emil Berg war nun mal der Strippenzieher unter den Alphatieren im Rotlichtmilieu St. Paulis und hätte nichts dagegen gehabt, wenn er endgültig als Silberrücken anerkannt werden würde; überfällig war er allemal, dachte er. Emil musste unisono für sämtliche Tätigkeiten da sein; eben als Kalkulator, Aufkäufer, Einkäufer, Vermittler und letztlich als Verkäufer. Er war der Dirigent dieses gewinnträchtigen Orchesters, war zumindest seine Meinung. Die hohe Kunst war es doch, den Schlüssel zwischen Erfolg und Misserfolg zu finden, sonst würde man den Arsch nicht hochbekommen, und er hatte den Animus dafür, meinte Berg aus tiefster Überzeugung. Sie waren keine Outcasts, also Ausgestoßene. Das wollten die Soliden ihnen zwar ständig einreden, aber nicht mit ihnen. Sie waren eine verschworene Gemeinschaft, die keiner, auch nicht die Schmiere, auseinander bringen konnte. Unter dem Strich würde gezählt werden.

Die Meute hatte ihre Betten gemacht und schlief gut darin. Nein, sie hatten eine weitaus geschicktere Lebensform für sich gefunden. Und er hatte genug Leidenschaft für neue Ideen, obwohl ihm mehr Verantwortung auch gelegentlich mehr Kopfschmerzen bereitete. Emil Berg lachte. Er rubbelte mit dem Zeigefinger der rechten Hand nachdenklich über die Unterlippe. Die Zeit würde es schon bringen.

„Ist ja gut, geh ja schon“, maulte Ilonka Harmsen, sichtlich verstimmt, das Gespräch nicht weiter verfolgen zu können, während sie lässig mit den Fingern in ihrem langen Haar spielte und gleichzeitig einen flüchtigen Blick auf Emil Berg warf.

„Weiß ich nicht“, sagte Emil auf Willys Frage nach dem Auto des Fahnders, „aber das können wir schnell rauskriegen! Er soll ein Mercedes-Cabrio gehabt haben. Ha, ha, das lebte nur 50 Meter, dann hatte er es an die Wand gesetzt. Totalschaden und keine Vollkasko. Ha, ha, echt geil…, dieser Stümper! Ich überlege nur gerade: Wenn das mit dem Unfall nicht klappen sollte, müssen wir als letzte Maßnahme jemanden suchen, der ihn liquidiert.“

„Emil, das können wir nicht machen. Wir können keinen Bullen umlegen lassen.“

„So?“, brummte Emil und versank für einen längeren Moment in Nachdenken. „Willy, bleib locker. Hast du moralische Bedenken? Hast du einen Eid abgelegt? Bist du ein Pfadfinder in einem Baumhaus? Moral, was soll das denn? Das ist doch nur was für die Soliden, aber nicht für uns, mein Freund.

Du weißt doch auch, dass man sich von etwas trennen muss, wenn man ein größeres Ziel vor Augen hat.“

„Nein, nein, Emil, es geht mir nicht um Moral. Das gibt für den Fall richtig Ärger – und wir haben über Monate oder Jahre mit Umsatz-Einbußen zu rechnen. Die Patte wird dann noch dünner. Es wäre eine Kriegserklärung an die Schmiere und die würde uns ständig auf den Füßen stehen und den ganzen Kiez umdrehen. Von einem gezielten Schlag wären wir weit entfernt, eher könnte man dann von einem Kollateralschaden sprechen- einfach aus dem Ruder gelaufen. Die fahren dann das ganz große Gedeck auf. Einen bezahlten Killer …? Einen Typen mit solchen Fähigkeiten? Na, ich weiß nicht“, grunzte Willy. Emil Berg hob eine Augenbraue und sagte schmunzelnd: „Willy, du bist ein Weichei. Wir wären zwar alle gern moralischer, aber du weißt doch, erst kommen das Fressen und dann die Moral. Ist ja auch nur für den Notfall gedacht. Ich wüsste da schon jemanden.“

„Wie …, wen denn?“, fragte „Braunschweiger-Willy“, der unsicher die Schultern hob und nach einer Erklärung suchte. „Das könnte richtig teuer werden. Das macht derjenige nicht zum Nulltarif. Da müsste man bestimmt dreißig Mille oder noch mehr löhnen, weil es ein Schmiermichel ist.“ „Berliner-Benno“. Ich glaube, der ist zu ganz anderen Taten fähig. Ein Typ mit ‘ner extrem kurzen Zündschnur, der Konflikte nicht mit dem Hirn, sondern mit den Fäusten oder der Kanone löst. Einfach aggressiv und brutal. Der hat Hände wie Grillpfannen, achte mal drauf. Er ist einer von den Typen, denen man nicht im Dunkeln begegnen möchte, wenn man Stress mit dem hat. Der ist die Bosheit in Person".

„Ach, den meinst du?", erwiderte Willy.

„Ja, der richtige Enforcer für uns, der keinem Streit aus dem Weg geht und für uns die Drecksarbeit erledigt. Jeder muss doch seine Ziele verfolgen und das ist eben meins. Momentan scheint er mir sehr flippig zu sein. Ständig schaltet er zu bestimmten Zeiten das Radio oder die Flimmerkiste ein und horcht nach den Nachrichten", sagte Berg. „Muss ja nichts heißen, oder an was denkst du?" „Muss nicht, aber hast du mal gesehen, mit welchen dicken Packungen Zeitungen der rumläuft? Hat er sonst doch nie getan. Irgendetwas scheint da nicht zu stimmen." „Das ist wohl wahr, er ist hypernervös", entgegnete Willy, „fiel mir auch schon auf. Das kann nicht allein der Stress mit seiner Rosa zu sein, die immer weniger anschafft.

Die kommt einfach nicht mehr in die Hufe; in einigen Nächten kommt sie nur noch mit Schmalz* nach Hause."

„Na, mal sehen, wie sich alles weiter entwickelt. Wir behalten den Herbst von der Luden-Schmiere mal im Auge. Der soll uns unsere Geschäfte nicht kaputt machen, da müssten schon andere kommen. Spitz die Ohren, wie wir mal an ein paar Ballermänner kommen können. Der Siegeszug über den Kiez kann beginnen."

* Trinkgeld

„Du weißt doch, dass der ‚Kieler-Pitt‘ ein guter Knacki ist, der könnte uns bestimmt ein paar günstige Eisen besorgen. Keine Sorge Emil, ich kümmere mich drum“, war Willys Kommentar.

„So…, ich hab Feierabend. Meine beiden Ladys dürfen nach Hause; ab in die Pove, die müssen morgen wieder fit sein. Ich mach jetzt auch den Abflug.“

„Wo willst du denn hin, Willy?“ „Ich kurve noch durch die Gegend, will einige Diskotheken abklappern und nach neuen Bräuten Ausschau halten. Vielleicht ist was für uns dabei. Du weißt doch, ordentlich poussieren ist die halbe Miete.“

„Ja, mach das, guter Nachwuchs ist immer bare Kasse. Du und ich, wir zwei werden es ihnen zeigen, nicht wahr?“, war der begeisterte Kommentar von Bordellwirt Emil Berg, der Willy fast genießerisch zugehört hatte.

„So ändern sich die Zeiten, Emil. Früher haben wir zusammen geschnitzt und heute sind wir die erfolgreichen, Geräuschlosen Kaufleute, ha, ha.“

Emil war der Überzeugung, dass keiner besser anwerben und durch seichtes Poussieren verpflichten konnte als Willy. Der Braunschweiger besaß ein gnadenloses Talent, seinen Salon voll zu kriegen. In Fachkreisen hatte er schon einen zweiten Spitznamen bekommen; sie nannten ihn „Schmusi“.

„Braunschweiger-Willy“ wollte natürlich in der Hauptsache für seine Rente sorgen; ein paar junge, naive Mädchen aufreißen und sie dann meistbietend auf den Markt bringen.

Die Abstecke richtete sich nach Alter, körperlichem Zustand, Vitalität und Leistungsbereitschaft der Geldmaschinen. Am liebsten würde er sie auf einer Messe, ähnlich dem Sklavenmarkt im 19. Jahrhundert in Amerika, zur Schau und zum Verkauf stellen. Nach einer einheitlichen Norm, wo jeder Interessent meistbietend zuschlagen könnte, um an ein Vermögen zu gelangen. Der Phantasie sollte man da keine Grenzen setzen; man könnte es als eine Art Freie Marktwirtschaft bezeichnen. Willy sah es als WinWin-Situation an. Das war seine Meinung zu dem Thema, während er dazu tonlos mit dem Bauch lachte. Sein Motto war eben, im Leben nie etwas zu tun, ohne einen Vorteil davon zu haben. Manchmal muss man die Menschen zu ihrem Glück zwingen, dachte Willy und grinste selbstverliebt in sich hinein. Er erwartete Lob, der nicht kam.

„Emil, geil ist ja, dass die Regierung seit diesem Jahr das Volljährigkeitsalter von einundzwanzig auf achtzehn runter gesetzt hat, da haben wir jetzt mehr Material zur Auswahl."

„Wohl wahr, Willy..." „Solche Bräute sind auch noch nicht so renitent wie die 21-Jährigen, die etwas mehr Lebenserfahrung haben. Die kleinen Dummchen biegen wir uns leichter hin. Ein Hoch auf die Bundesregierung– Also, bis Morgen, ich übernehme um zehn die Tagschicht.

Nächste Woche möchte ich auch mal wieder frei haben, dann kann „Berliner-Benno" unsere Bräute auf Trab bringen", verabschiedete sich Willy.

Nachdem er auf der untersten Stufe des Treppenhauses zum Hof hin angelangt war, kam ihm Ilonka Harmsen entgegen, untergehakt mit dem ersten Freier des Tages, der ihr Handgeld bescheren würde, und sagte seltsam betont: „Tschüss, Willy!“

Es waren die ständigen Demütigungen und Quälereien, die Ilonka Harmsen abgestumpft hatten. Ihr Frustpegel hatte fast die oberste Sprosse der Gemütsleiter erreicht und trotzdem musste sie die Freier mit einem ständig lächelnden Gesicht für sich gewinnen. Wie ungerecht, dachte sie, sie war doch stets fleißig. Zweifellos wusste niemand besser als sie, dass sie ein Spiel spielte, das sehr wenig mit ihrer tatsächlichen Realität des Lebens zu tun hatte oder doch? Pokern war angesagt, vielleicht würde sie irgendwann einmal auf der Siegerseite stehen, nur einmal.

Ilonka hatte die Härte des Alltags frühzeitig kennen gelernt. Weder eine mütterliche Geborgenheit noch der Schutz ihrer Geschwister hatte sie jemals, ohne zu klagen, erfahren können. Der trunksüchtige Vater hatte sich frühzeitig aus dem Staub gemacht. Resignation hatte sich bei ihr ausgebreitet; Heiterkeit und Freude waren für sie nicht vorstellbar. Ilonka spürte fortan keine Kraft mehr zu opponieren, sondern sie spielte die Rolle einer gehorsamen Befehlsempfängerin.

Kapitel 3

Wochenanfang. Montag, 4. August, 7:45Uhr:

Um diese Zeit befand sich Max Herbst mit seinem schwarzen, klapprigen VW-Käfer Cabrio auf dem Weg zur Dienststelle in St. Pauli. Der Wert der Tankfüllung überstieg fast den Zeitwert dieses Vehikels. Der Motor machte es wohl auch nicht mehr lange. Mal kam schwarzer, mal weißer Qualm aus beiden Auspuffrohren. Die Mühle fraß ja bald mehr Öl als Benzin. Regen mochte die Karre auch nicht. Überall prasselte er durch die Dachhaut.

„Oh, Mann“, seufzte Max, während er seinen Gedanken nachhing.

Nun kurvte er mit der alten Gurke durch die Gegend und sein schönes Mercedes-Cabrio befand sich auf dem Schrottplatz. Wie konnte er nur so leichtsinnig, so blöd sein!

Nachdem er das Auto in Empfang genommen hatte, war er hastig vom Gelände des Autohauses nach links verkehrswidrig in den mit vier Insassen besetzten Ford gedonnert und hatte ihn voll auf die Hörner genommen. Sechzig Meter war er mit dem Schmuckstück gefahren, sechzig! Er konnte es nicht fassen und jetzt juckelte er mit dieser überdachten Zündkerze herum. Der Blödmann von der Versicherung hatte irrtümlich die Deckungskarte einer fremden Versicherung ausgestellt und nicht die passende verwendet, für die er den Vertrag abgeschlossen hatte.

So war das tolle Cabrio nur haftpflichtversichert und er hatte keinen Vollkaskoschutz, wie es vereinbart war.

Max wollte prüfen, ob eine Klage gegen den Versicherungsagenten Erfolg haben könnte. Vierzigtausend hatte er so einfach in den Sand gesetzt. Es dauerte wohl noch etwa fünf Jahre, bis er den Kredit getilgt haben würde.

Max Herbst sinnierte: Was hatte am Sonntag im Tierpark Hagenbeck der Lude „Münchener-Ferdi" zu ihm gesagt, als sie sich im Cafe begegneten? „Moin Herr Herbst. Auch mal bei den Natur-Affen die Zeit vertreiben?"

„Und Sie, Herr Becker? Mal wieder auf der Suche nach Nachschub?"

„Naja…, mal schaun. Hier ist ja immer hübsches Material zu finden!"

„Passen Sie man auf, dass es Ihnen anschließend nicht wieder abhandenkommt!"

„Keine Sorge, Herr Herbst! Sie wissen doch, wenn da mal ein Huhn die Biege macht, obwohl es noch Blockschulden hat, dann ist es schnell wieder da.

Die werden von sonst wo zurückgeholt. In deutschen Puffs kann niemand arbeiten, der Schulden hat."

„Ist das so?"

„Ja, lieber Herr Herbst, das geht in Ihr solides Beamtenhirn sowieso nicht rein. Wir haben so etwas wie Anstand. Außerdem gibt es klare Gesetze auf dem Kiez. Das müssten Sie mittlerweile mitbekommen haben. Wo wir sind, ist vorne, ha, ha, ha…! Es wird euch nichts nützen, ha, ha, ha!" Diese miese Aussage hatte der Ferdi ihm doch tatsächlich an den Kopf geworfen. Arbeitsscheue, kriminelle Subjekte. Sie waren wie achtarmige Kraken in der Jauchegrube.

„Nun, mal sehen, wessen Gesetz den längeren Arm hat, Herr Becker!“, hatte Max dem Loddel als letzten Kommentar mit scheinbarer Überzeugung auf den Weg gegeben.

Es war auch Max` Meinung, dass es zeitweilig so aussah, als sei das Gefüge des Hamburger Stadtteils St. Pauli ins Wanken geraten und das Verbrechertum auf dem besten Wege, die Macht an sich zu reißen. Der Silberrücken unter den Luden, Mörder, Räuber, Einbrecher, Erpresser und pädophiles Geschmeiss diktierten die Geschehnisse auf dem Kiez. Das Ergebnis lag auf der Hand. Man hatte es versäumt, personenorientiert zu arbeiten; die Fallbearbeitung lediglich nach der Deliktsform verteilt und nicht nach den besonders auffälligen Tätern. So gingen wertvolle Erkenntnisse über diese Täterklientel verloren. Die täglichen Ereignisse waren erschreckend und nicht mehr zu stoppen, falls der Senat sich nicht entschließen würde, finanzielle Mittel für eine kriminalpolizeiliche Speerspitze in Form einer schlagkräftigen Truppe gegen das organisierte Verbrechen zur Verfügung zu stellen…

Ja, das war die Begegnung der besonderen Art am gestrigen Sonntag. Nicht mal bei Hagenbeck konnte man unbeobachtet ausspannen. Im Radio hörte Max den Song von Frank Sinatra: „That‘ s Life!“ Vor der Polizeistation an der Davidstraße fuhr er in die Tiefgarage. Der Himmel bewölkte sich immer mehr, ein dickes Wolkenband schob sich vor die frühe Sonne und die Luftfeuchtigkeit nahm spürbar zu. Kriminalkommissar Max Herbst betrat fast pünktlich das Dienstgebäude. Mit freudigem Elan begrüßte er die im Wachraum befindlichen letzten Kollegen der Nachtschicht mit ihren grauen Gesichtern, ohne ihnen dabei die Hand zu reichen.

Er lehnte Händeschütteln aus hygienischen Gründen ab. Von dem Wachhabenden Fiete Meier erfuhr er, dass der festgenommene Zuhälter und Bordellpächter Emil Berg aus dem Palais d' Amour in den Kellerräumen in Zelle vier saß. „Was hat unser Spezi denn verbrochen, Fiete?“

„Der Vorwurf gegen den um 4:30 Uhr festgenommenen 36-jährigen Luden lautet auf gefährliche Körperverletzung und dirigistische Zuhälterei zum Nachteil einer in dessen Bordell tätigen achtzehnjährigen Prostituierten, die sich momentan unter Bewachung zum eigenen Schutz im Hafenkrankenhaus in stationärer Behandlung befindet.“ Fiete redete gern amtlich.

„Gut, mal schauen, gib schon her“, antwortete Herbst, während er dachte, dass das wieder mal ein Batzen Arbeit werden könnte. Mit den Unterlagen ging er über das Treppenhaus in die zweite Etage, wo sich sein Büro befand.

Wie jeden Morgen öffnete er vom großen, zweiflügeligen Fenster eine Seite wegen des schon wieder beißenden Bohnerwachs-Geruches, der ihm stets den Atem stocken ließ. Die Putzfrau hatte keine Veränderungen auf dem Schreibtisch vorgenommen, wie es mit Herbst vereinbart war.

„Was ist das bloß für ein perverser Mief?“, dachte er. Der intensive, würzige Geruch seines Aftershaves reichte gerade noch aus, um die Übelkeit bekämpfen zu können. Dann ging er zum Aquarium, das sich in der Ecke neben seinem Schreibtisch befand und nahm die Dose mit dem Fischfutter, um seinen Tierchen eine Freude zu machen.

Nachdem sich pünktlich die Zeitschaltuhr des Oberlichts im Aquarium eingeschaltet hatte, folgte ein

Kontrollblick. Das Paar „Küssende Gurami“ war wohlauf. Das weibliche Tier stand kurz vor dem Laichen.

Max blickte kritisch in den Wandspiegel. Trotz seiner 42 Jahre sah er ganz schön kaputt aus.

Was hatte ihm seine Ex-Freundin Anita gesagt, als sie sich nach einem Jahr Zusammenlebens von ihm trennte?

„Max, ich möchte so mit dir nicht mehr zusammenleben. Du hast die typische Bullenkrankheit. Du arbeitest zu hart und zu viel, und dazu kommen noch die unberechenbaren Zeiten. Ich habe keine Lust mehr, fast täglich auf dich warten zu müssen. Kennst du es, wenn jemand ganz allmählich verschwindet, obwohl er eigentlich noch da ist? Ich habe es erkannt. Anscheinend haben wir uns nicht mehr viel zu sagen, du scheinst ja eh nur deinen Dienst im Kopf zu haben, du Workaholic. Wie soll es werden, wenn wir eine Familie gründen? Nicht mit mir. Tschüss… du hast ab heute Hausverbot in meinem Kopf“, hatte sie mit tief enttäuschter Stimme gesagt.

Es war das letzte Mal, dass sie miteinander gesprochen hatten. Sie hatten sich auf Sylt kennengelernt. Anita war Studienrätin in Hamburg und nach kurzer Zeit der Bekanntschaft zu ihm gezogen. Sie lebten dann fast ein Jahr zusammen, ehe sich gefühlsmäßige Routine ins Miteinander schlich. Die Trennung war hart für ihn, er litt Monate wie ein Hund. War Liebe ein Klebstoff, der nur kurzweilig hielt? Immer nur die üblichen Floskeln wie „Ich liebe dich.“ Es waren alles nur Phrasen, sollten sie es doch einfach tun! Sich lieben ... Naja, aber das Leben war zu kurz, um es allein zu verbringen. Schluss mit den alten Erinnerungen, dachte Max.

Danach hatte er seine große Liebe Ina geheiratet, die ihm einen tollen Sohn, den kleinen Jonas, schenken wollte und bei einem unverschuldeten Verkehrsunfall samt dem ungeborenen Sohn getötet wurde. Lange Zeit hatte er getrauert und wollte sich nie wieder hinter das Lenkrad eines Autos setzen.

Es kam jedoch anders, als er Billy Berger kennen gelernt hatte.

Ein Top-Weib, er fühlte tiefe Zuneigung zu ihr, aber Liebe war etwas Anderes. Liebe und Leidenschaft – was war das denn schon?

Alles nur Geseier, nichts wirklich Greifbares seit dem Tod seiner Ina. Wehmut ergriff ihn. Wieder einmal. Er war noch nicht in der Lage gewesen, sich emotional von Ina zu trennen. Es schien alles nur ein großes Missverständnis zu sein. So wollte er weiter nach der idealen Partnerin suchen. Max wollte nie auf sich wetten. Es war wie es war, er war wie er war. Vielleicht war er auch etwas seltsam? Er wollte erneut seine Erwartungen prüfen. Verlieben war doch das reinste Glück, wenn es nur nicht so verdammt schwierig sein würde.

Seit dem Tod von Ina kam er nicht mehr aus den Miesen auf seinem Emotionskonto raus. Es ging bei ihm wie bei einer Temperaturkurve auf und ab; immer und immer wieder. Gab es einen oder den Ort, der Glücksgefühle in einem auslösen könnte? Vollkommenes Glück sollte doch kein Moment sein, sondern ein dauerhafter Zustand. Brauchten Frauen mehr Anerkennung und wenn ja, welche? Er war sich nicht sicher. In so einer Phase hatte er bei einem Spaziergang in einem Autohaus das tolle schwarze Mercedes-Cabrio gesehen, in das er sich sofort verliebte.

Nachdem seine Bank ihm die Hälfte des Kaufpreises als Kredit gewährte, kaufte er das schöne Gefährt, gab sich einen Ruck, fuhr wieder selbst – und da, einen Augenblick, einen klitzekleinen Moment, und es machte Bums. Tja, und nun hatte sich sein tolles Mercedes-Cabrio in ein altersschwaches Käfer-Cabrio verwandelt, das Mühe hatte, aus eigener Kraft die steile Ausfahrt aus der Tiefgarage zu bewältigen. Max setzte sich auf seinen Bürostuhl, lehnte seinen Oberkörper mit einem tiefen Seufzer zurück und schloss die Augen.

Da nahm er laute, schnelle Schritte wahr, die aus dem Flur kamen. Er sah auf seinen Schreibtisch. Die Tageszeitungen lagen bereits neben dem Telefon. Ines Schnoor, die gute Seele des Geschäftszimmers, sorgte an den fünf Werktagen dafür, dass auch er seine Zeitungen morgens parat hatte. Plötzlich wurde die Bürotür aufgestoßen.

Im Türrahmen stand seine hochgewachsene Praktikantin, die Kriminalobermeisterin und Kriminalkommissar-Anwärterin Nicole Dewitz. Sie trug einen sandfarbenen Hosenanzug, der ihr erstklassig passte. Wie üblich kam sie wieder mal zu spät und überspielte diese Nachlässigkeit mit einem überschäumenden, lauten und freundlichen: „Hei, Max, geht es dir gut?“

Im selben Augenblick erreichte ein Schwall ihres Parfums seine Nase. Sie hatte unwissend sein Lieblings-Parfum „Coco“ von Chanel benutzt, das seine Sinne beflügelte. Seiner Meinung nach war diese intensive Parfumwolke im Dienst unpassend und zu aufdringlich, er würde deshalb noch einmal mit ihr sprechen, einfach der Konzentration wegen – oder weshalb sonst…?

Nicole war eine hübsche Frau von neunundzwanzig Jahren, hoch gewachsen mit großen grünen Augen, die weit auseinander standen; ihre mittelblonden Haare waren zu einer flotten Kurzhaar-Frisur gestylt.

Die schlanke Gestalt wies wohlgeformte Rundungen auf; obendrein war sie auch noch blitzgescheit und von hervorragender Beobachtungsgabe. Außerdem sprach sie fließend drei Fremdsprachen. Trotz allem ermahnte er sie schweigend, in Zukunft pünktlich zu sein, indem er demonstrativ auf seine Armbanduhr schaute. Sie ignorierte seinen Blick und hängte ihren Blouson in den Garderobenschrank. Dann verließ sie das Büro, kam mit einem Stapel Akten zurück und legte den Packen auf ihren Schreibtisch, der sich gegenüber dem von Max Herbst befand. Der gab ihr die Strafanzeige zum festgenommenen Bordellbesitzer Emil Berg.

Es war eine Welt voller abscheulicher Verbrechen und roher Gewalt; es sind die Abgründe der menschlichen Seele, die so etwas möglich machen, wie erneut in diesem Fall, dachte Max.

St. Pauli hatte sich mittlerweile immer mehr zu einem Tummelplatz des organisierten Verbrechens entwickelt, der alle Deliktbereiche betraf. Ein exzellentes Haifischbecken. Das Problem war, das zu allen Zeiten die Kriminellen über eine Infrastruktur verfügten, die alle technischen Mittel der Polizei übertraf. Die Polizei hinkte stets machtlos hinterher. Eine nicht mehr zu kontrollierende Hydra schien über St. Pauli zu regieren. Verdammt nochmal, dachte Max, weshalb setzt man keine Verdeckten Ermittler ein und schaltet mehr Telefonüberwachungen. Man könnte dann zumindest die Spitze des Eisberges bei diesem Kriminalitätsphänomen abschneiden und so den Kartellen die Machtstellung nehmen oder zumindest erschweren.

„So, Nicole, welche Maßnahmen sollten wir zuerst treffen?“ Sein Telefon meldete sich.

„Hier Herbst, wer da?“ „Udo Polski, Wachhabender der Frühschicht. Max, wie lange braucht ihr da oben? Eine Peterwagen-Besatzung ist immer noch im Hafenkrankenhaus und bewacht die verletzte Prostituierte. Wir brauchen den Wagen für die anfallenden Einsätze.

Du weißt doch, dass wir bei Regen viele Verkehrsunfälle zu fahren haben und dann dieses Sauwetter, es scheppert an allen Ecken und Enden!“

„Ja, ja, es dauert noch einen Moment, wir beeilen uns“, war brummig von Max Herbst zu hören, bevor er den Hörer auf die Gabel legte. Eben war doch noch strahlender Sonnenschein, dachte er, während er einen Blick aus dem Fenster warf. Tatsächlich, es schüttete. Max hatte plötzlich Kopfschmerzen. Er war am Abend zuvor auf einer Junggesellen-Abschiedsparty seines Freundes Dennis gewesen. Die Party war heftig, er hatte reichlich Whisky-Cola getrunken und nun fühlte er die Nachwehen. Nicole sah es ihm an, nahm ein Aspirin aus ihrer Handtasche und reichte es ihm mit einer kleinen Flasche Selters, die sie immer als Reserve in ihrem Schreibtisch liegen hatte. Eigentlich bedauerlich, dachte Max.

So eine hübsche Frau, gebildet und ausgestattet mit Manieren und allen weiblichen Reizen, die der Mann mag, und dennoch hatte sie ständig Pech mit ihren Liebschaften. Sie sollen alle wie Adonis aussehen, waren dann aber meist echte Flunkies und zu nichts zu gebrauchen.

Arbeitsscheues Gesindel, texten nur rum und holen ihr die letzte Kohle vom Konto. Max hatte den Eindruck, dass Nicole ständig klamm war, zumindest hatte sie nie Barschaft dabei.

Wahrscheinlich hatten die Kerle sie bereits ausgenommen. Zuhälter würden sagen: „Sie ist geputzt!“

Naja, wenn es mal passen sollte, suche ich ihr einen Galan aus meinem Bekanntenkreis aus. Vielleicht klappt es dann ja besser mit ihrem Etat. Zu wünschen wäre es ihr...

„Nicole, weshalb wolltest du eigentlich Polizistin werden?“

Die Praktikantin versuchte ein Lächeln: „Hm, keine Ahnung, die Bösen bestrafen? Die Menschen fühlen sich durch jegliches Fehlen von Ordnung beunruhigt.

Es würde im Chaos enden. Man hat es doch in Montreal gesehen, als die Polizei 24 Stunden streikte. Was war das Ergebnis? Plünderungen, Vergewaltigungen, Raubüberfälle und Einbrüche. Nein, so etwas brauchen wir nicht und deshalb fühle ich mich berufen, meinen Teil auf diese Weise beizutragen. Polizist zu sein, ist weder ein Job noch ein Beruf, sondern eine Berufung. Intuitiv fühle ich mich der Tätigkeit hingezogen“, erwiderte Nicole mit überzeugter Stimme, aber einer Mimik, die mit ihrer Aussage konträr ging …

„Aha! Aber merke dir, wer viel redet, erfährt nichts. Hör erst mal geduldig zu, werte die Aussagen und geh erst dann zum Gegenangriff über!“

„Danke, ich werde versuchen, deinen Rat zu beherzigen, Max.“, entgegnete sie, ohne von der Papierlage auf ihrem Schreibtisch hochzusehen.

Kapitel 4

Am selben Tag, fünf Uhr am Morgen, Hamburg-Steilshoop.

Nach einem intensiven Klingeln griff Willy mit geschlossenen Augen tastend zum Telefonhörer und grunzte ein schwaches „Was ist?“

„Hier ist Ilonka von der Nachtschicht. Willy, hör zu! Die Schmiere hat eben Emil verhaftet, er hatte Probleme mit seiner widerspenstigen Corinna. Kannst du dich mal kümmern?

Corinna haben die Sanitäter ins Krankenhaus mitgenommen. Emil ist vermutlich auf der Polizeistation.

Er wird wohl einen Anwalt brauchen. Hol ihn da raus, er ist schließlich der Chef hier!“

„Hm, ich kümmere mich“, waren die einzigen Worte, die von „Braunschweiger-Willy“ zu hören waren, bevor er auflegte. Willys Gedanken kreisten. Er konnte nicht mehr schlafen und wälzte sich nach einer halben Stunde aus dem Bett, nachdem er sich mit feucht-verschwitztem Handrücken über die Augen gewischt hatte. Punkt neun Uhr griff er zum Telefon.

„Hier Kanzlei Hagemann, Beate Schröder, was kann ich für Sie tun?“

„Moin, hier Willy Böhmert, ist Anwalt Hagemann schon da?“ „Worum geht es?“ „Laber mich nicht voll, Schnecke. Es ist dringend, verbinde mich einfach!“, schrie Willy in die Telefonmuschel.

„Jaja … warten Sie, bitte“,hörte Willy den eingeschüchterten Ton von der Rechtsanwaltsgehilfin Beate Schröder.

„Rechtsanwalt Hagemann, guten Morgen.“

„Brauschweiger- Willy“, Moin. Können Sie meinen Freund Emil Berg vertreten? Die Schmiere hat ihn letzte Nacht eingesperrt. Er soll angeblich eine seiner Frauen geschlagen haben.“

„Kommen Sie bis zehn Uhr in meine Kanzlei und zahlen Sie bei Frau Schröder einen Vorschuss von Dreitausend in bar ein, dann kümmere ich mich um die Sache. Wer bearbeitet den Fall bei der Sitte?“ „Weiß ich nicht, müssen Sie fragen. Ich komme gleich und löhne die drei Mille.“

Für einen Moment herrschte lastende Stille, bis es aus Willy herausbrach: „Enttäuschen Sie uns nicht“, warnte Willy, bevor er den Hörer auf die Gabel knallte. Ewig der neue Ärger. Willy verstand es nicht. Was ging nur in diesen Bräuten vor? Sie konnten doch letztlich dankbar sein, bei ihnen dienen zu dürfen. Es war doch nicht mit den strengen Regeln der Soliden zu vergleichen, wenn sie sich dort als Verkäuferin in einem Kaufhaus den ganzen Tag für Peanuts die Beine in den Leib standen und darüber hinaus stets überpünktlich sein mussten. Sie alle kannten doch das Gesetz: Solange sie Geld verdienten, mussten sie sich beleidigen lassen. War nun mal so. Es war doch die reinste Zwangsarbeit. Sie waren einfach nicht frei. Nein, bei ihnen hatten sie eigentlich keine Chefs, war die Doktrin der Luden. Naja, ein bisschen aufpassen und die Dienste sinnvoll einteilen, dass mussten die Jungs schon. Man konnte es mit den Tally-Männern im Hafen vergleichen.

Ohne deren Arbeitseinteilung lief doch auch nichts. Ganz ohne Regeln klappte ja nirgendwo was.

Scheiße, Emil hatte erst mal wieder drei Mille in den Sand gesetzt, nur weil die Lampenbraut Corinna nicht spurte. Unter Dankbarkeit verstand Willy etwas Anderes und er war froh, dass er diesen störrischen Traber gegen eine stattliche Abstecke an Emil losgeworden war. Emil war ein Glatter*, er hatte ihm die Patte bar in die Pranke gelegt. Aber die drei Mille für den Advokaten Hagemann waren wohl nötig, dachte Willy: Am Anwalt sparen nur die Narren…

*einer, der okay ist

Kapitel 5

Derselbe Tag, vormittags, um 09:30 Uhr, Büro Herbst:

Nicole wollte gerade beginnen, die notwendigen Maßnahmen mit Max zu besprechen, als das Telefon erneut klingelte. „Herbst, Kripo Sankt Pauli, guten Morgen."

„Guten Morgen. Hier ist Rechtsanwalt Hagemann. Ich vertrete Herrn Emil Berg, den Pächter der Bordelleinheit im Palais d' Amour, den Sie heute Nacht festgenommen haben. Ich möchte ein paar Auskünfte von Ihnen haben über die Sache von letzter Nacht, und wissen, wo er sich jetzt befindet."

„Herr Hagemann, ich kenne Sie nicht. Er ist hier im Haus, kommen Sie um zwölf Uhr zur Dienststelle, legitimieren Sie sich und legen Sie eine Vollmacht vor, dann können wir uns weiter unterhalten. Wiederhören, Herr Hagemann!", sagte Max und beendete das Telefonat, ohne auf eine Reaktion des mutmaßlichen Advokaten zu warten.

„Wollen wir zuerst das Opfer im Hafenkrankenhaus vernehmen?", war von Nicole zu hören.

„Prüfe bitte erst die Kriminalakte von Berg. Ich möchte wissen, wann er das letzte Mal erkennungsdienstlich behandelt wurde. Eventuell haben wir keine Lichtbilder von ihm. Ebenso erinnere ich mich nicht, ob der Erkennungsdienst verwertbare Fingerabdrücke hat, oder ob Berg sich zwischenzeitlich Tätowierungen zugelegt hat, die in jedem Fall für eine mögliche Identifizierung später mal von Bedeutung sein könnten. Und erzähle mir von dem Bericht, den der Kriminaldauerdienst gefertigt hat!"

„Ja, dann hör zu…! Zwei Kollegen waren zu dem Tatort, dem Zimmer zwölf des Großbordells Palais d' Amour, ausgerückt, nachdem eine Streifenwagenbesatzung Berg festgenommen und die Mielke durch einen Rettungswagen in das Hafenkrankenhaus geschafft hatte. Der Anruf war über 110 anonym gekommen. Eine Frauenstimme hatte gesagt, dass in dem Bordell eine schwerverletzte Frau läge. Deshalb fuhren sofort zwei Peterwagen hin. Vor Ort wollte man von der Sachc nichts wissen. Die Kollegen haben trotzdem alle Zimmer durchsucht und Corinna Mielke entdeckt. Mit einem eiligst herbeigerufenen Rettungswagen wurde sie dann ins Hafenkrankenhaus transportiert. Berg hatte sich in Widersprüche verwickelt, deshalb wurde er wegen Verdachts der Körperverletzung zum Nachteil der Mielke sofort festgenommen. Die Kriminalbeamten hatten vom Tatort aus noch einen Zeichner und einen Fotografen der KTU* zum Tatort geordert, damit Beweismittel sichergestellt werden konnten. Es wurde eine Reitpeitsche mitgenommen. An der Bettkante sollen Blutanhaftungen gewesen sein. Anschließend versiegelten die Kollegen die Zimmertür. Der Bericht und die Fotos folgen."

„Gut. Erkundige dich im Laufe des Tages noch einmal bei der Einsatzzentrale, ob die den Telefonanschluss der anonymen Anruferin geerdet haben. Die Frau könnte eine wichtige Zeugin sein!" „Okay, mach ich", sagte Nicole, während sie eilig das Büro verließ. Mittlerweile war es neun Uhr geworden und Max telefonierte mit der Haftabteilung des Amtsgerichts Hamburg.

„Hallo, Frau Meyer, wer ist denn heute von den Haftrichtern für die Haftsachen zuständig?"

* Kriminaltechnische Untersuchungsstelle

„Das ist Dr. Büsen, Herr Herbst."

„Danke, Frau Meyer, Wiederhören."

Nachdenklich ging Max mit seinem Aktenkoffer nach unten in den Wachraum, während Nicole vorauseilte und einen Zivil-Pkw bereit stellte.

„Herr Herbst, die Pressestelle hat soeben angerufen. Sie möchten sich melden. Die wollen wissen, was mit Berg passiert. Die Journalisten belagern schon deren Dienststelle", hörte er Polizeimeister Luber rufen.

„Danke!" Max dachte nach: Die können mich mal! Ich werde mir zumindest erst den Sachverhalt des Opfers anhören und dann entscheiden, ob wir Berg der Haftabteilung des Amtsgerichtes zuführen. Ohne dringenden Tatverdacht und ohne Haftgründe läuft hier erst mal gar nichts.

Herbst stieg in den Zivil-Pkw, in dem Nicole schon ungeduldig hinter dem Lenkrad wartete. Die ist dermaßen fahrgeil, und wenn dann noch Musik, also Blaulicht und Martinshorn, dazu kommen, habe ich den Eindruck, dass sie mehr Gefühle entwickelt als bei einem mittelschweren Orgasmus, ging es Max durch den Kopf. Aber, vielleicht täusche ich mich ja.

„Max, Berg wurde hier in Hamburg noch nicht erkennungsdienstlich behandelt. Vielleicht, weil er erst vor zwei Jahren aus Augsburg nach Sankt Pauli kam."

„Okay, dann wird es ja höchste Zeit, dass wir ein paar Fingerabdrücke und aktuelle Lichtbilder von ihm archivieren. Auf unveränderliche Merkmale achten die dann beim Erkennungsdienst sowieso." Max und Nicole fuhren in das Hafenkrankenhaus zur Vernehmung von Corinna

Mielke, eine vor einem Monat achtzehn Jahre alt gewordene Prostituierte aus Oberhausen.

„Zweiter Stock, Zimmer achtzehn, da wo Ihre beiden Kollegen vor der Tür sitzen“, war die Auskunft eines freundlichen Krankenpflegers mit buschigem Zopf. Auf zwei Stühlen vor Zimmer achtzehn saßen die Uniformierten, die hochschreckten, als sie Nicoles forsche Schritte hörten.

„Kollegen, bleibt, bitte, noch so lange hier vor Ort, bis wir die Vernehmung beendet haben“, bat Max die Beamten. Einer brummelte mit müdem Gesicht ein leises: „Jo, dann macht man hinne!“ Nach dezentem Klopfen gingen Herbst und Dewitz in das Krankenzimmer. Es war ein Zweibettzimmer, ein Bett war unbenutzt, in dem anderen lag eine junge, weibliche Person mit einem Tropf in der linken Armbeuge. Neben dem Bett befand sich ein EKG-Gerät, das die Herzströme aufzeichnete. Die junge Frau hatte ihre Augen geschlossen und sah nach argen Schmerzen aus. Das Gesicht war stark geschwollen, das linke Auge mit einem Hämatom verunstaltet, sodass es ihr nicht möglich war, dieses Augenlid zu öffnen. Die Unterlippe war aufgeplatzt und stark verkrustet. Die Frau atmete schwer, ihr schien alles zu viel zu sein. Sie erwachte aber, als sie die Polizisten an ihrem Bett spürte, und öffnete das rechte Auge.

„Herbst, Kriminalpolizei Sankt Pauli, das ist Frau Dewitz, meine Kollegin. Sind Sie Corinna Mielke?“

„Ja“, hauchte die Patientin, die ein Lächeln versuchte, das auf Max aber eher gekünstelt wirkte. „Frau Mielke, wer hat Sie so zugerichtet?“, fragte Nicole die Prostituierte. Nach kurzem Schweigen, aus dem Herbst schon seine Schlüsse zog, antwortete die geschundene Person mit nun gefrorenem Lächeln auf den Lippen und abgewandtem Blick:

„Es war nichts weiter, es ist alles okay.“ Schwach und leise war sie zu hören. „Ich bin im Puff von der Treppe gestürzt.“

Max Herbst sah ihr an, dass nichts okay war. Die bemitleidenswerte Person hatte panische Angst und zitterte am ganzen Körper.

„Lassen Sie mich doch einfach nur in Ruhe, gehen Sie!“, war schwach von der Prostituierten zu hören.

„Nee, nee, so einfach geht das nicht, Frau Mielke!“, sprach Max sie in leisem Ton an. „Das mit der Treppe glaube ich Ihnen nicht, das können Sie Ihrem Pastor erzählen; bringt uns jedenfalls nicht weiter“, war der leise, bestimmende Ton, mit dem Max die Dirne überzeugen wollte, wahrheitsgemäß zu antworten. Corinna Mielke sann ein wenig darüber nach, bis sie nach kurzem Zögern antwortete: „Na gut..., ich hoffe, Ihnen Vertrauen schenken zu können.“ Max nickte zustimmend und schaltete sein Diktiergerät auf Empfang.

„Im März habe ich in Oberhausen in der Discothek CORNER den „Braunschweiger-Willy“ kennen gelernt. Ich hatte mit meiner engsten Freundin, der Liane, deren achtzehnten Geburtstag gefeiert und ausgelassen getanzt, als der Braunschweiger-Willy, blendend aussehend mit seinem wallenden Blondhaar, seiner topfitten Figur und seiner Rolex-Armbanduhr und dicker Panzer-Halskette , zu uns beiden an die Bar kam und Kontakt suchte. Ich erzählte ihm, dass ich in drei Monaten ebenfalls volljährig sein würde. Er bestellte teuren Schampus. Liane und ich waren ziemlich angeschickert von dem Alkohol.

Willy holte ein dickes Bündel Geldscheine, das er mit einer Metallklammer zusammenhielt, aus seiner Hemdtasche.

Er zahlte die Zeche und gab der Bardame noch einen Zwanziger als Tipp. Dann fuhren wir mit seinem Porsche in die andere Discothek.

Ich kann nicht mehr…, bin total erschöpft“, stöhnte Corinna Mielke.

„Wollen wir eine Pause machen, Frau Mielke?“, fragte Nicole Dewitz.

„Hm, ich weiß nicht…? Nein, machen Sie weiter, desto eher habe ich meine Ruhe.“

„Na gut, dann weiter im Text, also ... – wie sind Sie an diesen Willy geraten?“.

„Alle waren einfach überwältigt, was dieser Willy für ein Ansehen hat, und wie er überall akzeptiert und anerkannt wird, und dann das viele Geld, über das er verfügt und das tolle Auto! Willy hat mir gesagt, dass er selbständiger Versicherungskaufmann sei.“

„Was passierte dann?“

„Er ist eben ein Typ, der Visionen hat. Ich hörte ihm gerne zu. Gleich am ersten Abend habe ich mich in ihn verliebt. Er war sehr charmant und aufmerksam und so etwas von sanftmütig, sowas kannte ich bislang noch nicht. Anfangs suggerierte ich mir, wie ich seinen Vorstellungen nach zu sein hätte, um ihm zu gefallen. Ich liebte ihn doch. Wie ich später feststellen konnte, war er mal butterweich und ein anderes Mal bitterböse, leider! Mein flüchtiger Freund, der Robert mit seinem Pickelgesicht, noch ein richtiger Junge mit seinen siebzehn Jahren, konnte Willy natürlich nicht das Wasser reichen. Dazwischen lagen Welten. Robert fuhr einen roten Vespa-Roller, da können Sie mal sehen…, er ist eben noch ein richtiger Seifen-Teddy."

„Und dann?", fragte Max Herbst mit einem leichten Grinsen im Gesicht, da er bereits ahnte, was nun kommen würde. „Ich hatte Willy auf seine Aufforderung hin meine Telefonnummer gegeben. Es war der Apparat bei mir Zuhause, wo ich mit meinen Eltern lebte. Geschwister habe ich nicht. Mein Vater ist ein hohes Tier in der Finanzbehörde. Ich glaube, so etwas wie Leitender Regierungsdirektor. Meine Mutter arbeitet als Studienrätin an einem Gymnasium. In der Folgezeit traf ich mich häufiger mit Willy ...".

Nicole Dewitz unterbrach Corinna: „Haben Sie eigentlich eine abgeschlossene Schulausbildung, und was schwebt Ihnen beruflich vor?"

„Ich habe Abitur, konnte eine Klasse überspringen dank der Förderung meiner Eltern, die jedoch auch einen hohen Erwartungsdruck auf mich ausgeübt haben. Ständig nervten sie mich: Du musst fürs Leben lernen, umso unabhängiger bist du von den Männern! Hab einfach keinen Bock gehabt auf diese ständigen Sprüche, es hörte sich an, wie von einer Langspielplatte gedudelt. Nein, so kann man mich nicht erreichen! Ich fühlte mich unverstanden, nicht ernst genommen und häufig überflüssig in dieser Familie. Es fand nie ein vernünftiger Konsens statt. Immer empfand ich die Gespräche mit meinen Eltern als belehrend und fordernd. Ich kann mich nicht erinnern, dass sie mal Verständnis für eine meiner Situationen zeigten."

„Ja, aber es ist doch Ihr Zuhause gewesen“, war leise von Nicole zu hören. „Zuhause? Was ist schon Zuhause?

Es soll doch die Keimzelle des Lebens sein, ein Elternhaus, etwas aus der man eine unendliche Kraft schöpfen kann, sofern sie intakt ist. Bloß …, bei mir war sie es nie!“

„Wirklich nie?“

„Absolut nie. Es kotzt mich an, die perfekte Fassade einer harmonischen Familie, die für meine Eltern von Bedeutung ist, aufrechtzuerhalten. Wo war sie denn, wo? Ist doch alles nur dummes Gerede. … An meinem achtzehnten Geburtstag holte Willy mich abends zu Hause ab und wollte einen tollen Überraschungsausflug ins Blaue mit mir machen.“

Herbst stöhnte, er konnte nicht mehr stehen, der Rücken schmerzte, er hatte einen leichten Bandscheiben-Vorfall. Vielleicht kommen die Beschwerden auch von dem Scheiß-Fahrersitz in meiner Schrottmühle, dachte er, ging zu dem freien Bett und setzte sich auf die Kante. „Lass uns eine kleine Pause machen und, Nicole, frag doch bitte beim Pflegepersonal, ob die für uns einen Kaffee übrig haben.“ Scheiße, ich habe Kopfschmerzen, immer dieser eine Whisky zu viel...

„Ja, mach ich!“, erwiderte Nicole. Nach drei Minuten war sie zurück mit zwei Tassen und einer Kanne Kaffee auf einem Tablett. Kekse gab es ebenfalls. Sie bedienten sich und wollten die Vernehmung fortsetzen, als plötzlich ein Weißkittel in das Zimmer kam.“ Dr. Zander “war auf seinem Namensschild zu lesen.

„Frau Mielke, ist die Vernehmung für Sie zu anstrengend, sollte sie lieber unterbrochen werden, wie fühlen

Sie sich?", mischte Dr. Zander sich grußlos ein. Corinna Mielke schüttelte verneinend den Kopf.

„Aber machen Sie nicht zu lange, Herr Herbst, es ist nicht zum Wohl der Patientin."

„Herr Dr. Zander, sind Sie noch länger im Haus? Wir hätten Sie anschließend gerne gesprochen."

„Ja, ich bin heute bis achtzehn Uhr hier erreichbar, melden Sie sich einfach im Schwesternzimmer." So schnell wie er kam, war der diensthabende Arzt wieder verschwunden.

„So, Frau Mielke, wie ging es weiter. Willy holte Sie ab…?"

„Ja, er war pünktlich um vier da. Er fuhr wieder diesen hübschen Porsche. Willy war damals wirklich ein Gentleman. Mensch, war ich verknallt in ihn. Ich hatte kaum im Auto Platz genommen, als Willy mich sehr warmherzig umarmte, mich küsste und dann fragte, ob ich was gegen einen Trip nach Hamburg hätte. Er würde dort einen Freund besuchen wollen. Ich hatte nichts dagegen, war bestens gelaunt und aufgrund meiner Volljährigkeit ja keinem mehr Rechenschaft schuldig und zu jeder Schandtat bereit. Wir fuhren direkt zum „Atlantic"-Hotel an der Außenalster, wo er ein Zimmer bestellt hatte. Ich war sowas von erfreut und erregt, und das an meinem Geburtstag, dass ich Willy auf der Stelle hätte heiraten und viele Kinder mit ihm haben wollen. Willy war so aufmerksam, liebevoll und fürsorglich."

„Ja, Frau Mielke. Glückliche Liebe und dumpfer Schmerz gehören offenbar zusammen!"

„Wie meinen Sie das, Herr Herbst?"

„Ist schon gut, war nur für mich bestimmt, erzählen Sie weiter!“

„Braunschweiger-Willy“ hatte es tatsächlich geschafft, das Herz dieses naiven jungen Mädchens zu öffnen.

Er legte ihr gekonnt eine fremde Scheinwelt zu Füßen, aber nichts im Leben sollte ewig dauern …

„Es war wie in einem Ausnahmezustand. Der Zimmerservice hatte leckeres Abendessen und eine Flasche Pommery in einem Champagner-Kübel gebracht … –

Können Sie mir ein Glas Wasser geben? Ich habe Durst.“ Nicole schenkte aus einer Flasche, die sich im Unterfach des Nachtschrankes befand, ein Glas voll und reichte es ihr. Corinna Mielke trank es hastig leer.

„Wie lange haben Sie insgesamt angeschafft?“

„Es waren so etwa sechs Wochen bis gestern!“

„Nicole, geh doch bitte mal ins Schwesternzimmer und telefoniere mit der Dienststelle. Wir haben vor Abfahrt vergessen, einen Personen-Datenabgleich von Frau Mielke vorzunehmen.“

„Okay, geh schon!“

„Soll ich weiter erzählen?“

„Nein, Frau Mielke, einen Augenblick, ich muss die Batterie für das Diktiergerät wechseln, sie ist zu schwach geworden... So, Sie können fortfahren!“

„Nach dem wundervollen Essen bestellte Willy ein Taxi. Er meinte, dass er schon zu viel Champagner getrunken hätte und sein Führerschein ihm heilig sei. Willy sagte zu dem Fahrer: „Einmal Reeperbahn bis zur Davidstraße, vor dem „Wienerwald“ kannst du halten!“

Bis zu diesem Zeitpunkt hatte er sich stets korrekt verhalten, war ein richtiger Gentleman.“

„Und?“

„Ja, Reeperbahn … Vor dem „Wienerwald“ stiegen wir aus. Willy hatte dem Fahrer noch ein Pfund Trinkgeld gegeben.“

„Was ist ein Pfund?“, fragte Nicole, die nach ihrem Telefonat ins Krankenzimmer zurückgekehrt war.

„Na, zwanzig, ist halt die Kiezsprache. Hätte er ihm eine Miese oder einen Gutmann geben sollen als Tipp? Wohl eher nicht.“

„Und was sind eine Miese und ein Gutmann?“, fragte Nicole.

„Na, eine oder ein Zehner, Gutmann ist ein Zehner. Danach ging Willy mit mir in einen tollen Schuhladen, der auf der Reeperbahn direkt neben dem „Wienerwald“ liegt. Dort hat er mir ein Paar erstklassige Pumps in Schwarz mit silbernen Pailletten für zweihundertundachtzig gekauft. Danach wollte er seinen alten Freund Emil Berg besuchen. Bis zu Berg waren es höchstens fünf Minuten. Wir gingen auf die andere Seite der Reeperbahn und Sie wissen ja, von dort den schmalen Gang auf die „Ritze“ zu. Diese Kneipe sieht auffällig aus, ich hatte so etwas noch nicht gesehen. Der Eingangsbereich war rechts und links mit zwei gespreizten Frauenbeinen bemalt. Vor der „Ritze“ gingen wir links auf einen Hof, auf dem sehr viele knapp bekleidete Frauen standen.“

„Frau Mielke, ich weiß, dass das der Kontakthof des Großbordells ist. Ich arbeite hier schon einige Jahre. Sie brauchen also nicht so zu erzählen, als müssten Sie mir St. Pauli erklären!“

Max Herbst wurde langsam ungeduldig. Die Vernehmung dauerte bereits 1½ Stunden. Da mischte sich Nicole ein: „Wissen Sie eigentlich, dass seit sechs Wochen für Sie eine Aufenthaltsermittlung der Kripo Oberhausen besteht?

Ihre Eltern haben Sie vermisst gemeldet. Wann hatten Sie denn den letzten Kontakt zu ihnen?“

Bevor Nicole die Antwort zu hören bekam, verließ sie erneut hastig den Raum mit der Bemerkung: „Bin gleich wieder da!“

„Kontakt? Ja…, das war nach diesem St. Pauli-Bummel am nächsten Morgen, als Willy und ich das „Atlantic“ verließen.

Da habe ich mit meiner Mutter telefoniert und sie angeflunkert, dass ich mit Liane für eine Woche an die Ostsee nach Timmendorf fahren würde. Meine Eltern wussten, dass Liane zum Achtzehnten von ihren Eltern einen hübschen gebrauchten VW-Polo in einem tollen Blau geschenkt bekommen hatte. Ja, geb ja zu, ich hätte mich wohl zwischendurch mal melden sollen…“

„Was war nun bei Willys Freund in dem Bordell?“

„Im Haus A, in der zweiten Etage im Salon Emil & Konsorten, trafen wir den Emil Berg. Die beiden Männer begrüßten sich sofort überschwänglich wie ein Gorilla sein Junges. In dem Aufenthaltsraum saßen noch drei Frauen in BH und Slip herum und aßen. Eine weitere Frau brachte einen Freier in ein Zimmer und holte sich sofort danach zwei Getränke bei Emil ab, der ihr „Bock, Bock, Bock“ nachrief. Ich war nicht so naiv, erkannte schon, dass die Frauen dort anschafften und ich in einem Puff war. Emil verschwand einen Moment mit Willy.

Ich war mit den beiden Frauen allein. Nachdem sie gegessen hatten, redeten sie wie ein Wasserfall auf mich ein, was der Willy doch für ein toller Typ sei und der Emil ebenfalls. Sie hätten hier den besten Puff St. Paulis erwischt. Die Frauen stellten sich mit Ilonka und Rosa vor, die Dritte war wieder nach unten auf den Hof verschwunden."

Corinna Mielke hielt inne und drehte ihren Körper leicht auf die rechte Seite und schluchzte.

„Was ist Frau Mielke, geht es Ihnen nicht gut?"

„Sie wissen doch, manchmal macht man eben Sachen, die will man gar nicht, aber es passiert eben.

Ich bin doch eh zu nichts nutze! Ich habe keine Lust mehr und große Angst vor Emil Berg und seinen bescheuerten Freunden.

Emil hat die Macht über Leben und Tod. Mittlerweile komme ich mir klein und unfähig vor."

„Tja Frau Mielke, gegen Angst hilft aber keine Logik, vertrauen Sie sich uns an!"

„Hm, für den Kiez bin ich doch nur eine Lampen-Braut!"

„Wie?"

„Na ja, eine Frau, die eine Anzeige bei der Polizei macht. Die werden doch alle geächtet und gejagt!"

„Frau Mielke, wir können Sie beschützen", sagte Max Herbst ungeduldig.

„Tatsächlich…? Versprechen Sie mir das in die Hand? Bis jetzt ist mein Leben doch eine psychische Achterbahnfahrt."

„Lassen Sie uns nur machen! Wir sind doch schon dabei, einen Haftbefehl für Berg vorzubereiten. Er ist momentan bereits unter Verschluss und kann Ihnen nichts mehr tun. Helfen Sie uns, aber bitte bei der Wahrheit bleiben!“ Das Mädchen drehte sich wieder auf den Rücken und sah Max erwartungsvoll mit dem rechten Auge an wie ein Zyklop. Herbst nickte ihr zu. „Okay“, hauchte sie. „Ilonka erzählte mir, dass sie nur noch kurze Zeit hier arbeiten will, die Geschäfte würden gut laufen. Von dem Ersparten will sie mit ihrem Mann Peter Harmsen, den alle „Nasen-Peter“ nennen, in Playa del Ingles eine Boutique eröffnen. Beide seien dann selbständige Kaufleute und nicht mehr Diener irgendwelcher ausbeuterischen Arschlöcher. Und die Rosa, diese rothaarige Zicke, meinte, sie spare mit ihrem Mann Benno Konoppes, dem „Berliner-Benno“, um auf dem Kudamm in Berlin einen Schnell-Imbiss in bester Lage erwerben zu können.“

Nicole trat wieder in das Krankenzimmer und setzte sich, während Max Herbst fragte: „Wo waren Emil Berg und Willy während der ganzen Zeit?“

„Es dauerte ziemlich lange, bis sie zurückkamen. Ich trank drei Wodka-Lemon und wir verabschiedeten uns. Gegen halb vier waren wir dann wieder im Hotel. Ich war bleiern müde und ganz schön an geschickert. Willy ließ mich erst schlafen, nachdem er zweimal Sex mit mir hatte. Um neun weckte er mich. Wir fuhren nach Hamburg-Steilshoop, wo er seine Wohnung hat. Eine Bruchbude! Die Wohnung besteht aus zwei Zimmern in der sechsten Etage eines Hochhauses. Die Adresse werden Sie sicherlich kennen. Die Fassade des Hauses sah grausam aus. Alles bunt beschmiert und von Sprayern versaut. Da sind wohl ungefähr hundert Wohnungen in dem Block. Eine richtige Asi-Gegend ist das.“

„Ich kenne das Haus, weiter!“

„Die Wohnung sah Scheiße aus. Das Mobiliar bestand aus einer breiten Luftmatratze für zwei Personen, die im Schlafzimmer auf dem Boden lag.

Weiter waren da nur noch auf einem Schränkchen ein riesiger Fernseher und ein Videorecorder, sowie eine Stereoanlage von Bang & Olufsen mit riesigen Boxen.

In einer Ecke lag ein Haufen dreckiger Wäsche, in der anderen war ein Stahlrohrgestell, auf das er seine Jacken und Hosen gehängt hatte. Darunter standen mindestens zehn Paar Westernstiefel und Stiefeletten. Willy hat einen Stiefel-Tick und schwärmt immer von dem Western-Store auf dem Kiez am Spielbudenplatz in der Nähe des Operettenhauses. Wenn er sich gelegentlich mit seinem Cowboy-Hut aufbrezelte, dazu seine braune Fransenlederjacke und die blaue Jeans angezogen hatte, gewann ich den Eindruck, dass er in dieser Verkleidung immer einen leicht anderen Hüftschwung hatte. Die ganze Bude roch muffig.

So etwas Heruntergekommenes habe ich noch nicht gesehen“, sagte Corinna Mielke und rümpfte leicht die Nase. „Von da an begann das Unglück. Willy steckte mich in den Puff.“

„So, Frau Mielke? Dann kommen wir zur Sache!“ –

„Ja…, okay. ‚Mach nicht solchen Wind hier‘, schrie Willy mich nun zum ersten Mal an, weil mir seine Wohnung nicht passte, und verzog sein Gesicht zu einer fiesen Grimasse. So hatte ich ihn vorher noch nicht erlebt, war er doch mein Liebster. So schnell kann sich doch kein Mensch ändern? Dann sagte er: ‚Hör zu meine Kleine! Ab morgen schaffst du für mich bei Emil an!

Ich habe bereits alles mit Emil klargemacht. Wir fahren heute noch zum Kiez und kaufen dir ein paar nette Sachen als Arbeitskleidung und dann geht es los! Heute gebe ich dir noch mal frei, außer Hausarbeit natürlich, die du zu erledigen hast. Morgen beginnt der Ernst des Lebens.“

Max Herbst wurde nun aufmerksamer. „Und, haben Sie gesagt, mach ich Schatzi-Mausi, oder was war?“

„Natürlich nicht! Ich war entrüstet und sagte ihm außerdem, dass ich sowas auf gar keinen Fall machen würde, denn zu Hause haben wir eine Putzfrau, die den Haushalt in Ordnung hält. Ich fragte ihn, ob er mich denn nicht mehr lieben würde?“

„Weiter!“ „Kaum hatte ich ausgesprochen, bekam ich eine kräftige Ohrfeige von ihm. Ich war durch den Schlag mit dem Kopf gegen den Türrahmen der Schlafzimmertür geknallt und bekam eine dicke Beule an der Stirn. Willy brüllte mich an und führte sich wie ein wild gewordener Handfeger auf. Immer wieder schrie er: „Du glaubst doch nicht, dass ich aus reiner Nächstenliebe so viel in dich investiert habe, nur um dich bei Laune zu halten? Du wirst ab morgen für mich anschaffen, ob du willst oder nicht, ansonsten wirst du mich von einer anderen Seite kennenlernen oder soll ich erst ein paar Kumpel von mir bitten, dich mal richtig einzureiten, du Schlampe! Alle Frauen haben es bis jetzt bei mir gut gehabt, auch die Tina und die Karina, die bei Emil arbeiten! Also, mach nicht solche Faxen, geh ins Bad, wisch dir die Wimperntusche aus dem verrotzten Gesicht, kühle deine Beule, und in einer Stunde geht es los zum Shoppen! Ich sage dir noch einmal…, nimm meine Äußerungen ernst, oder soll ich in der Schule, in der deine Mutter arbeitet, und dem Finanzamt, in dem dein Alter malocht, durchsickern lassen, dass ihre Tochter auf St. Pauli als Nutte arbeitet? Das hättest du ja wohl nicht so gern! Nun komm mal her, ich drück dich nochmal doll, wird schon nicht so schlimm werden!“

„Diese Aussage unterschreiben Sie so wortwörtlich?“

„Ja, ich schwöre, das hat er fast wörtlich zu mir gesagt! So war das vor sechs Wochen, einem Tag nach meinem Erwachsenen-Geburtstag. – Das soll nun also der Lebenszyklus einer Erwachsenen sein…? Ich fügte mich aus Angst in mein Schicksal. Außerdem wollte ich nicht, dass meine Eltern und deren Umfeld davon erfahren. Es hätte ihrem Ruf enorm geschadet, sie genießen doch hohes Ansehen in Oberhausen. Willy fuhr dann mit mir zur Reeperbahn, wo er mir in einem Dessous-Laden drei BHs, die mir eigentlich zu eng waren und knappe Slips und dazu noch zwei Paar günstige Pumps kaufte. Nachmittags musste ich seine Wäsche waschen und bügeln. Den Abend verbrachten wir mit Fernsehen auf seiner Luftmatratze. Ich hatte keine Lust auf Sex und während ich mich erhob, um zur Toilette zu gehen, trat er mir einmal kräftig in den Hintern mit der Bemerkung: „Das ist für deine Widerspenstigkeit! Ich werde dich in Zukunft nur noch an bestimmten Körperstellen züchtigen, wenn du nicht spurst. Ich schone dein Gesicht und die Titten, das ist dein Kapital, vergiss es nicht!“ Entschuldigen Sie die Kraftausdrücke, Herr Herbst, aber das waren seine Worte.“

„Ja, ja, ist schon gut, nur zu!“

„Braunschweiger-Willy“, soviel wusste Max Herbst, befolgte stets den Rat seiner älteren Kumpels, die ihm den Tipp gaben, ihre Huren ausschließlich mit Schlägen und

Tritten in den Bauch zu züchtigen, weil sie dann grundsätzlich bei den Freiern nicht als beschädigte Ware erkannt werden würden. Ausnahmen bestätigten wie immer die Regel …

„Den nächsten Tag gammelten wir Zuhause rum. Um sieben Uhr abends fuhr mich Willy in Emils Puff.

Emil war bereits da und begrüßte mich. Willy war mit nach oben gekommen. Ilonka nahm eine Einweisung mit mir vor. Sie sagte mir, dass bei jedem Freier mit dreißig angekobert wird, bei dem Betrag sollte es jedoch nicht bleiben. Ich sollte versuchen, jedem Gast mindestens einen Blauen zu entlocken. Darüber hinaus hat man uns bei jedem Freier zwei Pflichtgetränke im Preis von dreißig in Rechnung gestellt – Herr Herbst, ich mag nicht mehr, das macht doch alles keinen Sinn."

„Doch, doch, Frau Mielke, nur zu, wir kommen dem Ziel schon näher!"

„Wir hatten also täglich die Zimmermiete von 120, Kosten für Handtücher, die Musikbox und Gummis, sowie Hygienemittel von dreißig , ein Pfund Tipp für den Wirtschafter und zwei Pfund Rücklage für den Salonbesitzer, also Emil Berg, zu zahlen. Das waren also schon bei einem Freier pro Schicht zwei Blaue und zwei Pfund, also 240, die ich als feste Blockschulden hatte, so nennen die das. Bei fünf Freiern pro Schicht war ich also mit dreihundertundsechzig festgelegt. Der jeweilige Wirtschafter zieht bei Schichtende gleich alles von dem Block ab, den er auf meinen Namen notiert hat. Wenn jemand mehr erwirtschaftet, so wird der Betrag darüber von dem Wirtschafter in Einzelumschläge getan. Weiterhin meinte Ilonka, dass man also mindestens Hand- Fuß- und Kopfgeld, also drei Freier, haben muss, um die täglichen

Kosten bestreiten zu können. Erst danach bleibt etwas für unsere Jungs übrig. Man solle sie bloß nicht zornig machen. Unsere Männer holen sich die Kuverts in unregelmäßigen Zeitabständen ab. Einige kommen nur einmal in der Woche und parken ihre Autos meistens in der Tiefgarage unter dem Palais. Andere kommen jeweils nach Schichtende, um die Krumme in Empfang zu nehmen. „Nasen-Peter“, der Mann von der Ilonka, ist ständig ausgemistet, also pleite.

Er kommt stets nach Schichtende, weil er wohl immer seine Krumme verballert hat. Ich hörte, wie sich die Männer dann bei dem Wirtschafter nach dem Fleiß ihrer jeweiligen Frauen erkundigten, wenn ihnen die Einnahmen zu gering vorkamen. Nicht selten kam es vor, dass die Kolleginnen zur nächsten Schicht mit einem blauen Auge ihren Dienst antraten, weil sie nur Blockschulden gemacht hatten, die es abzuarbeiten galt. Ihre Männer waren dann obersauer, weil sie ohne Umschlag wieder gehen mussten. Zwei Frauen mussten ihren Umsatz im Kuvert mit nach Hause nehmen und in dem Altbau, in dem sie mit ihrem Jungs wohnen, den Umschlag durch den Briefschlitz der Wohnungstür stecken, dann klingeln. Die Jungs kontrollieren den Inhalt, und wenn ihnen der Betrag zu gering ist, lassen sie die Tür zu und pöbeln:„Kehrt, marsch, marsch. Ihr wisst, wann ich zufrieden bin, und nun macht den langen Schuh!“ Sie mussten in den Fällen erneut in den Salon und völlig übermüdet solange anschaffen, bis sie eine Summe erreicht hatten, die die Jungs zufrieden stellte. Ilonka meinte noch, dass ich bei den besoffenen Freiern ruhig mal „Falle schieben“ könnte. Sie würden es nicht merken, ob sie ihren Dödel in die Möse stecken oder zwischen ihre geschickt versteckt gefalteten Hände zum Orgasmus kämen.

Entschuldigung, es ist eigentlich nicht mein Vokabular, aber sie hat es wörtlich so gesagt!“, äußerte Corinna Mielke mit Blick auf Nicole Dewitz.

„Nee, ist schon in Ordnung Frau Mielke, bitte weiter so, O -Ton ist genau richtig für den Staatsanwalt!“ „Gut, Greifen ist grundsätzlich nicht erwünscht, weil man nicht ständig die Schmiere im Haus haben will.“ „Wie, was, Greifen?“, fragte Nicole.

„Na ja, stehlen oder betrügen eben. Es genüge schon, dass öfter zu unkontrollierten Zeiten Zivilfahnder der Schmiere auftauchen würden, meinte Ilonka. Nach der Einweisung gab Willy mir noch einen kräftigen Klaps auf den Po und sagte: „Bock, Bock, Bock“, gute Geschäfte, um sechs bin ich wieder hier, dann gehen wir noch in die Disko,Club 88!“

„Was passierte dann?“

„Ich ging mit Ilonka nach unten in den Kontakthof. Sie zeigte mir den Bereich, in dem Frauen unserer Steige stehen dürfen, ohne mit den Frauen anderer Zimmervermietungen ins Gehege zu kommen. Ich hatte einen der zu knappen weißen BHs und einen weißen String-Tanga angezogen, dazu trug ich weiße Pumps, die eigentlich auch ein wenig zu eng waren.“ Sie stockte. „Ich will nicht erzählen, wie ich mich bei dem ersten Freier gefühlt habe und auch sonst nichts über diese Gefühlswelt berichten. Nur so viel: Der erste stank penetrant nach Knoblauch, was ich hasse. Mal waren es attraktive Männer, junge oder ergraute Kerle, geile oder einfach nur farblose Typen, dann wiederum dumme, dicke, vermögende oder arme Schlucker. Sie alle hatten Lust auf eine schnelle Nummer, waren hormonell total von der Rolle. Keiner von denen war in der Lage, seinen Schwanz im Zaum zu halten, absolut keiner. Zuhause duckmäusern sie vor ihren Alten und bei uns spielen sie den Zampano. Also, ich tat es einfach und wurde von Nacht zu Nacht routinierter. In der ersten Nacht hatte ich 800 angeschafft, danach habe ich nie unter 1400 gelegen. Nach der ersten Schicht hat mich Willy um sechs Uhr früh abgeholt.

Er war gleich, nachdem ich mit Ilonka nach unten gegangen war, mit Emil um den Block gegangen. Emil ließ sich von einem seiner Wirtschafter ablösen.

Es war „Berliner-Benno“, der mit Rosa verheiratet ist. Das ist ein Arschloch! Jedes Mal, wenn ich mit einem Freier nach oben kam, brüllte er mich an, ja keinen Strom zu bunkern.“

„Was heißt das?“, fragt Nicole.

„Na, Geld eben. Also heimlich an Willy vorbeizuschaffen, einfach zu verstecken. Ich habe gesehen, dass Benno mit seinem grünen Jaguar öfter in die Tiefgarage unten ins Palais fuhr, wenn er Rosa brachte. Einmal konnte ich ein Telefonat belauschen, als er Wirtschafter war und mit jemandem telefonierte. Da lachte er und sagte, dass die Bullen ihn schon zweimal kontrolliert und seinen exzellent gefälschten Führerschein nicht als Fälschung erkannt hätten! Die Einnahmen hatten wir also immer bei dem jeweiligen Wirtschafter sofort nach Erhalt abzugeben. Er trug die Beträge in eine Namensliste. Ich habe trotzdem gebunkert.

Wenn ich mal einen großzügigen Gast hatte, dann hab ich schon mal einen Halben oder einen Schein versteckt.“

„Was ist ein Halber?“, fragte Nicole.

„Fünfzig, ein Schein ist ein Hunderter! Passiert mir auch wirklich nichts, Herr Herbst?“

„Nein, nein, ich sorge schon für Ihre Sicherheit!“

„Gut, Herr Herbst. Also, häufig telefonierten die Jungs der arbeitenden Frauen nachts mit dem diensthabenden Wirtschafter und erkundigten sich, wie viel Geld ihre Frauen gerade angeschafft hatten.

Ich hörte Telefonate mit, in denen der Wirtschafter sagte: „Deine Braut ist heute faul, hat wenig Antrieb und gerade mal die Unkosten raus für heute Nacht.

Pass man auf, dass sie nicht minus macht, sonst bist du bald mause!“ Am fiesesten war Benno. Er hat in solchen Fällen die Frauen mit Einwilligung ihrer Jungs mit rüden Drohungen und unter Androhung von Schlägen wieder auf den Hof gejagt. Dabei hat er ständig mit einer Reitpeitsche gewedelt. Willy holte mich nach der ersten Nacht, wie gesagt, ab und ging zur Belohnung mit mir in die ‚Acht‘, wo wir noch bis zum frühen Morgen tanzten und Wodka-Lemon tranken.“

„Sie meinen die Diskothek ‚Club 88‘, Reeperbahn 88?“

„Ja. Dann fuhren wir in seine Bude, wo ich wie bleiern ins Bett fiel und den Tag verpennte. Willy stand früher auf, fuhr dann meistens weg, weil er noch Besorgungen zu erledigen hatte, wie er mir sagte. Abends war es dann wie immer. Nach drei Wochen anschaffen sagte Willy nachmittags zu mir, dass er mich an Emil verkauft hätte. Er meinte, weil ich solch eine scharfe Braut sei, hätte er bei Emil vierzig Riesen als Abstecke für mich rausgeholt, gerade so viel, dass er mit diesem Geld den Restbetrag für den Porsche ablösen und den Kfz-Brief erhalten konnte. Er will sich eine Corvette kaufen. Willy ist ein Autonarr. Immer wieder schwärmt er davon, welch richtig geiles Cabrio das ist, der C3 mit 7400 Kubikzentimeter Hubraum. Vierzigtausend gelten als beachtliche

Summe. Die anderen Frauen werden meistens mit Zehn- bis Zwanzigtausend Ablöse gehandelt. Mittlerweile war es mir schon egal, für wen ich anschaffte. Ich war nur noch müde und mutlos. Mein Fleiß wurde mir nie gedankt.

Ich fiel in ein tiefes Loch und war körperlich völlig neben der Spur, funktionierte nur noch. In dieser Phase dachte ich immer häufiger an meine Eltern und was die für ein geordnetes, wenn auch spießiges Leben führen."

„Weshalb beendeten Sie diesen Zustand nicht?", fragt Nicole.

„Ich fand nicht den Drive zum Aussteigen. Die Jungs haben Kontakte in alle Städte, wo Rotlichtmilieu zu finden ist. Wo sollte ich auch hin? Man kann diese Typen mit Kraken vergleichen. Überall haben sie ihre Arme, man kann ihnen nicht entrinnen. Wenn man beschließt, einen Weg gemeinsam zu gehen, dann muss man ihn auch gemeinsam gehen, redete ich mir zumindest ein!"

„Tja, Frau Mielke! Das Phänomen Zuhälter ist häufig ein Ödipus-Komplex, einfach das Bedürfnis nach Geborgenheit, Liebe und Wertschätzung. Sie unterliegen dabei einem Irrtum, diese Attribute werden sie von einem Luden nicht bekommen."

„Weiß ich inzwischen, Herr Herbst, weiß ich. Man ist nur eine Partie, die zum Geld abliefern bestimmt ist. War der Betrag zufriedenstellend, bekommt man mal ein Lob und zum Dank hat er mich dann gefickt", hörte Max den leisen, verbitterten Kommentar der Prostituierten, während sie den Mund zusammenpresste und sich mit ihren scharfkantigen Schneidezähnen so stark in die Unterlippe biss, dass zwei kleine Blutstropfen aus dem Mundwinkel rannen, die sich am Hemdkragen ihres weißen Nachthemdes sammelten.

„Mittlerweile habe ich schon wahrgenommen, dass wir alle das gleiche Schicksal haben", fuhr Corinna Mielke fort.

„Man wird in diese Tätigkeit hinein poussiert oder - geprügelt. Man kommt da einfach nicht wieder raus und ganz nebenbei fehlt uns Frauen die gesellschaftliche Anerkennung. Wo ist sie denn? Wir sind doch nur auf optische Signale reduziert. Nur darauf, eben als Sexobjekt Frau. Das große Geld, ist es denn so wichtig?"

„Ja, ist es!", erwiderte Max Herbst. „Es dreht sich alles nur um Geld und Sperma auf dieser Welt, um nichts Anderes geht es.

Geld ist Macht und Macht regiert die Welt .., na ja, lassen wir das." Max erhob sich von der Bettkante und ging während der weiteren Vernehmung durch den Raum, das Diktiergerät meist vor seinen Mund haltend. Er musste erst mal eine andere Haltung einnehmen, weil sein Rücken schon wieder schmerzte. Es war bereits viertel vor zwölf und noch war die Vernehmung nicht beendet. „Nicole, rufe die Dienststelle an. Es soll jemand den Rechtsanwalt Hagemann in seiner Kanzlei anrufen und ihn bitten, erst um fünfzehn Uhr zur Dienststelle zu kommen!" Nicole nickte und verließ den Raum.

„Also, weiter!"

„An dem Abend fuhr Willy mich ein letztes Mal in unser Geschäft. Emil war schon anwesend, ebenso die dreizehn Frauen der Nachtschicht. Am Tage arbeiten nur acht Frauen. Nachts sind es immer mehr, weil auch die Umsätze in der Regel höher sind.

Es stromern eben in der Dunkelheit mehr Freier durch die Gegend. Emil strahlte, als er mich sah und meinte: ‚Dann man auf gute Zusammenarbeit, gib Gas, Mädchen! Erst mal pennst du tagsüber hier im Puff, in der Tagschicht sind sowieso nicht alle Zimmer belegt und dann sehen wir mal weiter! Und erhöh mal die Schlagzahl, ich möchte dich nicht unter Fünfzehnhundert die Nacht sehen! Heute mach ich den Wirtschafter. Wenn du nicht fit bist, gib mir einen Tipp, dann bekommst du ein Manöver-Brötchen von mir!'"

„Was ist ein Manöver- Brötchen?", fragte Nicole.

„Captagon- oder Preludin-Tabletten. Man hat keinen Hunger und kein Schlafbedürfnis und kann mehrere Tage und Nächte durchmachen! Da hat es geklingelt und Emil betätigte den Türsummer. Plötzlich standen Ihre Kollegen, der „Fänger" und sein Partner „Beatle" im Raum.

Es sind Ihre Zivilfahnder von der Polizeiwache, die da nachts immer rumschleichen und die Puffs kontrollieren. Sie kontrollierten die Personalliste und fragten nach Neuzugängen. Ich war für die nicht mehr neu.

Sie hatten mich bereits in der ersten Nacht kontrolliert. „Schweine-Klaus" wurde von dem „Fänger" nach dem Grund seiner Anwesenheit befragt und als den „Fänger" die Antwort nicht zufrieden stellte, hat er ihn barsch aus dem Puff gewiesen. „Schweine-Klaus", dessen Frau im Eros-Center steht, ist sofort gegangen. Ich bin nach unten auf den Kontakthof, als die noch da waren und mit Emil redeten. Unten hörte ich, wie „Schweine-Klaus" pöbelte und sagte: „Der ‚Fänger" kriegt irgendwann die Kugel von mir!" Emil war äußerst nett zu den beiden Zivilfahndern, waren sie verschwunden, beschimpfte er sie als Arschlöcher und Tagelöhner aus der Leichtlohngruppe.

In dieser Nacht schaffte ich tatsächlich die Fünfzehnhundert wie auch die ganze Woche darauf. Dann bekam ich plötzlich so stark meine Regel, dass ich nicht mehr arbeiten konnte. Emil meinte im rüden Ton:

„Stell dich nicht so an, hier hast du zwei Tabletten, die das unterdrücken, und nun runter auf den Hof mit dir!"
Es war wirklich nicht schön. Ich schaffte in der Nacht nur Siebenhundert – meist durch Falle schieben.

Emil war morgens außer sich, ich sollte im Wirtschaftsraum bleiben, bis alle Nachtfrauen mit ihren Jungs verschwunden waren."

Nicole kam zur Tür herein, nickte und meinte: „Geht alles klar!"

„Erzählen Sie weiter Corinna!", sagte Herbst. „Hm, er machte mir heftige Vorwürfe und meinte, dass er für solch eine Lusche wie mich nicht vierzig Mille vorgestreckt hätte, damit ich mich ausruhen kann. Ich gelobte Besserung und Emil sagte, dass er um neun Uhr mit mir zu Doktor Ringel in die Wohlers Allee fahren würde, weil er mich für einen Gesundheits-Check vorstellen wolle. Gesagt, getan. Emil gab Dr. Ringel irgendwelche Papiere und der Arzt ging mit mir in sein Behandlungszimmer, wo er mich untersuchte. Hiernach wartete ich eine Weile im Wartezimmer, weil Emil noch einmal zu dem Arzt gegangen war. Er kam nach zehn Minuten mit strahlendem Gesicht aus dem Sprechzimmer und fuhr mich wieder in sein Geschäft zum Schlafen. Nachdem er nichts sagte, fragte ich ihn, was er dem Arzt für Papiere gereicht hätte? Wie selbstverständlich antwortete er, dass er für mich eine Lebensversicherung in Höhe von Dreihunderttausend abgeschlossen hätte, die er bei meinem Ableben erhalten würde.

Die ärztliche Untersuchung hätte die Versicherung gefordert. „Man kann ja schnell mal in St. Pauli ums Leben kommen, das Pflaster ist nicht ungefährlich“, hatte Emil gelacht und war nicht sonderlich erfreut über die Höhe der Monatsprämie, die ich natürlich aufbringen sollte.“

„Stopp, bevor wir jetzt mit Emil weitermachen, gibt es noch etwas über Willy zu sagen?“ „Ja, ich hörte mal ein Telefonat von Willy mit einem anderen Mann. Willy freute sich diebisch: Er hatte von irgendjemandem eine Rolex-Uhr mit Brillantkranz für nur Viertausend gekauft. Er meinte, die Uhr sei mindestens dreißig Mille wert. Dann sprachen sie darüber, dass die Uhr aus einem Bruch in ein Juweliergeschäft in Düsseldorf stammte. Die sollen da wohl mit einem geklauten Auto in die Schaufensterscheibe gefahren sein, wie ich hörte. Ich könnte mir vorstellen, dass der riesige Fernseher bei ihm zu Hause auch geklaut ist! Und einmal habe ich gesehen, dass Willy eine Pistole hatte, so eine silberne!“

„Wo bewahrt er die auf?“, fragte Nicole. „In seinem Porsche im Handschuhfach. Er hat sich ein besonderes Fach bauen lassen, da wurde ein Einsatz mit zwei Böden eingesetzt. Es soll eine Sonderanfertigung von einer Kiez-Werkstatt sein. Auf dem unteren Boden liegt meistens die Waffe.“

„Also weiter im Text!“, forderte Max.

„Ich weiß von Ilonka, dass Emil vorher ein Bordell in Augsburg hatte. Eine seiner Frauen kam auf mysteriöse Weise ums Leben. Sie war in einem Hochhaus in der sechsten Etage vom Balkon gestürzt und mit dem Kopf zuerst auf die Gehwegplatten der Terrasse geknallt. Die Polizei hatte das Ereignis als Unglücksfall abgeschlossen.

Emil soll die Frau damals ebenfalls mit Dreihunderttausend versichert gehabt haben. Mit der Summe kam er dann nach St. Pauli, wo er sich die Puffanteile für das Emil & Konsorten kaufte.“

„So, so, interessant“, murmelte Max Herbst. „Aber was war denn nun, als sie mit Emil vom Arzt zurückgekommen waren?“

„Er zog mich in Zimmer zwölf, wo ich tagsüber schlief. Nachdem er die Tür von innen geschlossen hatte verpflichtete er mich, über den Arztbesuch und die Umstände zu schweigen. Ich nickte und sagte, dass ich als Gegenleistung lieber tagsüber arbeiten würde, weil die Nächte auf Dauer doch zu anstrengend sind und man kein geregelteres Leben führen kann. Seine Reaktion war ein cholerischer Ausbruch.

Er brüllte herum und sagte, dass er die Richtlinien der Politik bestimmen würde, und ich nur zu gehorchen hätte, schließlich ginge es mir ja gut bei ihm. Ich machte nun den Fehler und sagte: „Ich will das nicht, ich mach das einfach!“ Es ist doch so, Herr Herbst, manchmal sieht man den Menschen das Böse nicht an und dann … – kaum ausgesprochen, hat er mir einen kräftigen Faustschlag auf mein linkes Auge gegeben. Ich dachte, ich werd blind, so brannte das Auge, es war sofort geschlossen. Ich konnte nichts mehr sehen. Durch den Schlag war ich zu Boden gestürzt. Der Typ war völlig kirre. Wie im Wahn zog er plötzlich eine Stahlrute aus der Hosentasche, so eine Art Totschläger, und prügelte damit auf mich ein, während ich am Boden lag. Immer wieder schrie er: „Das ist hier kein Wunschkonzert, du hast zu spuren!“ Ich hatte mich in Embryo-Haltung gelegt und meine Hände und Arme schützend über meinen Kopf gehalten, während sich in der Panik fast mein Magen umstülpte. Er hat dann mindestens fünf- bis sechsmal mit diesem Stahleisen auf meinen Rücken und meinen Hintern eingeprügelt. Es waren äußerst kräftige Hiebe. Dann wurde ich wohl einen Moment ohnmächtig und muss leblos ausgesehen haben. Ich weiß nur noch schwach, dass mich irgendwann Rettungssanitäter auf eine Trage legten. Bei vollem Bewusstsein war ich erst wieder im Krankenhaus, als ein Weißkittel sich über mich beugte und mich laut ansprach." Tränen rollten über Corinna Mielkes Wangen in ihren Halsbereich. Sie schluchzte laut, der Oberkörper hob und senkte sich, sie verzog schmerzverzerrt das Gesicht. „Die haben mich alle eiskalt nur als Geldmaschine benutzt!"

Nicole nahm ein Papiertaschentuch und tupfte dem geschundenen Mädchen die Tränen ab.

„So, dann beenden wir die Vernehmung erst einmal. Ich spiele Ihnen den gesamten Text vor und Sie werden mir den Inhalt dann mit Unterschrift bestätigen." „Ja, mach ich." Das Band lief ab und Herbst fragte: „Ist alles korrekt?" Worauf Corinna Mielke nur noch fragte:„Wo soll ich unterschreiben?"

„Hier, auf dem Formblatt!", antwortete Nicole, die unter das Kopfkissen von Corinna Mielke griff und deren Kopf anhob. Mit zittriger Hand leistete sie ihre Unterschrift. Es war bereits dreizehn Uhr.

„Nicole, fahre bitte sofort mit den Tonbandkassetten zum Schreibdienst, die sollen unverzüglich den Vernehmungstext als eilige Haftsache tippen. Weiterhin informiere die Dienststelle, dass Emil Berg zum Erkennungsdienst ins Polizeipräsidium gefahren wird, wo er ED-behandelt werden soll.

Sie sollen ihn aus kriminaltaktischen Gründen in die Warteschleife hängen und erst andere Beschuldigte vorziehen. Ich möchte ihn vor siebzehn Uhr nicht zurück an der Dienststelle haben, der Anwalt soll ihn vorher nicht kontaktieren können. Es besteht immer noch Verdunkelungsgefahr und Corinna Mielke ist akut gefährdet, wenn bekannt wird, dass sie Berg beschuldigt hat. Ich verbleibe vorerst hier, spreche nochmal mit dem Haftrichter und dem behandelnden Arzt. Beim Hinausgehen kannst du den beiden Kollegen von der Schutzpolizei vor der Tür sagen, dass sie abrücken können, der Auftrag hat sich für sie erledigt!" „Okay", sagte Nicole Dewitz und verließ das Patientenzimmer.

Kriminalkommissar Herbst drückte den roten Patientenknopf. Einen Augenblick später kam eine Krankenschwester in das Zimmer. „Ich war's!" Herbst hob artig den Arm und meldete sich wie ein braver Pennäler. „Können Sie wohl einen Moment hier bei Frau Mielke bleiben? Ich möchte schnell zu Doktor Zander gehen!" Ja, klar", sagte die freundliche Schwester. Auf ihrem Namensschild war ANJA zu lesen.

Herbst suchte das Schwesternzimmer auf und telefonierte mit der Haftabteilung des Amtsgerichts Hamburg. „Herbst hier, guten Tag, ich möchte einmal Dr. Büsen sprechen."

„Ja, einen Moment, ich verbinde", sagte die Dame am Telefon.

„Büsen, wer spricht?"

„Hallo Dr. Büsen, hier ist Max Herbst von der Sitte, wir kennen uns ja!"

„Ja, Herr Herbst, was haben Sie für mich?"

Max erzählte Dr. Büsen den Sachverhalt in Kurzform und bat ihn, ins Hafenkrankenhaus zu kommen, um eine richterliche Vernehmung am Krankenbett des Opfers vorzunehmen.

„Die Vernehmung ist von Bedeutung, Dr. Büsen. Die Frau Mielke macht hier zwar jetzt auf mich einen glaubhaften Eindruck, was ihre Aussage anbelangt, aber Sie wissen ja, bis zum Prozess dauert es in der Regel sechs Monate. Wenn sie durch irgendwelche Umstände bis dahin wieder Kontakt zu Berg haben sollte, so wird ein fleißiger Kiez-Anwalt Berg und dem Opfer raten, sich zu verloben und das war es dann. Sie hat dadurch ein Zeugnisverweigerungsrecht vor Gericht und ihre jetzige Aussage darf nicht verwertet werden, es sei denn, sie wurde richterlich protokolliert. Im negativen Fall würden Sie, wie schon so oft, als mittelbarer Zeuge aussagen und die Vernehmung behält Beweiskraft. Denken Sie bitte an den Fall Bestmann!“

„Ja, der ist leider damals ganz schön in die Hose gegangen“, stöhnte Dr. Büsen. „Also gut, ich komme. In einer halben Stunde bin ich bei Ihnen.“

„Tschüss, bis gleich“, sagte Max.

Da tauchte der behandelnde Arzt auf. „Dr. Zander, wie ist der Gesundheitszustand von Frau Mielke?“

„Sie hat Glück im Unglück gehabt. Zwei angebrochene Rippen, eine leichte Gehirnerschütterung, das geschwollene Auge haben Sie ja gesehen. Der Kreislauf war runter, deshalb der Tropf. Das EKG-Gerät muss sein, weil sie leichte Herzrhythmusstörungen hat. Die Verletzungen sind zwar übel, sie wird aber keine bleibenden Schäden davontragen. Ich werde sie wohl etwa eine Woche hier behalten.“

„Danke, Dr. Zander.“ Herbst ging wieder zu Corinna Mielke und bedankte sich bei Schwester Anja, die sofort den Raum verließ. „Und, wie geht es Ihnen mittlerweile?“

„Na ja, wird schon wieder“, hörte Max die geschundene Patientin stöhnen.

„Wo werden Sie denn wohnen, wenn Sie hier entlassen werden?“

„Mal sehen, vielleicht bei einer Freundin.“

„Steigen Sie aus, machen Sie sich frei, bevor es zu spät ist!“

Die Tür wurde forsch aufgestoßen, Dr. Büsen stand mit einer jungen Frau im Raum.

„Tag, Herr Herbst, das hier ist Frau Dabelstein, meine Protokollführerin.“ Max sah in deren Richtung und nickte. Frau Dabelstein erwiderte den Blick und grüßte freundlich.

„Das ist Frau Mielke“, Max zeigte mit einer einladenden Handbewegung auf Corinna Mielke, die schwach lächelte und ein „Guten Tag“ hauchte.

„Zeigen Sie mir bitte die Akte“, sagte Dr. Büsen.

„Die kommt jeden Moment, meine Kollegin müsste gleich vom Schreibdienst zurück sein!“, antwortete Max. Kaum ausgesprochen, stand Nicole Dewitz in der Tür, strahlte und reichte ihrem Kollegen die Akte. Dr. Büsen setzte sich auf den einzigen Stuhl im Zimmer, las die Vernehmung Corinna Mielkes, wandte sich ihr zu und sagte: „Ja, dann schreiten wir mal zur Tat!“ Nach fünfzehn Minuten beendete er die Vernehmung und fragte: „Brauchen Sie sonst noch was?“

„Nein, Dr. Büsen!"

„Nun, ich werde bei der Staatsanwaltschaft einen Haftbefehl für Emil Berg wegen Erpressung, gefährlicher

Körperverletzung, dirigistischer Zuhälterei, Nötigung und Bedrohung zum Nachteil der Mielke anregen. Haftgründe sind Flucht- und Verdunkelungsgefahr. Aber das hat noch Zeit bis morgen. Er ist erst heute Morgen festgenommen worden, das wird dann Ihr Kollege zu bearbeiten haben."

Herbst reichte Dr. Büsen die Hand. „Danke, dass Sie so schnell gekommen sind."

„Dann machen Sie mal", brummelte der Haftrichter, während er mit seiner Schreibkraft das Patientenzimmer verließ. „Frau Mielke! Ich werde jetzt veranlassen, dass Sie auf eine andere Etage verlegt werden und eine

Nachrichtensperre bezüglich Ihres hiesigen Aufenthaltes verfügen, damit keine unberechtigten Personen zu Ihnen gelangen können.

Und wenn Sie entlassen werden, informieren Sie mich, bitte, unverzüglich, damit ich über Ihren Aufenthaltsort unterrichtet bin.

Nehmen Sie um Gottes Willen keinen Kontakt zu Personen in dem Bordell auf! Versprechen Sie mir das, Frau Mielke?"

„Ja, Herr Herbst, ich werde mich an Ihre Anweisung halten."

Corinna Mielkes rechtes Auge blickte ins Leere, ihre Mundwinkel hingen herab. Mit einem freundlichen Lächeln sagte Max: „Also, Tschüss und gute Besserung, wird schon werden!"

Die beiden Kriminalisten sahen dicke Tränen aus dem rechten Auge über die Wange kullern. Herbst und Dewitz verließen das Zimmer, gaben dem ärztlichen Dienst noch Anweisung wegen der Auskunftsperre und veranlassten, dass Corinna Mielke sofort verlegt wurde.

„Ich wundere mich schon", sagte Nicole, „wie dieses hübsche, intelligente Mädchen sich plötzlich von heute auf morgen so einlullen lassen kann."

„Hm", murmelte Max: „Mit etwas Naivität und Labilität ist man eben immer nur so gut wie sein Partner, oder anders gesagt, man passt sich dem jeweiligen Pendant an. Es scheint die Sehnsucht nach Geborgenheit zu sein, die bei den Opfern häufig den Verstand ausschaltet, sofern sie überhaupt darüber verfügen." „Phasenweise hatte ich während ihrer Schilderungen den Eindruck, als hätte sie gar nicht von sich erzählt.

Als wäre das alles einer anderen Person passiert", erwiderte Nicole mit nachdenklicher Miene. „Das wird wohl so eine Art Selbstschutz sein. Wir müssen wachsam sein bezüglich Bergs. Dieser Ganove scheint schon wieder eine bestimmte Absicht zu haben, sonst hätte er die Mielke nicht zum Arzt geschleppt und eine

Lebensversicherung zu seinen Gunsten abgeschlossen. Wenn Frau Mielke plötzlich zu Tode kommt durch seine oder anderer Personen Hand, dann müssen wir die Frage prüfen, ob es ein Mord aus Habgier sein könnte, weil Berg wieder einmal Dreihunderttausend kassieren will."

Sie stiegen in den Dienstwagen und Max sagte: „Komm, jetzt fahren wir erst einmal kurz zum Essen und machen anschließend weiter. Berg müsste dann auch langsam zurück sein."

Nicole fuhr zu einem Imbiss in der Taubenstraße, wo sie hastig ein Mittagsmenü zu sich nahmen. Während des Essens sprachen sie weiter über den Fall und Herbst

sagte: „Leg bitte auch noch eine Akte für „Braunschweiger-Willy“ an. Die Vorwürfe lauten ebenfalls auf Zuhälterei, Körperverletzung, Bedrohung, Nötigung und Hehlerei. Wir werden auch für Willy einen Haftbefehl beantragen. Fluchtgefahr deshalb, weil seine Pissbude nicht ernsthaft als fester Wohnsitz gelten kann. Entschuldige den groben Ausdruck. Verdunkelungsgefahr deshalb, weil Berg und Willy sich abgesprochen haben, dass im Falle einer Inhaftierung der andere die Belastungszeugin manipuliert und außer Landes bringen wird, wie Frau Mielke berichtete. Das hab ich leider vergessen zu protokollieren, aber macht nichts. Ich fertige zusätzlich ein Gedächtnisprotokoll darüber an. Weiterhin beantrage gleichzeitig einen Durchsuchungsbeschluss, der zum Auffinden der Rolex führen soll. Und vielleicht ist der protzige Fernseher ja tatsächlich geklaut.

Aber all das können wir auch morgen noch erledigen. Erst einmal kommen nun Anwalt Hagemann und Emil Berg zu Wort, sofern sie denn wollen. Danach ist aber noch nicht Feierabend.

Bevor wir mit der Akte Berg fertig sind, werden wir nochmal in die Dienstleistungsfiliale von Berg fahren und uns den versiegelten Tatort ansehen. Dann werde ich eine deutliche Ansage machen.“

Nicole nickte und aß genüsslich ihren Schokopudding mit Karamellsplitter. Dass Frauen so geil auf den Süßfaktor sind? , dachte Max.

Auf der Fahrt zur Davidwache wirkte Nicole still und nachdenklich:

„Wie schlimm und menschenverachtend ist es eigentlich, dass die Kerle derart mit den Frauen umgehen?“

„Ja, nicht nur die Luden, sondern auch die Freier! Auf eine Prostituierte kann der Mann alles projizieren, was er sich wünscht, er lässt seiner Fantasie freien Lauf. Er will auf St. Pauli für eine Stunde seine Träume ausleben. Wer hierher kommt, will grundsätzlich was erleben, und Erleben ist das Synonym für Geschlechtsverkehr. Er benutzt die Frau wie ein Stück Ware. Es ist eben keiner auf Monogamie ausgelegt. Der stärkste Reiz ist die voyeuristische Seite. Heute wird eine Frau geschlagen, morgen vergewaltigt und am nächsten Tag ermordet! Für „Braunschweiger-Willy“ wirst du noch einen Observationsauftrag für das MEK* anfordern.

Wenn wir den Haftbefehl haben, sollen die ihn uns servieren.

Wir haben keine Zeit dazu, ihn lange zu suchen. Die Durchsuchung führen wir mit eigenen Kräften durch. Du wirst die Durchsuchung leiten!“

„Aber ja, gerne“, war Nicoles freudiger Kommentar.

* Mobiles Einsatzkommando

Kapitel 6

Derselbe Tag, 10:05 Uhr

Ilonka, Rosa, Tina und Karina hockten auf der Gummimatratze in „Braunschweiger-Willys“ Wohnung und sahen ihn erwartungsvoll mit ihren ungeschminkten, verschlafenen Augen an, während er nervös auf und abging.

„Wie Ihr wisst, seid ihr wegen der besonderen Lage hier. Benno und Peter haben mir das Okay gegeben, dass Ihr mich unterstützt. Wir müssen jetzt alle zusammenhalten“, schwadronierte Willy.

Rosa gähnte lautstark. Alle vier Frontdiseusen machen einen übermüdeten Eindruck wegen der vergangenen harten Nacht. Ihnen waren deutliche Schlafdefizite anzusehen. Die Augenringe waren kaum noch zu überschminken.

„Hier!“, schrie „Braunschweiger-Willy“ und wies mit ausgestrecktem Arm auf den Couchtisch, wo acht kleine weiße Tabletten kreisförmig ausgelegt worden waren. Daneben standen eine kleine Karaffe mit Wasser und zwei Gläser, die bereits mit Leitungswasser gefüllt waren. „Nehmt euch jede zwei Manöver-Brötchen, damit Ihr endlich mal ein bisschen Leben zeigt!“

„Was sind das für welche?“, fragte Ilonka, während sie mit ihren langen knochigen Fingern nach einem Glas Wasser griff und folgsam zwei der Wachmacher hinunterspülte.

„Sind Captas“, antwortete er. „Ihr bekommt den Auftrag, mich bei der Suche nach der Verräterin, der Lampenbraut

Corinna, zu unterstützen. Wir müssen sie finden, bevor sie bei der Schmiere aussagt und Emil dann womöglich im Knast bleibt. Einen Anwalt hab ich schon für ihn beauftragt, der kümmert sich ebenfalls. Den hab ich vorab beschäumen* müssen, damit er den Auftrag annimmt. Drei Mille hab ich gelöhnt. Habt ihr ihren Aufenthaltsort ermittelt, will ich es sofort wissen. Kommt ihr mit Null wieder, werte ich das als Unterstützung für die Schlampe Corinna und ihr müsst dann das Echo abkönnen! Wissen wir, wo sie ist, bekommt ihr eine weitere Ansage von mir. So, nun mal los, flott, flott, macht den langen Schuh. Ihr könnt mich telefonisch entweder hier oder im Geschäft erreichen. Jetzt gebt Gas, ich will Ergebnisse sehen!“, war der zornige Kommentar des Geräuschlosen Kaufmanns.

Willys Gesichtsausdruck überzeugte die Geldmaschinen des Bordells „Emil und Konsorten“ wie seine Stimme und die drohend gespannte Haltung.

Leise stöhnend erhoben sich die drei Dirnen, die ihre Tabletten noch nicht genommen hatten und reichten ein Glas Wasser von Hand zu Hand. Sie schluckten brav ihre zwei Captagon-Tabletten. Danach verließen sie mit hängenden Schultern die Wohnung, um nach Willys Order in die Großstadt Hamburg auszuschwärmen. Wie auf Kommando zeigten sie allesamt ein aufgesetztes Lächeln, waren aber müde und ausgelaugt und hatten schon schönere Tage in ihrem Leben gesehen…

*bezahlen

Kapitel 7

Am selben Tag,16 Uhr:

Max Herbst und Nicole Dewitz betraten die Dienststelle. „Nicole, denke daran, dass du gleich die Kripo Oberhausen informierst wegen der Aufenthaltsermittlung der Corinna Mielke.“ Nicoles Ausbilder sah zur Uhr, es war bereits 16:10 Uhr. Er telefonierte mit dem Wachhabenden Elmar Schlüter und fragte, ob Berg schon mit der Knastkutsche aus dem Präsidium eingetroffen sei. „Nee“, sagte Schlüter, ist noch nicht hier!“

„Elmar, ruf doch, bitte, mal beim Erkennungsdienst an, wann er auf Tour geht.“

„Okay, Max. Ciao, ich melde mich wieder!“

Als Herbst den Hörer auflegte, telefonierte Nicole schon mit der Kripo Oberhausen und war mit dem Sachbearbeiter der Vermissten-Sache Mielke verbunden worden. „Kollege Helmer, ich glaube, dass ich Sie jetzt ausreichend informiert habe. Sollten die Eltern noch Gesprächsbedarf haben, so können Sie ihnen durchaus unsere Telefonnummer übermitteln. Vielen Dank, Wiederhören!“

„Nicole, wir fahren jetzt zum Tatort, bevor Berg vom Erkennungsdienst hier eintrifft“, sagte Max.

„Okay, dann lass uns los!“ Sie ging zum Spind, zog ihre Bolero-Jacke an und sie fuhren zum Palais d’ Amour in die Bordell-Einheit Emil & Konsorten. Es war jetzt schon halb fünf. Herbst klingelte und nach einem kurzen Augenblick wurde die Tür entriegelt.

„Guten Tag, Herr Kunze“, sprach er den Tages-Wirtschafter an, den er seit Jahren kannte.

„Die Dame hier ist meine Kollegin Frau Dewitz“, sagte Herbst zu dem 42-jährigen Puff-Bediensteten, der seinen Kopf auffällig in Richtung Nicole drehte. Auf der Eckbank saß gelangweilt die 25-jährige Prostituierte Manuela Bayer, die mit Kunze liiert war. Am anderen Ende der Bank hockte ein ihm unbekannter älterer Mann. Er hatte eine spiegelblanke Glatze mit wallendem Haarkranz und trug eine Nickelbrille. Der Mann sah in seinem zerknitterten schwarzen Anzug wie ein Professor aus. Er saß kerzengerade und hielt eine schwarze Aktentasche auf den Oberschenkeln vor seinen mächtigen Bauch.

„Wer sind Sie? Weisen Sie sich, bitte, mal aus!“, forderte Herbst den Mann auf, der sofort erwiderte: „Ach, Sie sind also Herr Herbst von der Kripo. Ich bin Rechtsanwalt Hagemann“, stellte er sich vor, während sein Doppelkinn vibrierte.

„Ja, sehr nett, trotzdem möchte ich Ihren Personalausweis sehen!“ Der Mann griff in die Hosentasche und entnahm ein Portemonnaie, fingerte aus diesem seinen Ausweis und reichte ihn Max, der ihn nach kurzer Überprüfung zurückgab. „Und nun, bitte, noch Ihre Anwaltslegitimation!“

„Selbstverständlich, wenn es weiter nichts ist. Hier haben Sie sie. Nun zufrieden?“, antwortete er mit einem leicht säuerlichen Gesichtsausdruck.

„Ja, alles klar, Herr Hagemann. Herr Berg ist auf dem Weg zur Dienststelle und müsste in Kürze dort eintreffen. Sie können uns begleiten, wenn wir hier fertig sind.“
„Und nun zu Ihnen, Herr Kunze.

Wir möchten uns das versiegelte Zimmer zwölf ansehen, gehen Sie voraus!“

„Natürlich, hier entlang“, erwiderte Kunze und ging in dem dunklen Flur an mehreren Zimmern vorbei, bis er vor der Zwölf Halt machte.

„Das Dienstsiegel ist sogar unbeschädigt“, bemerkte Nicole ironisch in solcher Lautstärke, dass der Anwalt und Kunze es nicht überhören konnten.

„Da sehen Sie mal, alles ehrbare Leute hier“, hörten sie Hagemann sagen, der ihnen unaufgefordert gefolgt war.

„Tss, tss, tss!“, gab Nicole von sich.

„Hör auf damit!“, zischte Max, während er das Siegel zwischen Türblatt und Zarge entfernte, ins Tatort-Zimmer trat und die Deckenbeleuchtung anknipste.

Es war ein funzeliges Licht, das von der schwachen roten Glühlampe abgestrahlt wurde. Nicole ging zum Fenster und zog die Vorhänge zur Seite, sodass Tageslicht in den Raum dringen konnte. Grobe dunkelrote Teppichware lag am Boden, die Wände waren mit einer roten Samttapete in Blumenmuster beklebt. An der einen Wand war ein kleines Waschbecken befestigt, darunter stand ein brauner Plastikeimer. Auf der gegenüberliegenden Seite befand sich eine Couch. Über der Couch war ein roter Alarmknopf angebracht. Der einzige Stuhl lag umgekippt in der Ecke.

„Nicole, achte auf die Feinheiten! Herr Kunze, Herr Hagemann, bleiben Sie, bitte, draußen vor der Tür, bis wir uns einen ersten Überblick verschafft haben“, sagte Herbst in bestimmendem Ton. Beide wichen zwei Schritte auf den Flur zurück, was der Anwalt mit verärgertem Kopfschütteln quittierte.

„Nicole, fass mal das Bett mit an, ich möchte es von der Wand ziehen!“ Sie stöhnte kurz auf, denn das Bett war sehr schwer und es in den Raum zu rücken, war mühsam.

„Nanu, was haben wir denn da?“, fragte Max, als er auf der Teppichauslage einen langen schwarzen Gegenstand entdeckte und aufhob. Es war eine ausfahrbare Stahlrute, ein sogenannter Totschläger. Bei genauer Betrachtung stellte Max fest, dass Blutspuren daran klebten. „Gib mir, bitte, eine von den Asservatentüten, diesen Gegenstand wollen wir aber ganz schnell sicherstellen!“, sagte Max in Richtung Kunze und Hagemann. Von dort kam kein Kommentar, sie hatten gleichgültige Mienen aufgesetzt, als wollten sie sagen: Was geht uns das an!

Max Herbst hob mit Nicole die schwere Matratze aus dem Lattenrost, aber außer Wollmäusen und einem mit Sperma halb gefüllten Präservativ war dort nichts zu finden.

„Das Zimmer steht wieder zur freien Verfügung, die Beschlagnahme ist somit aufgehoben!“, rief Max Kunze zu.

„Ey!“, rief Kunze plötzlich: „Wollen Sie nicht aufräumen, bei der Unordnung, die Sie hinterlassen haben?“

„Nee, Herr Kunze, in der Strafprozessordnung steht nur was von Durchsuchung, nichts von Aufräumen! Doch, doch, Herr Kunze, es ist so, wie ich sage! Herr Hagemann, wir können jetzt zur Dienststelle fahren – und, Herr Kunze, so etwas wie letzte Nacht möchte ich hier nicht nochmal erleben, sonst fahren wir schärfere Geschütze auf und schließen den Laden!“

„Na, na“, erwiderte Rechtsanwalt Hagemann: „So schnell schießen die Preußen nicht!“

Max verließ mit Nicole das Bordell in Richtung Dienststelle. Hagemann hatte beschlossen, mit seinem eigenen Auto nachzukommen.

Kapitel 8

Es war bereits 18:30 Uhr an diesem Montag:

„Was ist denn nun, Rechtsverdreher?“

„Für Sie immer noch Hagemann oder Rechtsanwalt, Herr Kunze, soviel Zeit muss sein!“ Kunze wirkte äußerst nervös und kippte erst einmal einen doppelten Wodka-Lemon.

„Ist die Sache hier nun erledigt oder belästigt uns der Schmiermichel weiter? So langsam geht uns der Typ auf den Sack. „Braunschweiger-Willy“ hat Sie doch bezahlt, nun tun Sie endlich was für Ihr Geld!“, fuhr Kunze den Anwalt an.

„Nicht ungeduldig werden. Ich werde gleich versuchen, Herrn Berg rauszuholen. Mal sehen, was die ihm dezidiert vorwerfen. Das Beste wäre natürlich, wenn die Mielke noch keine Aussage gemacht hat und der Polizei fernbliebe“, kommentierte Rechtsanwalt Hagemann mit einem leichten grinsen im Gesicht. „Vielleicht haben Sie da Möglichkeiten, was zu regeln…? Ich meine ja nur! Wiedersehen, Herr Kunze, ich fahr jetzt mal zur Polizei“, schnaufte der Advokat, der breitbeinig in Türnähe stand und Kunze musterte. Sein massiger Körper glich dem eines Sumo-Ringers. Der Rechtsbeistand hatte den Türknopf fest umklammert und wartete darauf, dass Kunze die Tür öffnete.

Wirtschafter Kunze betätigte den Türsummer am Schreibtisch und entriegelte die Salontür, die zum Treppenhaus führte…

Kapitel 9

18:55 Uhr desselben Tages:

In seinem Büro übergab Max den Totschläger an Nicole und bat sie, einen Untersuchungsbericht zu fertigen. Dazu bemerkte er: „Man muss akribisch Spuren an Tatorten und in der Seele der Kriminellen suchen. Die schwache Stelle zu finden und dann ein unterschriebenes Geständnis bekommen, zu dem der Täter auch vor Gericht noch steht, das ist der Königsweg! Ich wette, es ist das Blut von Corinna Mielke an dem Totschläger und die Fingerabdrücke dürften von Berg sein!“ Max rief unten im Wachraum an und erfuhr, dass Berg soeben eingetroffen sei und sich in Zelle zwei befände. Ebenfalls zugegen sei ein Rechtsanwalt Hagemann. „Okay, danke, ich kümmere mich darum, er soll warten“, gab Max zur Antwort, um sich dann Nicole zuzuwenden:

„Mach du deine Sachen fertig. Hol schon mal die sichergestellte Reitpeitsche aus der Asservatenkammer, ich gehe nach unten und kümmere mich um Berg und Hagemann. Vielleicht kannst du uns ja vorher noch einen Becher Kaffee besorgen.“

„Guddi“, sagte Nicole, während Herbst sich mit dem Verwahrbuchführer auf dem Weg in den Keller machte, um Berg zu holen. „Ist er pflegeleicht?“, fragte Max den Kollegen Albert Jüchen, der für die Unterbringung der Festgenommenen verantwortlich war. „Ja, er mault nur rum, hat gefragt, ob sein Anwalt schon da ist.“ Polizeihauptwachtmeister Jüchen entriegelte die schwere Zellentür und sie standen Emil Berg gegenüber. Berg war groß und schlank.

Seine hellblauen Augen saßen tief in den Höhlen. Das Gesicht war eher langgezogen und sah nach Zangengeburt aus. Die hohen Wangenknochen und die breite Stirn wurden von zurückweichendem, weizenblondem Haar überdacht, das ungeordnet und wuschelig auf dem relativ kleinen Schädel wuchs. Max konnte die Schuppen in dem von Gel glänzenden Haar des Mannes sehen. Emil Berg wirkte müde, vergrämt und ausgemergelt. Er starrte Max mit zusammengepressten Lippen an, einfach fertig mit sich und der Welt.

„Hallo. Herr Berg, wir kennen uns ja. Dann wollen wir mal!“, sagte Max zu dem Hanseatischen Vermieter von weiblichen Geschlechtsteilen. Berg schwieg mit finsterer Miene, begleitete Max in sein Büro und Rechtsanwalt Hagemann folgte ihnen.

„Herr Berg, soll das Ihr Anwalt werden?“

Es dauerte einen Moment, ehe Berg nickte. Sein Blick huschte hin und her; ständig sah er zur Tür. „Ja, selbstverständlich!“, sagte der Bordellbesitzer mit entrüsteter Miene, während er große Augen machte.

„Gut, dann möchte ich zuerst eine Vollmacht des Herrn Hagemann, von Ihnen unterschrieben, zu Ihrer Akte haben!“

„Wenn’s weiter nichts ist.“ Der Geräuschlose Kaufmann Berg setzte sich scheinbar bequem und spannungsfrei auf den ihm von Max zugewiesenen Stuhl ohne Armlehnen.

Er unterschrieb den Vordruck, den Hagemann vor ihn auf den Schreibtisch gelegt hatte.

Max begann mit der Rechtsbelehrung in dem Augenblick, als Nicole mit zwei Kaffeebechern ins Büro kam: „Wollen Sie zu den Vorwürfen Stellung nehmen?“

Berg wurde plötzlich bleich, seine Augenlieder begannen unkontrolliert zu zucken. Er öffnete den Mund und war dabei, einen Satz zu formulieren, während seine blauen Augen langsam über die Zimmerdecke wanderten.

Da stoppte ihn der Anwalt, schüttelte verneinend den Kopf und sagte: „Mein Mandant macht dazu keine Aussage!“

Max ignorierte die Bemerkung und bohrte nach: „Herr Berg, was wissen Sie, wie ist denn Ihre Wahrheit zu der Angelegenheit?“

„Herr Herbst, Sie sollten mal zum Ohrenarzt gehen. Haben Sie nicht gehört, was ich Ihnen geantwortet habe?“, griff der Rechtsbeistand des Bordellpächters ein.

„Tja, Herr Hagemann, diese Kategorie der Luden lässt sich die Entscheidungs- und Willensfreiheit den Frauen gegenüber nicht nehmen, aber in Fällen wie diesen kneifen sie lieber und übertragen das Handeln an Ihre Berufsgruppe“, erwiderte Max leicht grinsend.

„Herr Herbst, was sollen diese Sticheleien?“, rief Hagemann mit gespielter Empörung in die Runde. „Ich muss wohl mal Ihren Vorgesetzten informieren!“

„Müssen Sie den Geräuschlosen Kaufleuten immer nur Schwierigkeiten bereiten. Ohne Beweise keine Schuld, oder?“, schwadronierte Berg plötzlich los. „Was wollen Sie eigentlich? Fühlen Sie sich gut, weil wir in Ihren Augen die Schlechten sind? Ist doch alles erstunken und erlogen, die Stuss-Braut spinnt doch. Ich war gar nicht da, als das passierte. Ich war mit Willy unterwegs! Macht doch nicht solche Sperenzien. Lasst mich endlich gehen! Ich habe heute noch viel zu tun. Sie wissen doch auch, was das Leben sich erlaubt, das brauche ich Ihnen doch nicht zu erzählen“, platzte es aus Emil Berg heraus. „Und im Übrigen ist es mir auch egal, was andere Leute denken oder sagen.“

„Dem Gesetzgeber aber nicht, Herr Berg“, schmunzelte Max. Er war nahe an seinem Ziel.

Max hatte Berg fast dort, wo er ihn haben wollte. Nun müsste nur noch der Anwalt für einen Moment seinen Mund halten und dann …

„Wollen Sie damit sagen, dass Sie nicht lügen, sondern nur ein Opfer Ihrer falschen Erinnerungen sind, Herr Berg?“, provozierte der Polizist ihn erneut.

Berg rieb sich die Augen, ihm brach kalter Schweiß aus. Er zwinkerte mehrmals, um wieder klar sehen zu können; dann blickte er den Advokaten an.

„Hm…? Ja! Ja, das haben Sie treffend formuliert. So war es, nä…, so ist es!“

„Sie sind wahrlich ein Mann mit einer ausgeprägten Phantasie, Herr Berg.“ Max sah in dem Bordellpächter einen Typen, der das Böse erntete, es geradezu anzog.

„Ha, nur, weil ich die Krumme mache, brauchen Sie nicht ständig Jagd auf unsereins zu machen, oder ist da noch der eine oder andere Laber-Heini, der sich einige Riesen von der Schmiere rein tun will? Diesen Schmock hol ich mir noch!“

Mann, diese Theatralik, dachte Max. Immer wenn ein Anwalt zugegen ist, fühlen sie sich besonders stark. „Nee, nee, Herr Berg, wir zahlen nicht für irgendwelche Gefälligkeitsaussagen!“ „Herr Berg, lassen Sie das, sagen Sie jetzt nichts weiter. Ich will erst einmal Akteneinsicht haben“, mischte Hagemann sich energisch ein.

„Einen Kaffee könnten Sie mir schon holen, soviel Gastfreundschaft sollte sein“, maulte Berg. Worauf Nicole erwiderte: „Tut uns leid, Herr Berg, war der letzte, die Küche ist schon geschlossen. Ich könnte Ihnen aber ein Glas Leitungswasser holen.“

„Nee, sonne Pisse sauf ich nicht!“, maulte Berg.

„Dann eben nicht“, konterte Nicole und spannte zwei weiße Blätter in die Schreibmaschine.

„Da siehst du mal, wie die einen hier behandeln und was meinst du, was die sich sonst noch alles einfallen lassen würden, wenn du nicht anwesend wärest“, provozierte Berg seinen Anwalt. Aber der schwieg. Vorerst ...

„So, Herr Berg! Wenn Sie also keine Aussage machen wollen, dann können Sie jetzt in der Zelle noch kurz mit Herrn Hagemann allein sprechen, falls Bedarf sein sollte. Ihr hiesiges Apartment, dazu noch die Kosten für Verpflegung, werden später vor Gericht verrechnet. In Amtsdeutsch sage ich Ihnen jetzt, dass wir Sie dem Haftrichter beim Amtsgericht Hamburg zuführen wegen der Delikte, die ich Ihnen schon nannte. Die Haftgründe sind Flucht- und Verdunkelungsgefahr. Ich gehe davon aus, dass ein Haftbefehl ausgestellt wird. Noch eine Frage für den Personalbogen: Wo wohnen Sie zurzeit?“

„Muss ich das sagen?“, tönte Berg und sah dabei Rechtsanwalt Hagemann fragend an.“

„Ja, da hat er Anspruch drauf!“, erwiderte der.

„Momentan im Puff“, war die gereizte Antwort von Berg. Und er legte nach: „Das gefällt mir hier alles nicht, gefällt mir einfach nicht.“
„Danke, das war’s dann, Herr Berg. Sie verbleiben vorerst in der Vorführabteilung des

Untersuchungsgefängnisses. Nicole, bring die beiden Herren, bitte, nach unten!“
Max atmete erst einmal tief durch. Es war bereits 17:55Uhr, als das Telefon klingelte: „Hier Pressestelle, Dey. Herr Herbst, was ist denn nun?“
„Alles in trockenen Tüchern, Herr Dey. Ich fertige noch schnell die Wichtige Ereignismeldung für Sie, Tschüss“, antwortete Max und beendete das Telefonat.
„Was ist denn ein Schmock?“, fragte Nicole, nachdem sie aus dem Zellentrakt zurückgekommen war.
„Das ist in der Kiez-Sprache ein Lude, der nicht akzeptiert wird“, sagte Max mit Blick auf die Akte Berg. Er machte sich daran, die Strafakte zu vervollständigen, aber die Schreibmaschine taugte nichts mehr. Immer wieder bohrte sich der harte Anschlag des O durch die beiden Papierbögen und die Blaupause bis auf die Walze. Es entstand ein richtiges Loch. Ich müsste mal mit der Verwaltung sprechen, ob es demnächst eine neue geben könnte, ging es ihm durch den Kopf.

„Nicole, eine Sache ist noch ungeklärt. Der sichergestellte Totschläger war wohl das Tatmittel, mit dem die Mielke verprügelt wurde, so wie sie es erzählte. Was ist mit der vom Dauerdienst sichergestellten Reitpeitsche? Mielke hatte von der Peitsche erzählt, dass sie im Schreibtisch verwahrt und gelegentlich zur Unterstützung von Drohgebärden gegen die Frauen benutzt wurde. Die muss nicht unbedingt Tatmittel zu der gefährlichen Körperverletzung gewesen sein.“ Nicole schwieg und nickte.

Um 21:35Uhr verlangte Max den Wachhabenden zu sprechen. Lehmann von der Nachschicht hatte bereits übernommen. „Hallo Kalli, kannst du, bitte, den Festgenommenen-Sammeltransporter aus dem Präsidium bestellen?

Wir haben eine Zuführung mit Namen Berg zur Vorführabteilung in das Untersuchungsgefängnis."

„Jo, Max, geht in Ordnung."

Max rieb sich seine schmerzenden Augen. Kommt von den weißstichigen blöden Neon-Röhren der

Deckenbeleuchtung, dachte er. Sein Hals juckte ebenfalls. „So, Nicole, das war's dann für heute.

Hast du noch was vor heute Abend? Wenn nicht, dann lass es uns doch was gemeinsam machen!"

Sie wehrte ab: „Ach, nee. Nur noch allein ins Bett, ich bin kaputt und hundemüde."

„Ich fahre wohl auch nach Hause, es ist ja schon spät. Morgen wird es anstrengend! Sei pünktlich!", erwiderte er.

Max nahm die Akte Berg und ging nach unten in den Wachraum. Er sah Nicole gerade noch mit ihrem braunen Golf mit donnerndem Getöse davonbrausen. Der Schalldämpfer schien bald abzufallen, die Auspufflammen verwandelten sich in zwölf gelbe Punkte, die wie Sterne in den Himmel stiegen. Er stieg in sein Cabrio, schaltete das Radio ein und fuhr mit dem Frank Sinatra-Song „Strangers in the Night" und einer schwarzen Qualmwolke heim. Diese kleine, schäbige Kiste raubt mir noch den letzten Nerv, dachte er, während er den nächsten Tagesablauf zu planen versuchte. Aber nun mal etwas anderes, dachte er, der Dienst soll ja nicht alles sein.

Rufe ich doch nochmal Staatsanwältin Christin Zemann an? Eine wirklich schnuckelige Person. Ich müsste mich mal wieder mit ihr treffen.

Er parkte sein Schrottvehikel nach zehn Minuten Fahrt in der Tiefgarage des Mehrfamilienhauses und suchte seine Wohnung auf.

Runter mit den Klamotten, eine heiße, danach kalte Dusche, rein in den Jogginganzug, eine kalte Flasche Bier und zwei Scheiben Vollkornbrot mit Lachs-Schinken – und dann auf das bequeme Sofa lümmeln. Er schaltete das Fernsehen ein und ließ sich berieseln, während er physisch und psychisch runter fuhr. Mist, die Tageszeitungen vergessen!

Und als ihm das Fernsehprogramm zu langweilig erschien, ging er ins Bett. Es war eine Wohltat, bleiern müde schlief er traumlos ein, der Montag war fast vorbei.

Kapitel 10

Dienstag, 5. August, 10:30 Uhr, U.-Haftanstalt Hamburg:

Mann, ist das eine heilige Scheiße. Nun hock ich hier zwischen diesen Schwachmaten auf der Hartholzbank im Kellergeschoss des Strafjustizgebäudes, dachte Bordellwirt Emil Berg. Was war das nur für ein Szenario?

Es war die Vorführabteilung des Untersuchungsgefängnisses am Holstenwall. Wie jeden Vormittag herrschte reges Treiben. Zahlreiche Rechtsanwälte kontaktierten ihre Mandanten in Absprache mit dem Sprechposten und suchten danach mit ihnen eine leere Sprechzelle auf, um die Vernehmungstaktik festzulegen. Die Inhaftierten warteten mehr oder weniger nervös auf die Vorführung vor dem Haftrichter, der nach Aktenlage darüber zu entscheiden hatte, ob man in den Knast wanderte oder freigelassen würde.

„Bist du der Emil aus dem Puff auf St. Pauli?“, wurde Berg von dem neben ihm sitzenden, stiernackigen Untersuchungshäftling gefragt. „Hm…, woher kennst du mich?“, brummelte Emil Berg schlecht gelaunt.

„Hab dich gesehen, als ich in deinem Puff war und es einer deiner Bräute besorgte, ist ein halbes Jahr her. Übrigens: Der Typ, der dir gegenüber sitzt, hat einen zwölfjährigen Bengel vergewaltigt und übel zugerichtet“, flüsterte der ehemalige Freier aus Bergs Bordell.

„Soll mir nicht zu nah kommen, der Haubentaucher, dann knock ich ihn hier noch aus, diesen Wichser! Bei dem sollte man mal prüfen, wie viel Saft er noch unter der

Decke hat, scheint aber nicht viel zu sein“, grollte Berg. „Mann, zwölf Kerle hier, wer ist denn als Nächster dran?“

„Weiß ich nicht, vielleicht entscheidet die Zeit der Einlieferung die Reihenfolge“, antwortete sein Gesprächspartner.

„Eine Scheiße, wie kommt man hier raus? Ich zieh bestimmt ein!“, ärgerte sich Berg, während er hart schluckte.

„Duncker, Heinz Duncker, melden Sie sich vorn am Sprechposten, Sie werden erwartet!“, war aus dem im Deckenbereich montierten Lautsprecher zu hören. Ein abgerissener Typ um die Fünfzig mit Vollbart und strubbligem Haupthaar erhob sich und ging in gebeugter Haltung Richtung Sprechposten. „Ja, ich komm schon“, nuschelte der Mann, der dem äußeren Erscheinungsbild nach wohl seine besseren Tage lange hinter sich hatte. „Ich soll einziehen, weil ich wieder mal schwarz gefahren bin. Na, mal sehen, macht nichts. Hab dann ja drei Mahlzeiten, eine warme Stube und ein frisch bezogenes Bett. Ist eh alles scheißegal. Winter wäre mir lieber gewesen, jetzt kann man auch gut draußen pennen.

Man kann eben nicht alles haben.“ Der Stadtstreicher lachte, doch es war ein bitteres Lachen. Heinz Duncker verschwand um die Ecke aus dem Sichtfeld von Berg und den anderen Vorgeführten. Nach etwa zwanzig Minuten war er zurück. „Na, was war?“, wurde er von einem Jüngling, der des Raubes beschuldigt wurde, gefragt. „Der Richter hat mich rausgeschmissen. Ich hörte, wie er dem Staatsanwalt zuflüsterte, dass der Knast momentan zu voll ist.

Man sollte einen notorischen Schwarzfahrer nicht noch eine Zelle belegen lassen, die eventuell für einen Kinderschänder oder Bankräuber benötigt wird, hatte er zum Staatsanwalt gesagt."

„Wie heißt du?", fragt Berg den Stadtstreicher, dessen Gespräch er aufmerksam verfolgt hatte. „Hast du doch gehört – Heinz. Du kannst Heinzi zu mir sagen."

„Gut, Heinzi, ich zieh wohl ein, mein Scheiß-Anwalt ist immer noch nicht hier. Wenn der nicht pünktlich bis zu meiner Vorführung vor dem Schwarzkittel aufschlägt, kriegt der die rote Karte von mir. Aber geht dich ja nichts an. Auftrag für dich! Du fährst sofort zum Kiez. U-Bahnhaltestelle St. Pauli. Am Millerntor steigst du aus und gehst die Reeperbahn runter bis Hausnummer 140. Da ist der Großpuff Palais d' Amour. Du gehst den Weg zur „Ritze" rein und unmittelbar vor der „Ritze" links auf den Kontakthof. Da klingelst du bei meinem Puff, der heißt Emil & Konsorten, ist im Haus A. Dem Wirtschafter bestellst du einen Gruß von mir und teilst ihm mit, dass ich wohl einziehen werde, weil die Schlampe Corinna Mielke mich bei der Schmiere verpfiffen hat. Er soll sich mal Gedanken machen in meinem Sinn. Der Wirtschafter soll dir zwei Scheine raustun und nun zieh Leine. Merke dir den Namen: Corinna Mielke.

Versuch nicht, mich zu linken, ich krieg dich eh!", gab Berg Heinzi mit auf den Weg. „Ja…, gut, mach ich, brauchst mir doch nicht zu sagen. Ich weiß, wo das ist. War ja schon lange nicht mehr im Puff, ha, ha!", erwiderte der Minusmensch der Gesellschaft, während er bei dem Gedanken lächelte. „Berg, Emil Berg, zum Sprechposten. Sie sind der Nächste!", war über die Lautsprecheranlage zu hören.

„Also, Heinzi, man sieht sich!“, rief Berg dem Stadtstreicher hinterher, als er sich erhob und mit trockenem Mund, Herzklopfen, beschleunigter Atmung und fröstelnd zum Sprechposten schlenderte.

Wo war denn nun der Unterschied zwischen Gut und Böse? Manchmal schienen die Grenzen eben fließend zu sein, war zumindest der Standpunkt, auf dem Emil Berg beharrte. Er war sich eigentlich keiner Schuld bewusst. „Eine Scheiße ist das hier!“, dachte er…

Kapitel 11

Am selben Morgen, um 6:30 Uhr:

Nach dem schrillen Klingelzeichen haute Max Herbst auf die Wecktaste des Radioweckers und sah mit verkniffenen Augen, dass der Wecker sich nicht geirrt hatte. Es war der immerwährende Kampf gegen das Unrecht, das Max zum Aufstehen zwang. Frisch rasiert und geduscht verließ er seine Wohnung, bestieg den Käfer und da kam ihm der ganze Ärger noch einmal so richtig hoch: „Ein Mist mit dieser Karre. Ich könnte ins Lenkrad beißen. Mein schöner Mercedes.

Ich habe bei dem Versicherungsagenten den richtigen Versicherungsvertrag meiner vorherigen Versicherung unterschrieben. Gibt der Idiot doch dem Zulassungsservice eine Deckungskarte einer fremden Versicherung zum Anmelden mit. Nur weil dieser bekloppte Versicherungsmacker seine Sinne nicht beisammen hatte, habe ich nun den Schaden. Meine Versicherung lehnte die Vollkaskoleistung ab, berief sich auf das andere Unternehmen und die zahlten nur den Fremdschaden. Nun gurke ich mit einem Schaden von vierzig Mille in diesem Vehikel durch die Gegend und dann noch mit einem Motor, der nicht zum Schnellfahren einlädt. Mein Scheibenwischermotor in dem Mercedes hatte fast so viel PS wie dieser Käfer!“, brummelte er vor sich hin. Pünktlich um acht Uhr traf er in seinem Büro ein.

„Die Akte „Braunschweiger-Willy“, also Willy Böhmert, ist fast fertig. Ich brauche noch eine halbe Stunde und fahre dann sofort um neun zum Gericht.

Der Haftrichter hat heute inklusive Emil Berg zehn Beschuldigte zu verarzten, danach wird er den Haftbefehlsantrag für „Braunschweiger-Willy“ prüfen“, sagte Nicole.

Max griff zum Telefon und rief im Hafenkrankenhaus an. „Herbst, Kripo St. Pauli, Tag, Schwester Elsbeth, wie geht es unserer Patientin Corinna Mielke?“

„Hallo Herr Herbst, der geht es gut, sie erholt sich scheinbar schnell und ist heute schon besser drauf!“

„Moment, Schwester Elsbeth, diese Antwort hatte ich von Ihnen nicht erwartet. Ich hatte über Ihren ärztlichen Dienst eine Auskunftssperre veranlasst. Wir kennen uns doch gar nicht. Wie können Sie dann solch eine Aussage treffen? Sie gefährden damit die Patientin! Bei dem nächsten Anruf, den Sie eventuell diesbezüglich erhalten sollten, seien Sie, bitte, vorsichtiger. Lassen Sie sich zumindest eine Rückrufnummer nennen, beenden Sie das Telefonat und rufen Sie hier bei uns an. Das ist der Regelfall.

Bedenken Sie, bitte, wenn Sie die Patientin wären, würden Sie auch den optimalen Schutz erwarten!“

„Hm..., ich meine doch nur…?“

„Es freut mich, dass die Genesung der Frau Mielke vorankommt, und passen Sie gut auf sie auf! Wiederhören!“ Max legte den Hörer auf die Gabel, bevor er noch eine stammelnde Antwort in Form einer Rechtfertigung von der Krankenschwester zu hören bekam. Mann, Mann, Mann! Hätte ich ständige Bewachung durch Kollegen veranlassen sollen? Aber woher nehmen? Die Personal-Ressourcen sind eh knapp bemessen...

„Nicole, ich geh in die Frühbesprechung, mach du, bitte, weiter, sonst kommen wir zu sehr in Verzug!“

„Ja, ja, geh man“, hörte er sie seufzen, während sie weiter am Tippen war.

Herbst saß mit fünfzehn Kollegen in der Frührunde, als der Dienststellenleiter Korz über die wichtigsten Ereignisse und Vorfälle der vergangenen Nacht berichtete.

„Wir werden wahrscheinlich heute noch eine Durchsuchung in Steilshoop vornehmen, wenn der Beschluss für Willy Böhmert eintrifft. Es könnte Nachmittag werden. Ich benötige dafür noch zwei Kollegen“, sagte Max, nachdem er über den gestrigen Fall berichtet hatte. Mehrere Kollegen riefen sofort: „Wir sind alle voll, nimm dir bitte zwei Mann vom örtlichen Revier mit, wir schaffen es nicht!“

„Okay, mal sehen“, erwiderte Max, während er sich erhob und nachdenklich in sein Büro ging. Nicole war verschwunden…

Kapitel 12

Immer noch Dienstag, 5. August, gegen 10 Uhr:

Max warf einen flüchtigen Blick auf seinen Aktenstapel und sah ihn noch einmal nach Dringlichkeit durch.

Das Ermittlungsersuchen aus Mannheim müsste erledigt werden. Der hiesige Zuhälter Benno Konoppes, „Berliner-Benno", sollte für die Kripo Mannheim vernommen werden. Es ging um eine Alibi-Überprüfung wegen eines Tötungsdelikts vom Sonntag, 3. August, um 2:30 Uhr, an einem Zuhälter im Mannheimer Rotlichtmilieu. Der getötete Zuhälter war nach Aktenlage ein brutaler Schläger, von dem fast die gesamte Rotlichtklientel in Angst und Schrecken versetzt wurde. Ständig sorgte er für Unruhe in den Bordellen und häufig brachte er Prostituierte ohne Abstecke für deren Zuhälter in andere Städte, wie von den Milieu-Ermittlern festgestellt wurde. Er verkaufte diese Ware quasi und verschaffte sich dadurch ein einträgliches Salär. Der 40-jährige Kriminelle, „Mannheimer-Klaus", wurde hinterrücks zur Nachtzeit auf dem schwach beleuchteten Parkplatz der Diskothek „Barbados" erschossen. Eine Zeugin hatte ausgesagt, dass sie etwas Dumpfes hörte, ähnlich wie puff, puff... – „es klang nach Luftstößen." Sie war nicht in der Lage, die Geräusche näher zu definieren. Es könnte eventuell ein Schalldämpfer gewesen sein, der diese dumpfen Geräusche verursacht hatte.

Die Spurensicherer hatten am Tatort drei Patronenhülsen gefunden. Ferner wurde dort, wo der Täter vermutlich auf sein Opfer gewartet hatte, ein größerer Klumpen Vogelkot gefunden, der sich von der Schuhsohle des

Täters gelöst haben könnte. Weiterhin lag einen Meter daneben ein dünner, rosafarbener Gummischlauch, zwei Zentimeter lang und einen Zentimeter im Durchmesser. Auf dem Schlauch war eine fünfstellige Nummer geprägt. Dieses Teil befand sich als sehr klar fotografiertes Lichtbild auf Blatt 14 der Akte. Bei der Obduktion wurden drei Einschüsse aus einer 45-Pistole im Körper der Leiche festgestellt. Die Projektile wurden durch den Pathologen entnommen und den Kriminalisten der Sektion übergeben, die diese als Beweismittel zum Spurenvergleich der Kriminaltechnik übergaben. Die 45-er war ein echter Elefantentöter mit enormer Durchschlagskraft. Sie riss so große Löcher, dass bereits ein Geschoss reichte, um einem erwachsenen Mann den Garaus zu machen. Zeugen berichteten von einem männlichen Täter, der anschließend mit einem dunklen Jaguar Daimler XJ 12 mit HH- Kennzeichen geflüchtet sei. Der Täter soll schwarz gekleidet, athletisch gebaut und etwa 190 Zentimeter groß gewesen sein. Das Alter konnten die Zeugen nicht bestimmen, der Tatort war nur schwach beleuchtet gewesen und der Schütze nur von hinten wahrgenommen worden.

Max Herbst schob den Stapel beiseite und fertigte eine Zeugenvorladung ohne Angabe von Gründen für Benno Konoppes, datiert auf Freitag, 8. August, 14 Uhr, wobei er dachte, dass die Zivilfahnder ihm die Vorladung in der Nacht aushändigen könnten, wenn sie ihre Puff-Kontrollen vornehmen würden.

Herbst griff zum Telefonhörer und wählte die Rufnummer der Staatsanwältin Christin Zemann.

„Zemann, guten Morgen!“

„Hallo, mein Engel, hier ist Max, wie ist das Befinden?“

„Gut, mein Lieber, gut“, tönte es weich vom anderen Ende der Leitung.“ „Ich hätte Lust, dich heute Abend zu sehen und nach einem guten Essen beim Brasilianer über Nacht zu mir zu entführen. Hast du Zeit, bist du einverstanden?“, fragte Max.

„Ja, gern, Schnuckelmaus, ich freu mich schon, muss aber vorher noch nach Hause. Morgen früh setzt du mich bitte am Strafjustizgebäude auf dem Weg zum Dienst wieder ab. Ist für mich eigentlich noch etwas früh, aber was soll's? Und, lass es nicht zu heftig werden, ich habe morgen Sitzungstag beim Landgericht. Das wird stressig“, stöhnte Christin. „Okidoki, freu mich schon, bin um zwanzig Uhr bei dir.“

Max hatte sie vor einem Jahr kennen gelernt, als er sie mit Genehmigung der Pressestelle nachts in Begleitung eines Kollegen zu Studienzwecken durch das Milieu führte. Sie war eine sehr aparte Erscheinung mit ihren pechschwarzen, schulterlangen Haaren, die sie häufig zum Zopf band, und ihren leuchtenden, dunkelbraunen Augen. Christin verfügte über einen scharfen Verstand und über psychische Stabilität. Wenn er in ihre Augen sah, konnte er die Zeit vergessen. 28 Jahre war sie jung. Ihre Erscheinung und ihr Auftreten waren geprägt von Eleganz, deren wichtigste Symptome Unauffälligkeit und Understatement bei ihr voll zusammentrafen. Eine Frau mit genau den Attributen, die er liebte. Ihre vollen Lippen setzen ihn immer wieder in Entzücken und sie betonte ihren Erdbeermund regelmäßig, indem sie Lipgloss benutzte. Einen Lippenstift hatte sie bei ihrem Teint nicht nötig, ebenso wenig lackierte Fingernägel. Sie verwendete lediglich Klarlack. Es war 11:10 Uhr. „Na, nun müsste Nicole aber langsam zurück sein.“ Tack, tack, tack, hörte Max und dachte: „Oh, schon im Anmarsch.“

Freudestrahlend betrat die Praktikantin das Büro und winkte ihm mit einem roten Aktendeckel zu. „Hier, Max, ich habe den Haftbefehl und den Durchsuchungsbeschluss für „Braunschweiger-Willy“ und schönen Gruß von Haftrichter Klatt, er hat den Haftbefehl für Emil Berg ausgestellt. Berg befindet sich bereits in Untersuchungshaft.“

„Super, gute Arbeit, Nicole, der kann vorerst kein Unheil mehr anrichten!“ Herbst wählte die Rufnummer des Hafenkrankenhauses, während er laut erwähnte: „So, noch einmal kurz nach dem Befinden von Corinna Mielke erkundigen und dann ist Schluss für heute! Ich habe noch eine Verabredung, bin sowieso schon spät dran.“

„Hafenkrankenhaus, Schwester Irene, guten Abend“, ertönte es vom anderen Ende der Leitung. „Herbst, Kripo St. Pauli, wie geht es Frau Mielke?“

„Frau Mielke? Die hat sich doch heute entlassen!“

„Wie, ich höre wohl nicht richtig, wo ist die denn hin?“

„Das weiß ich nicht. Um achtzehn Uhr kam eine Freundin und holte sie ab. Sie wollte sie zu sich mit nach Hause nehmen!“

Herbsts Stimmlage wurde lauter: „Das kann doch wohl nicht wahr sein, was ist das denn nun wieder? Wo sind die beiden denn hin, und wie heißt die Frau, die sie abholte?“

„Ich, ich weiß es nicht, habe doch heute meinen ersten Tag nach meinem Urlaub. Es ist so viel zu tun und außerdem sagte mir niemand, dass die Patientin unter besonderer Beobachtung steht oder stand, ganz wie Sie wollen…“.

„Wie sah die Frau denn aus, die Frau Mielke abholte?"

„So genau weiß ich es nicht mehr. Ich weiß nur, dass die groß war, so einen Meter achtzig. Sie hatte einen jungenhaften Körper, um nicht zu sagen, dass die fast keinen Busen hatte. Die Frau war wohl ungefähr dreißig Jahre alt. Mehr kann ich nicht sagen, sie hatte ein fliehendes Kinn!"

„Na toll, die Zusammenarbeit hat ja wieder einmal hervorragend geklappt!", schrie Max und donnerte den Hörer auf die Gabel. „Du hast es ja eben gehört. Gib bitte noch eine Fahndung nach Corinna Mielke über Fernschreiber an alle Dienststellen heraus. Ich werde ins Polizeipräsidium fahren. Mein Gefühl sagt mir, dass die Frau die Ilonka Harmsen war aus dem Bordell von Berg. Die Personenbeschreibung könnte hinkommen. Ich weiß, dass wir neue Lichtbilder in ihrer Kriminalakte haben, weil sie vor drei Monaten wegen Beischlafdiebstahls erkennungsdienstlich behandelt wurde! Danach fahre ich noch ins Krankenhaus und lege Schwester Irene die Bilder mit Ilonka Harmsen zur Identifizierung vor. Du bleibst bitte hier! Ich weiß nicht, was auf uns zukommt, es könnte länger dauern."

Unverzüglich verschwand Max nach einem weiteren Telefonat mit der Aktenhaltung aus dem Büro. Im dicken Feierabendverkehr traf er erst um 19:45Uhr in der Kriminalaktenhaltung des Polizeipräsidiums ein.

„Dürfte ich als erstes einmal telefonieren?", bat er die dortige Angestellte. Herbst wählte die Rufnummer von Christin Zemann. „ Christin, ich muss leider absagen, ich schaffe es zeitlich nicht. Ich bin noch im Dienst, es wird wohl eine lange Nacht werden."

„Jammerschade“, rief Christin enttäuscht. „Du willst wohl mit deiner hübschen Praktikantin ausgehen?“

„Nein, nein, nimm es so, wie ich es gesagt habe. Ich melde mich morgen bei dir, ciao!“ Frauen, Frauen, Frauen, hm? Immer diese Eifersüchteleien! , dachte Max.

Kapitel 13

Am Abend, um 18:50 Uhr, Wohnung Rosa Konoppes:

Das Telefon klingelte:

„Hier Konoppes“, hörte sie eine weibliche Stimme sagen.

„Hallo, Rosa, hier ist Ilonka. Ihr braucht euch nicht weiter zu kümmern. Ich weiß, wo Corinna sich befindet, es war die naheliegende Möglichkeit. Natürlich lag sie im Hafenkrankenhaus. Ich hab da angerufen und mich als ihre Schwester ausgegeben. Eine schusselige Tusse war sehr auskunftsfreudig, sagte mir sofort, dass Corinna auf der Inneren in der zweiten Etage, Zimmer zwei, liegen würde. Nach dieser Info hab ich sofort bei Willy angerufen. Der war aber irgendwie komisch, ganz kurz angebunden. Vielleicht hab ich ihn gestört. Du kennst ihn ja. Ich bin dann einfach los und war um zehn vor sechs im Krankenhaus. Die Schwester kam mir entgegen, schien es aber ziemlich eilig gehabt zu haben.

Sie beachtete mich überhaupt nicht und ich bin dann schnurstracks in Corinnas Zimmer und hab sie vollgesülzt. Hab ihr gesagt, dass ich sie bei mir Zuhause in Sicherheit bringen würde, Peter damit einverstanden sei. Dann trieb ich sie zur Eile an, weil ich ja pünktlich um acht zur Nachtschicht sein musste, und half ihr beim Anziehen, weil sie ziemlich stark am Jammern war. Schwupps waren wir draußen, ohne dass uns einer gesehen hat. Zuerst wollten wir mit der U-Bahn nach Wandsbek fahren, aber es ging nicht, weil sie kaum gehen konnte. Da habe ich eine Taxe bestellt. Peter war nicht da und sie liegt jetzt erst einmal bei uns auf dem

Sofa und jammert herum. Irgendwie tut sie mir ja auch leid. Informiere Willy oder Benno, dass sie bei mir ist, und wie ich weiter verfahren soll. Ich warte auf den Anruf. Damit habe ich meinen Teil erfüllt, soll mir keiner kommen, dass ich mich nicht für Emil einsetze. Mein Peterchen wird stolz auf mich sein. Tschüss erst mal.“

Ilonka Harmsen hatte mit sich zu kämpfen. „Du wirst mir gehorchen“, hatte ihr Gatte, „Nasen-Peter“, ihr immer und immer wieder mit strenger Tonlage eingebläut. Ihr Leben lang hatte sie sowohl in frühester Kindheit von ihrem Vater als auch später von „Nasen-Peter“ Prügel bezogen. Was immer sie tat, es war nie des Lobes wert. Ihre Eltern hatten durch sie ihre Lebensängste kompensiert und nicht beachtet, wie sehr sie ihre Wertigkeit zertreten hatten. Du kannst mich nicht zwingen, hatte sie stets gedacht, zumindest gehofft, aber immer vermieden, es auszusprechen. Eine Reaktion wollte sie nicht erfahren, dann hätte sie mit Sicherheit wieder blaue Augen gehabt. Also gab sie sich der Männerwelt des Rotlichtmilieus gegenüber devot und klein. Sie dürstete nach Anerkennung, die jedoch ausblieb.

Man muss doch auch mal Sonnentage erleben, auch wenn es bei mir fast ständig regnet, dachte sie und bemerkte nicht, wie Tränen aus ihren Augen kullerten. Die Hoffnung, dass sich ihr Schicksal jemals wenden könnte, schwand immer mehr. Für einen Moment schloss sie die Augen. Wieder einmal ein Scheiß-Tag…

Kapitel 14

Derselbe Tag, Dienstagabend:

Max Herbst verließ mit zwei Lichtbildbögen das Polizeipräsidium. Es war 20 Uhr durch und Eile geboten. Bevor er sich auf den Weg ins Hafenkrankenhaus machte, holte er das Blaulicht mit Haftmagnet aus dem Fond und setzte es auf das Dach. Er verließ mit rasendem Tempo den Parkplatz des Polizeipräsidiums, die Rundumleuchte ließ das blaue Licht zucken, das Martinshorn war überlaut zu hören. Fünf Minuten später parkte er auf den Gelände des Hafenkrankenhauses und traf Krankenschwester Irene in der Notaufnahme an.

„Hallo, Schwester Irene“, sagte er, als er sie an ihrem Namensschildes identifiziert hatte. Sie war eine kleine, fast zierliche Person, die ihre brünetten Haare zu einem Zopf gebunden hatte. Alter? Um die Vierzig. Auffallend waren ihre dunklen Augenringe und prägend die scharfen Mundwinkel. Er legte ihr die Fotos vor und bat sie zu prüfen, ob die angebliche „Schwester“, die Corinna Mielke abgeholt hatte, darauf war. Bei den Porträts war sie sich im ersten Moment unsicher und deutete auf eins der Bilder, auf denen Personen mit ganzem Körper fotografiert waren. „Ja!“, sagte sie und tippte auf die Nummer sieben. „Die, die war es! Und bei den Porträts – die mit der Nummer drei ist dieselbe Person wie die Nummer sieben. Ich bin mir ganz sicher!“

Volltreffer! Im Büro traf Herbst Nicole, die gerade die Fische im Aquarium beobachtete. „Nicole, meine Intuition hat mich wieder mal nicht getäuscht. Es war die Harmsen, die Olsch von „Nasen-Peter“, die immer im

Puff unter den Frauen den Ton angibt. Sie hat die Corinna Mielke aus dem Hafenkrankenhaus gelockt. Prüf, bitte, sofort die Meldeanschrift von Ilonka Harmsen!"

„Ja, okay", sagte Nicole und rief bei dem Einwohnerzentralamt an. Herbst fühlte sich gestresst, ging zum Waschbecken und ließ erst einmal kaltes Wasser an sein Gesicht. „Ah, eine Wohltat!", rief er. „Jetzt noch einen Kaffee, zweimal tief Luft holen und dann geht's erst einmal wieder." Es war schon 20:45 Uhr. Keiner fragte, ob man pünktlich Feierabend hatte und seinem Privatvergnügen nachgehen durfte.

„Die ist in Hamburg-Wandsbek, Walddörfer Straße, gemeldet", rief Nicole.

„So, dann telefonier mit dem Polizeirevier in Wandsbek und informiere die Kollegen, dass wir zur Walddörfer Straße fahren und die Wohnung kontrollieren. Wir fahren mit Sonderrechten von hier zum Einsatzort und treffen ungefähr 21:15Uhr dort ein. Zu diesem Zeitpunkt sollen sich zwei Peterwagen-Besatzungen eine Straße weiter in Bereitschaft halten. Wenn die keine zwei Wagen frei haben, so sollen sie bei der Funkeinsatzzentrale zwei Streifenwagen aus den Nachbarrevieren ordern. Auf alle Fälle will ich mindestens vier Beamte vor Ort! Ich geh schon mal nach unten", rief er bei Verlassen des Büros. Wenig später kam Nicole Dewitz nach. Sie bestiegen den zivilen Pkw, den Nicole lenkte, und brausten mit Blaulicht und Martinshorn davon. In rasender Fahrt ging es durch die Innenstadt in Richtung Wandsbek.

21:12 Uhr waren sie vor Ort. Bei dem Wohnobjekt handelte es sich um ein Rotklinker-Mehrfamilienhaus aus den Dreißiger-Jahren. Vier im Parterre zur Front gerichtete Fenster waren beleuchtet, zwei weitere dunkel.

Nicole rief über Funk die Zusatzkräfte herbei. Die Dämmerung setzte ein, als kurz darauf vier Kollegen scheinbar unauffällig in Zivil den Gehweg entlang schlenderten und auf die Beiden zukamen. Auf dem Flachdach des Wohnhauses sah Max ein balzendes Pärchen Kolkraben. Sie waren so mit sich beschäftigt, dass sie sich von den Menschen nicht stören ließen.

„Hallo Max“, rief einer von den vier Zivilisten, der Uwe Matthias hieß. Matthias war Polizeikommissar und ein Lehrgangskollege von Max Herbst. Sie begrüßten sich herzlich. Das Pärchen Raben machte sich lautstark bemerkbar und beschwerte sich über die Störung.

Uwe Matthias sah nach oben, klatschte zweimal laut in die Hände und das Rabenpärchen flog in einen Baumwipfel. Nicole nahm eine kurze Einweisung vor.

Dann sagte Max: „Ich werde die Tür gewaltsam öffnen lassen, wenn aus der Wohnung Ilonka Harmsen keine Reaktion kommt.“ Am Klingeltableau befand sich der Name Harmsen. Es war zu erkennen, dass es die Wohnung im Parterre rechts sein musste.

„Uwe, weise zwei deiner Zivilfahnder an, sich draußen auf dem Rasen vor den Wohnungsfenstern aufzuhalten, um zu verhindern, dass jemand aus dem Fenster springen und flüchten kann“, ordnete Max an. Dann klingelte er im Parterre links bei Lewandowski. Der Summer war zu hören, die Haustür entriegelte sich. Max ging voraus, hinter ihm Nicole, gefolgt von Uwe Matthias und seinem Kollegen. In dem Türrahmen stand ein auf beiden Armen stark tätowierter Maat von ungefähr zwei Metern in einem mit braunen Flecken gesprenkelten weißen Muskelshirt. Der etwa dreißig-jährige Mann hatte das Gardemaß eines Gerüstbauers, war unrasiert und eine mächtige

Narbe zog sich von seiner rechten Augenbraue über die gesamte Wangenhälfte bis hin zum rechten Mundwinkel. Dem möchte ich nicht im Dunkeln begegnen, wenn er schlechte Laune hat, dachte Max Herbst. „N' Abend", sagte Max, „Kripo, dürfen wir Sie mal was fragen?"

„N' Abend, denn man los", erwiderte der Riese. „Hast du auch einen Ausweis? Jo, dann schieß man los, mein Jung!"

„Wer wohnt eigentlich in der gegenüberliegenden Wohnung, haben Sie die Personen die letzten Tage gesehen?"

„Vor ungefähr einer Stunde hab ich die Alte gesehen, wie sie mit einer jungen Deern die Bude verlassen hat. Die Alte sieht wie ´ne Giraffe aus, so riesig und dürr, wie die ist. Die sind Richtung U-Bahn-Station gegangen. Die Junge sah ziemlich kaputt aus. Ich weiß nicht, ob die krank war oder so. Vielleicht sind die beiden zum Arzt gefahren. Die Alte, die hier wohnt mit ihrem Macker, geht bestimmt auf´ n Strich. Der Typ von ihr ist auch nicht von hier. Dieser Bonsai fährt so ´nen goldenen Daimler SL-Sportwagen und trägt nur Tom Mayor-Klamotten. Sieht echt Scheiße aus. Er hat mir mal gesagt, dass er früher als Vertreter für die Firma Tom Tom gearbeitet hat. Der ist höchsten so groß wie ein Hausschwein", lachte der Riese. „Ich bin Zweimeterundeins! Dieses Frettchen hat mich mal bei der Wohnungsbaugesellschaft angeschissen, nur weil ich manchmal die

Musik ein bisschen lauter mache. Den SL parkt er immer hier vor der Tür, wenn er Zuhause ist. Aber er ist nicht da!"

„Danke für die Auskunft und Tschüss", erwiderte Max Herbst. Draußen sagte Max: „Die Bude muss zurzeit leer sein.

Keine Innenbeleuchtung zu erkennen, die Aussage des Rübezahl erscheint mir glaubhaft. Also, rücken wir ab!"

„Danke Uwe, auch deinen Kollegen", sagte er mit einem freundlichen Kopfnicken in Richtung der anderen Beamten „Hat sich für euch erledigt!"

Nicole und Max bestiegen ihren Pkw. Sie zog das Blaulicht vom Dach ein und sie fuhren mit normaler Fahrt zur Dienststelle zurück, wo sie um 22:10 Uhr eintrafen.

„Und nun?", fragte Nicole leise.

„Mal sehen", erwiderte Max und rief unten im Wachraum an. „Hallo, Max Herbst hier, Wilfried, sind die Zivilfahnder noch im Haus?"

„Ja, die wollen gerade raus!", erwiderte der Kollege Wilfried Schade.

„Bitte sie doch, vorher zu uns ins Büro zu kommen." Nach zwei Minuten standen die beiden Zivilfahnder vor Max. „Hallo ihr beiden, sperrt bitte heute Nacht die Lauscher besonders auf und kontrolliert das Umfeld des Emil & Konsorten in unregelmäßigen Abständen. Ilonka Harmsen ist mit der Corinna Mielke verschwunden. Wir brauchen beide. Weiterhin versucht, den „Braunschweiger-Willy" zu verhaften. Das MEK ist ebenfalls zu seiner Ergreifung eingesetzt. Denkt daran, Willy hat einen scharfen Ballermann!" Die beiden Fahnder nickten und verließen das Büro.

„Wir machen jetzt Feierabend, es ist gleich halb elf. Hast du auch noch Hunger?"

„Ja", Nicole nickte.

„Gut, dann lad ich dich jetzt noch zu Hamburgs ältesten Italiener ein, Davidstraße, Ecke Herbertstraße.

Lass dein Auto hier, wir gehen zu Fuß.“ Max hielt noch einen kleinen Plausch mit den Innendienstbeamten der Schicht, bevor sie das Gebäude Richtung Davidstraße verließen.

Bei Betreten des Lokals kam ihnen geballter Tabakqualm entgegen. Das Restaurant war proppenvoll. Die Kellnerin sagte: „Hallo Max, mal wieder reinschauen? Für dich habe ich immer noch zwei Plätze – da oben in der Ecke!“ „Danke“, erwiderte Max und dann saßen sie eng gedrängt neben einer lustigen Gesellschaft diverser Journalisten, bestellten Spaghetti mit Scampi in Knoblauch- Öl, dazu jeder ein Viertel des roten Hausweines und zwei Flaschen Selters. Max sah zur Uhr, es war bereits 22:45 Uhr. Nach einer halben Stunde verließen die Journalisten das Restaurant und es wurde in ihrer Ecke etwas leiser. „So, nun genug für heute“, sagte Max, nahm sein Glas Rotwein, leerte es in einem Zug, winkte die Kellnerin herbei und zahlte. Sie verließen das Restaurant und fuhren getrennt nach Hause. Der klapprige Käfer röhrte und zog eine weiße Rauchwolke hinter sich her. Die typischen Macken seines Vehikels waren nicht zu überhören. Mann, hoffentlich verreckt der Motor nicht auch noch, waren die Gedanken, die ihn wieder mal beschäftigten. Zuhause angekommen, stieg er in seinen Jogginganzug, goss sich aus der angebrochenen Flasche Rotwein ein Glas voll ein und bediente den Fernseher. Erst einmal runterfahren. Ach, du Schande, schon wieder die Tageszeitungen vergessen. Nun liegen da schon sechs auf dem Schreibtisch. Um 1:10 Uhr fiel er erschöpft ins Bett.

Kapitel 15

Mittwoch, 6. August:

Punkt 6:30 Uhr holte ihn der Wecker aus seinen Träumen. Max bereitete sich das für viele Menschen so einfallslose Frühstück zu, das aus einem Becher Kaffee, einer Banane und einem Joghurt bestand, griff nach seiner Walther PP, Kaliber 7,65 mm, und steckte das Magazin mit acht Patronen in den Schaft. Ob „Braunschweiger-Willy" aufgestöbert und verhaftet worden war? Kurz nach acht Uhr betrat er seine Dienststelle und traf im Wachraum auf die Zivilfahnder. „Moin, Max, wir haben dir den „Braunschweiger" geliefert, er steckt in Zelle vier", begrüßten sie ihn freudestrahlend. „Kommt mal kurz mit nach oben, bevor ihr nach Hause fahrt, und berichtet mir im O-Ton!" Zu dritt gingen sie in sein Büro, wo er auf den Schreibtisch nun schon neun Tageszeitungen lagen. „So, dann erzählt mal", sagte er zu den müde wirkenden Fahndern.

„Also", sagte der Fänger: „Wir hörten gegen 4:30 Uhr über Funk, dass ein Peterwagen des Nachbarrevieres den weißen Porsche 928 in der Simon-von Utrecht- Straße am Fahrbahnrand verkehrswidrig parken sah. Nachdem der Fahrer nicht ausfindig gemacht werden konnte, haben die Kollegen durch einen angeforderten Abschleppdienst den Porsche auf den Parkplatz des Heiligengeistfeldes schleppen lassen, wo er jetzt noch sein müsste. Wir haben dann weiter im Milieu gewühlt und einer unserer Informanten gab uns den Hinweis, dass „Braunschweiger-Willy" in der Großen Freiheit im Lokal „Gretel und Alfons" sein sollte, um dort auf seine Bräute Tina und

Karina zu warten, die um sechs Uhr im Palais Feierabend machen."

Beatle, ergänzte: „Ungefragt hat der Informant gesagt, dass Willy ihm erzählte, er kann im Moment nicht ins Palais gehen, weil Stress angesagt sei."

„Beatle und ich machten uns sofort auf die Socken und sind zu „Gretel und Alfons", ergänzte der Fänger. „ Wir sind in das vollbesetzte Lokal, wo zu dieser Zeit diverse Luden ihre Wartezeit verbrachten. Unmittelbar nach Betreten des Schankraums muss Willy uns gesehen haben, denn er sprang vom Tisch hoch, riss ihn mit mehreren Biergläsern und Flaschen um und flüchtete durch die Tür, die zur Toilette führt. Wir sofort hinterher, aber er war bereits durch das Toilettenfenster gehechtet, der Raum war leer. Das Fenster stand weit offen."

„Ich bin ebenfalls durch das Fenster, sah ihn draußen noch über eine Mauer hüpfen und habe ihn dann schließlich auf der Kreuzung zu Boden reißen und verhaften können", ergänzte Beatle. „Anschließend haben wir ihn mit Handfesseln auf dem Rücken zu Fuß nach hier geschoben."

„Hatte er den Ballermann dabei?", fragte Max.

„Ja", sagte Beatle. „Den hatte er im Hosenbund auf dem Rücken stecken. Ich war aber so schnell, dass er nicht mehr dazu kam, die Pistole zu ziehen. Die Wumme hatte sechs Patronen im Magazin und war durchgeladen."

„Gute Arbeit! Und ist euch bekannt, ob das MEK über die Verhaftung informiert ist?"

„Ja, ich habe sofort danach bei denen angerufen. Die dürften sich enttäuscht wieder zu Bett gelegt haben", grinste Beatle.

„So, nun sind wir aber auch bettreif. Tschüss, bis morgen. Der Ballermann ist schon in der Asservatenkammer! Die Frühschicht hat bereits übernommen.“

Max blieb allein in seinem Büro. Die Uhr zeigte 8:30 Uhr und tack, tack, tack, tönte es aus Richtung Treppenhaus. „Morgen, „Scheffi“, rief Nicole mit strahlendem Gesicht, als sie das Büro betrat. Ein Duft von „Coco“ drang an seine Nase.

„Nichts „Chef“ hier, Nicole! Das möchte ich nicht mehr hören. In unserer Firma hat man keinen Chef, es sind alles nur Vorgesetzte, die ihren Sold aus demselben Topf erhalten. Das ist anders als in der freien Wirtschaft.“

Moment mal, dachte er. Die trägt ja dieselben Klamotten wie gestern, außerdem sieht sie ziemlich kaputt aus. Frisch geschminkt scheint sie auch nicht zu sein. Der Braunton des Make-ups um ihre Augen herum sieht zerlaufen aus. Mit wem hat sie wohl die Nacht geteilt? Na ja, wird wohl wieder so ein Casanova gewesen sein, der ihr die Ehe versprochen hat, dachte Max. Geht mich ja auch nichts an!

Max fütterte die Fische. Immer noch keine Babys. Er warf noch einen kurzen Blick in die aktuellen Tageszeitungen, bevor er die von gestern und vorgestern in den Papierkorb warf und Nicole bat, die bei Willy sichergestellte Schusswaffe aus der Asservatenkammer zu holen. Nach einer Weile kam sie mit einer schwarzen Pistole zurück und legte sie auf den Tisch. „Check, bitte, die Individualnummer“, sagte Max. „Oh, was ist das denn? Du hast wohl die Falsche geholt! Corinna Mielke hatte doch gesagt, dass es ein silberner Ballermann sein soll.“ „Hm, stimmt“, murmelte Nicole:

„Aber das ist die Pistole, die Willy heute Morgen von den Zivilfahndern abgenommen wurde."

„Ganz sicher?"

„Ja, natürlich!"

Max las die Wichtigen Ereignismeldungen der vergangenen Nacht und ging zu seinem Vorgesetzten, dem Dienststellen-Leiter. „Hallo Rolf, hast du eine Meldung bekommen, wo sich Corinna Mielke aufhalten könnte?"

„Nein, gar nichts, still ruht der See!"

„Danke, das war's schon!" Als er wieder im Büro war, rief Nicole ihm zu, dass der Pistolen-Check ein Volltreffer sei: „Diese Luger-Pistole stammt aus einem Einbruch in ein Speditionslager im Hamburger Freihafen, bei dem zwölf Kisten Pistolen gestohlen wurden. In jeder der Kisten waren dreißig Faustfeuerwaffen desselben Herstellers."

„Dann mach dich auf die Socken. Geh zum Verwahrbuchführer, der „Braunschweiger-Willy" vor Einschluss in seine Zelle die persönlichen Sachen abgenommen hat. Da wird mit Sicherheit sein Porsche-Schlüssel dabei sein. Den nimmst du, fährst zum Heiligengeistfeld und durchsuchst das Auto nach der silbernen Pistole. Fotografier das Handschuhfach, schau, ob es einen doppelten Boden hat, verschließe das Auto wieder und komme retour. Prüfe, ob das Auto als Beweismittel in Betracht kommt, wenn nicht, lass es vor Ort."

Mit einem knappen „Ja" verließ sie das Büro. Komisch, was stinkt sie heute so stark nach Rauch, obwohl sie doch ein dominantes Parfum benutzt und passionierte Nichtraucherin ist, dachte Max, bevor er in die Frührunde ging und sich über das Fallaufkommen der vergangenen Nacht informierte. Zurück im Büro, trank er in Ruhe einen Kaffee und dachte nach einer halben Stunde, dass Nicole langsam zurück sein müsste. Anschließend würden sie sich „Braunschweiger-Willy“ vornehmen.

Um 10:25Uhr stand Nicole in der Tür und er konnte sehen, dass sie eine silberne Pistole in der Hand hielt. „Hier ist sie, die von Frau Mielke beschriebene Waffe. Sie steckte in einem Einsatz vom Handschuhfach, den habe ich fotografiert und anschließend in die Asservatenkammer gebracht.“

„Hast du den ausgebaut oder war der locker eingesteckt?“

„Nein, der war mit mehreren Schrauben befestigt, ein Kollege hat ihn ausgebaut.“

„So, check schnell die Pistole, trink einen Kaffee und dann holen wir uns den Super-Aufreißer Willy nach oben.“

Nicole telefonierte mit der Sachfahndung. „Klasse“, hörte er sie rufen. „Nun rate mal, woher diese Waffe stammt?“

„Weiß nicht, mach es nicht so spannend, raus damit!“

„Die wurde vor drei Monaten bei einem Villeneinbruch in Blankenese gestohlen. Der Waffenbesitzer hatte sie legal erworben, jedoch während seiner Abwesenheit nicht vorschriftsmäßig verwahrt.“

„Sieh an, sieh an“, resümierte Max. „Dann hol ich mal den Super-Luden nach oben.“

Als er um 11:45 Uhr mit „Braunschweiger-Willy“ in seinem Büro eintraf, saß Nicole wieder auf ihrem Platz. „Setzen Sie sich, hier direkt vor meinen Schreibtisch“, sagte Max zu Willy, der sich mehrmals mit der rechten Hand an den Hinterkopf fasste und das Genick massierte;

dabei sah er Max leicht verlegen, aber erwartungsvoll an. Der widerliche Lude atmete scharf ein, öffnete den Mund, als wollte er etwas sagen und presste sofort wieder die Lippen aufeinander. Stattdessen gab er einen Ton von sich, der wie eine Art Lachen klang. Im selben Moment schüttelte er verneinend den Kopf.

Warum grinst der so? Max überkam ein Gefühl der Hilflosigkeit und des Hasses, als er über den unbekannten Aufenthaltsort Corinna Mielke` s nachdachte: Wo könnte sie stecken? Es geht eventuell um Minuten, um Sekunden, bei der Brutalität der Luden, die sie gefangen halten. Natürlich ist Eile geboten. Die widerlichen Zuhälter gehen stets nach derselben Methode vor, wie aus einem Lehrbuch. Zuerst poussieren sie, dann werden die Dirnen mit Drohungen gefügig gemacht und wenn das kein probates Mittel ist, erpresst, vergewaltigt und verprügelt man sie. Auf diese Weise bricht man ihr Selbstwertgefühl und macht sie mundtot; sie funktionieren nur noch wie willenlose Kreaturen. Wenn sie dann noch zur Lampenbraut* erklärt werden, kann die Strafe nicht übel genug sein. Das ist dann Hochverrat für die verschworene Gemeinschaft der Zuhälter, bei denen nur Kadavergehorsam zählt. Sie alle sollen laut Luden-Duktus eine „Heilbehandlung der besonderen Art“ erhalten.

Max erinnerte sich an das abscheuliche Verbrechen vor zwei Jahren, als er nach einem anonymen Hinweis einer weiblichen Person die Eingangstür des Röhrenbunkers unter dem Hans-Albers-Platz aufbrechen ließ und mit den Zivilfahndern die drei Gänge des Bunkers in völliger Dunkelheit mit Taschenlampen absuchte.

*Eine Dirne, die eine Anzeige gegen ihren Zuhälter erstattet

Die Gänge waren jeweils etwa 50 Meter lang. Gerade, als sie den Kontrollgang abbrechen wollten, hörten sie ein schwaches, verzweifeltes Stöhnen, das aus Richtung dritter Röhre kam. Sie entdeckten eine völlig ausgemergelte weibliche Person, die bäuchlings nackt auf einer stark verdreckten Matratze lag und nur noch leise wimmerte. Mehrere Ratten liefen hastig davon. Beide Gesäßhälften des Opfers waren feuerrot und blau unterlaufen. Das rohe Fleisch quoll in Kratern hervor und war teilweise schon verkrustet. Es hatte Verbrennungen dritten Grades gegeben. Noch bevor der Rettungswagen der Feuerwehr eintraf, verstarb die 25jährige Frau. Die anschließenden Ermittlungen hatten ergeben, dass die Dirne zur Lampenbraut erklärt worden war und extrem bockiges Verhalten gezeigt hatte. Deshalb hatten die Zuhälter sie in die Katakomben gebracht, wo stets heimlich Gericht gehalten wurde über männliche oder weibliche Personen, die den St. Pauli-Gesetzen zuwider handelten. Welch falscher Ehrbegriff steckte hinter solch einer Bestrafung? An einen provisorisch installierten Stromanschluss hatte man ein Bügeleisen angeschlossen und die Temperatur auf die heißeste Stufe gestellt. Dann presste der Vollstrecker das Bügeleisen jeweils diverse Male für zehn bis zwanzig Sekunden auf das Gesäß der widerborstigen Dirne, um endgültig deren Willen zu brechen. Tagelang hatte man sie in diesem Zustand ohne Wasser und Lebensmittel dort vegetieren lassen, bis der anonyme Anruf an Max` s Ohr drang. Die drei Scheusale, die für dieses Martyrium verantwortlich waren, wurden zu langjährigen Haftstrafen verurteilt.

Kriminalkommissar Max Herbst lief die Zeit davon. Solch ein abscheuliches Verbrechen wie in dem Röhrenbunker des Hans-Albers-Platzes wollte er nicht noch einmal erleben. Er hatte die düstere Vorahnung, dass der Fall in sich zusammenbrechen würde, wenn sie Corinna Mielke nicht sofort in ihre Hände bekämen. Wer machte so etwas, wie viel war so ein Frauenleben für die brutalen Luden wert? Max´ Hass nahm von Sekunde zu Sekunde zu. Am liebsten würde er die gesamte Brut, diese Kanaillen, das Gesindel und Lumpenpack, sofort ausrotten; sie nach Russland in einen Gulag bringen lassen…

Kapitel 16

Mittwochmittag, 13 Uhr, U-Haftanstalt Hamburg:

Zur selben Zeit hatte Bordellbesitzer Emil Berg seine Zelle in der Untersuchungshaftanstalt Hamburg bezogen und bereits seine Achille* eingenommen. Es gab Hühnerfrikassee mit Salzkartoffeln. Emil befand sich mit weiteren Untersuchungshäftlingen beim mittäglichen Hofgang unter Aufsicht von zwei Vollzugsbeamten. Ein weißer Kleinlaster der Wäscherei Blitzblank mit zwei Insassen fuhr nach Kontrolle durch das geöffnete Tor am Schlangenpass in den Hof der JVA, um die Anstaltswäsche zu tauschen. Der Fahrer öffnete die hinteren Türen am Heck und zog drei große weiße Leinensäcke von der Ladefläche des voll beladenen Lasters. Während die Säcke mit der frischen Wäsche hinter dem Fahrzeug auf dem Boden lagen, Fahrer und Beifahrer heftig diskutierten, wer sie in die Wäscherei schleppen würde, wurden sie von Berg aufmerksam in Augenschein genommen. Nachdem scheinbar eine Einigung stattgefunden hatte, schleppten der Fahrer einen und sein Beifahrer die anderen zwei Riesenbeutel in das Gebäude. Verstohlen reunte Berg mit Blick auf den Wachturm, wo der Diensthabende ebenso lustlos und schläfrig auf seine Armbanduhr schaute wie die beiden auf dem Hof mit der Aufsicht beschäftigten Gefangenenwärter. Achtzehn U-Häftlinge drehten ihre Runden und waren aufgrund ihrer Lautstärke und ihrem teils sonderbaren Gelächter nicht zu überhören. Während Berg sich möglichst unauffällig hinter dem Wäscherei-Fahrzeug aufhielt, waren die Hofwärter abgelenkt:

*Essen

Einer steckte sich eine Zigarette in den Mund, sein Kollege zündete ihm mit dem Feuerzeug den Glimmstängel an. Der Turmwächter betrachtete die grölende Meute. Verabredungsgemäß gaben drei Insassen Berg Sichtschutz und in diesem günstigen Moment hechtete er auf die Ladefläche des Transporters, wühlte sich durch die Wäschesäcke bis nach vorn an die Wand des Fahrgastraumes und versteckte sich hinter und unter den Transportbehältnissen. Puh…, jetzt nur noch raus hier, gleich ist es geschafft. Natürlich werde ich den Dreien, die mir bei der Flucht geholfen haben, einen zünftigen Puff-Besuch spendieren, sowie sie wieder in Freiheit sind. Das habe ich ihnen versprochen und man sollte als Geräuschloser Kaufmann Wort halten, waren Bergs Gedanken.

Der Fahrer und sein Beifahrer verließen mit vier Säcken voller Schmutzwäsche das Gebäude und bevor sie die auf die Ladefläche werfen konnten, schrie einer der Hofbeamten: „Halt, ihr wisst doch, dass wir erst kontrollieren müssen!“ Das Personal der Wäscherei hielt inne und die Beamten stocherten mit einem langen Holzstab in die Säcke, als in etwa 20 Meter Entfernung vom Laster ein lautes Geschrei ausbrach und sich zwei Insassen zu prügeln begannen.

Die Kontrahenten wurden von den restlichen Häftlingen, die wild durcheinanderliefen, angefeuert und Pöbeleien waren zu hören.

„Haut endlich ab!“, rief einer der spontan schlechtgelaunten Hofbeamten den Wäschereileuten zu, während sie zu der krakelenden Meute eilten und im Laufen aus speziellen Hosentaschen Gummiknüppel zogen. Der Wärter auf dem Wachturm wurde ebenfalls durch die lärmenden Häftlinge abgelenkt, als der Fahrer des Lasters ahnungslos die hinteren Türen verschloss. Das Fahrzeug fuhr im Schritttempo an das 50 Meter entfernte Tor, das sich sofort unter den wachsamen Augen des Turmwächters öffnete und anschließend unverzüglich wieder schloss, als der Kleinlaster sich im Schlangenpass befand. In der Nähe des Hauptbahnhofs gelang es Berg, die Hecktüren des Kleinlasters zu öffnen, und während des kurzen Halts an einem Rotlicht sprang er von der Ladefläche auf die Fahrbahn. Es blieb ihm noch Zeit, die Türen wieder lautlos zu schließen, als der Wagen mit seiner ahnungslosen Besatzung die Fahrt fortsetzte...

Kann man ohne Sex-, Drogen- und Alkoholexzesse ein erfülltes Leben haben? „No Sir“, sagte sich der Geräuschlose Kaufmann Emil Berg. Intensives Leben war doch die Würze des Ganzen, auch wenn der Weg manchmal mühsam war. Der Radius des Schweißrandes unter Bergs Achseln nahm zu. „Ha, ha, diesen Wachhunden im Knast sollte man meine Flucht vom Jahresgehalt abziehen, diesen Pennern“, brummelte er mit einem verstohlenen Lächeln im Gesicht.

Eine ältere Frau in einem Kleinwagen zeigte ein erstauntes Gesicht und schüttelte den Kopf, als Berg die Fahrbahn überquerte und unauffällig langsam Richtung Hauptbahnhof schlenderte. Nur einmal sah er sich noch flüchtig um, dann tauchte er in der Menschenmenge der riesigen Bahnhofshallen in der ordinären Gesellschaft unter und steuerte die U-Bahn-Bahnsteige an …

Kapitel 17

Am selben Tag, Mittwoch, 13:20 Uhr:

„Herbst, Kripo!“, rief Max in den Telefonhörer, nachdem zweimal das Klingelzeichen ertönt war.

„Guten Tag, Herr Herbst. Jäger, Untersuchungshaftanstalt Holstenwall. Ich habe erfahren, dass Sie für den U-Häftling Emil Berg zuständig sind.“

„Wie, was heißt das?“, fragte Max ahnungsvoll.

„Ja, also, der ist… – weg. Es fiel beim Zählapell nach dem Hofgang auf: Er fehlt einfach. Wir haben den gesamten Block durchsuchen lassen, er ist verschwunden. Momentan vermuten wir, dass er bei dem Hofgang unbeobachtet in den Lkw der Wäscherei Blitzblank stieg, als deren Personal die Wäsche tauschte und die UHA wieder verließ. Jedenfalls wissen wir zurzeit nichts über seinen Aufenthaltsort. Ich wollte es nur unverzüglich gemeldet haben, damit Sie Fahndungsmaßnahmen einleiten können.“

„Super, Sie haben wirklich Ihr Gehalt verdient“, schrie Max in den Hörer, bevor er ihn auf die Gabel knallte.

„Nicole, ich komme gleich wieder, kümmere dich solange um Herrn Böhmert!“ Max ging in ein leer stehendes Büro und veranlasste, dass der Haftbefehl für Berg sofort in die Fahndung übernommen wurde. Danach kehrte er gehetzt in sein Büro zurück.

„Möchten Sie einen Kaffee?“, bot Nicole Willy an. „Ja gerne, wenn Sie noch einen haben?“ Sonst würde ich wohl nicht fragen, dachte Nicole. Da fiel ihr etwas auf:

„Oh, was haben Sie für eine hübsche Armbanduhr, Herr Böhmert?“

„Ja, die habe ich vor Jahren mal in der Schweiz in Basel gekauft, als ich meinen Freund Wolle besuchte. Er ist ein Freak für Schweizer Uhren, auch wenn es meistens billige Imitate sind. Ist leider nur ein Blender, keine Echte, aber gut gemacht, kostete zwei Scheine.“

Nachdem Nicole zurück war und für Willy einen Becher Kaffee in Greifnähe auf den Schreibtisch gestellt hatte, sagte Max zu ihm: „Geben Sie mir bitte mal die Uhr!“

„Nein, warum? Ich hab doch gesagt, das ist ein Blender! Warum hacken Sie eigentlich die ganze Zeit auf mir herum?“

„Reine Routinearbeit, Willy, zerbrechen Sie sich darüber nicht den Kopf. Also, ich möchte die Uhr haben, machen Sie keine Umstände oder soll ich erst zwei Kollegen rufen und wir nehmen Sie Ihnen gewaltsam ab? Überschreiten Sie nicht Ihre Grenzen, Herr Böhmert!“

„Nee, ist ja schon gut ... äh ...“, sagte Willy mit säuerlicher Miene und reichte Max Herbst die Uhr.

„Willy, Sie scheinen ein Typ zu sein, der mit zu kurzen Beinen ausgestattet ist und zu lange Finger hat!“

Max wiegte die Uhr in seiner Linken und dachte: Oh, die ist ja sauschwer! Würde mich nicht wundern, wenn die echt ist.

„So, so, Zweihundert haben Sie für die Uhr gezahlt“, sagte er, während er Willy scharf ansah.

„Ja, hab ich doch gesagt, zwei Hunnis!“ „Hier, Nicole, nimm die Uhr, auf dem Gehäusedeckel ist die

Individualnummer zu sehen, check das mal", forderte Max sie auf. Unverzüglich griff sie zum Telefon.

„Herr Böhmert, ich werfe Ihnen dirigistische Zuhälterei zum Nachteil Corinna Mielkes, Nötigung, Körperverletzung und Erpressung bezüglich derselben Frau, Vergehen nach dem Waffengesetz und gewerbsmäßige Hehlerei im großen Stil vor. Möchten Sie dazu eine Aussage machen? Wenn Sie aussagen, dann können Sie Punkte sammeln. Sie entscheiden maßgeblich, ob Sie mit einer milderen Strafe rechnen können. So, und nun sind Sie am Zug!"

Nicole hatte das Telefonat beendet und wandte sich mit den neu erworbenen Erkenntnissen an „Brauschweiger-Willy". „Herr Böhmert, ich kann Sie beruhigen, die Uhr ist kein Blender. Sie ist echt und stammt aus einem Blitzeinbruch in ein Juweliergeschäft in Düsseldorf. Die Uhr ist Zweiunddreißigtausend wert. Ein schönes Sümmchen. Das Zeiteisen ist somit beschlagnahmt."

Willys Nasenflügel vibrierten, er tippte ständig mit dem rechten Bein auf und ab, hatte Schweißperlen auf der Stirn, atmete schwer und holte tief Luft. „Herr Herbst, haben Sie mal ein Glas Wasser für mich?"

„Tut's der Kaffee nicht auch?"

„Nee, ich möchte erst mal ein Wasser; mein Mund ist so trocken, ich muss sonst husten."

„Nicole, sei bitte so nett!" Nach zwei Minuten reichte sie Willy ein Glas Wasser, das er in einem Zug leerte. Mit einem Stoßseufzer stellte er das Glas auf den Schreibtisch.

„Was ist nun, Herr Böhmert?", setzte Max nach.

„Es scheint doch einfach nur eine harmlose kleine Schmutzkampagne, ein Rufmord zu sein, den man mir hier anhängen will“, antwortete Willy kopfschüttelnd.

„Nee, nee, Willy, wir sind hier nicht in einem Märchenwald. Unterschätzen Sie uns nicht, wir haben knallharte Beweise. Das ist hier kein Kaspertheater, Herr Böhmert“, erwiderte Max.

Willy stutzte. Er biss die Zähne aufeinander und versuchte, die nervenden Fragen von Max zu überhören. Trotz allem erklärte er sich nach einer Blitzidee bereit, sich dem scheinbaren Anliegen von Max zu stellen. „Kann ich wirklich Punkte sammeln und kleiner bestraft werden, wenn ich eine Aussage mache?“

„Ja, hab ich Ihnen doch gesagt!“

„Gut, Sie können ja mal anfangen. Fragen Sie, fragen Sie bis morgen“, nuschelte Willy, wobei er den Blickkontakt zu Max mied und seine Achseln zucken ließ.

„Also dann beginnen wir mit der Vernehmung zur Person, weil der Staatsanwalt einige Anhaltspunkte bezüglich des Strafmaßes haben will.“

Max hatte die Absicht, dass dieses Scheusal sich erst einmal in sicherem Fahrwasser wiegen lassen sollte.

Er wollte nicht sofort mit der Kardinalfrage bezüglich des Aufenthaltes Corinna Mielkes kommen.

„Was Corinna und mich angeht…? Posaunen Sie denn alles raus, was bei Ihnen zu Hause passiert? Wohl eher nicht!“, war Willys frecher Kommentar.

„Wohl eher nicht, Willy. Aber wir sind hier nicht bei einem Kaffeekränzchen, sondern dieses Gespräch ist bitterer Ernst und wird eine Weichenstellung für Sie sein.

Also, ich höre!“

„Na gut, wenn es anders nicht geht. Hm…, mein Alter kennen Sie ja. Ich bin 35 Jahre alt und unehelich geboren. Meinen Vater kenne ich nicht. Ich weiß nicht mal, ob er überhaupt noch lebt.

Meine Mutter hat bis zum sechzigsten Lenz bei einer Krankenkasse als Angestellte gearbeitet. Sie war danach krankgeschrieben, weil sie Konzentrationsschwächen hatte. Zwei Jahre später, also vor drei Jahren, kam sie in ein Heim für betreutes Wohnen, weil sie an Alzheimer erkrankt war. Sie konnte sich allein nicht mehr versorgen. Ich besuch sie nicht mehr, checkt sie eh nicht, ob ich da bin.“

„Wo wohnt sie denn?“, fragte Nicole dazwischen.

„In Braunschweig. Geschwister habe ich keine. Nach der Volksschule habe ich zuerst als Taxifahrer gearbeitet. Ich fuhr immer mehr Jungs in den Puff und hatte mich mit einem Kollegen angefreundet, der mich ins Rotlicht brachte. Dann hörte ich auf mit dem Taxifahren und bin nun schon neun, nein, zehn Jahre in diesem Beruf tätig. Freiberuflich natürlich, als sogenannter Projektentwickler, Herr Kommissar“, war der schleimige Kommentar, den Max zu hören bekam.

„Aha, Beruf nennen Sie sowas?“, erwiderte Max und dachte: Was sind die Ursachen für solch eine charakterliche Entwicklung bei diesen Typen? Die Saat keimt wohl im Elternhaus, sinnierte er.

„Ja, kann man so sagen!“, tönte Willy mit voller Inbrunst und einem schmierigen Lächeln um die Mundwinkel.

„Also, wie ging es weiter?“ –

„Nee, mehr gibt's dazu nicht!"

„Doch, sind Sie vorbestraft?", erwiderte Max. „Ha, ha, ha", kam es belustigt aus Willys Mund. „Nee, immer erst hinterher!" „Es ist schön, dass Sie sich Ihren Humor bewahrt haben, aber hier ist er fehl am Platze!

Bei Ihnen würde ich es als Glücksmoment empfinden, wenn Ihr Hirn in bestimmten Momenten einfach mal den Befehl aussenden würde: Klappe halten! Sie scheinen den Ernst der Lage noch nicht begriffen zu haben."

Seit 1966 hatte „Braunschweiger-Willy" eifrig Gefängnisstrafen gesammelt...

„Vier Jahre hab ich gesessen! Ab 1966 in Braunschweig, weil ich einen Kollegen umgelegt habe. Das war aber im Vollrausch mit 3,2 Promille. Der Arsch hatte mir meine damalige Partie abspenstig machen wollen. Ich hab alles abgesessen, mehr ist nicht!"

„Haben Sie Verbindlichkeiten?"

„Wie Verbindlichkeiten, versteh ich nicht?", fragte Willy mit entgeisterter Miene.

„Na ja, Schulden, meine ich.", war der immer noch scheinbar geduldige Kommentar von Max.

„Hm, ja..., so ungefähr zwanzig Mille. Muss ich noch abbezahlen, das meiste ging für Autos drauf. Ich fahr nun mal gern schöne Schlitten. Das Leben ist viel zu kurz, um schlechte Autos zu fahren."

Hm, geht mir auch so und jetzt fahr ich so eine alte Käfer-Gurke, dachte Max.

„Gut, dann kommen wir jetzt zur Sache!"

„Okay. Ich kann noch was über mich sagen, aber verpfeifen tu ich keinen von den Jungs!“

„Na, dann fangen wir mal damit an. Nicole, lies ihm die Zeugenaussage Corinna Mielkes bezüglich seines Parts vor!“ Nach zwölf Minuten war die Praktikantin am Ende und schwieg.

„Die hat mich ja ganz schön in die Scheiße gerissen, das ist harter Tobak.“

„Nun ja, Herr Böhmert, die Aussage dürfte Sie nicht überrascht haben.“

„Nee, so ganz eigentlich nicht, aber?“

„Wieso tun Sie das, Willy?“

„Hm, das ist kompliziert …“.

„Erzählen Sie alles, was Sie wissen! Mich interessiert in erster Linie, wo Ihr ehemaliges Schmuckstück Corinna Mielke jetzt ist! “

Mit weinerlicher Stimme sagte Willy: „Weiß ich nicht…, hab ich nichts mehr mit zu tun…, ist doch Emil s Partie!“

„Willy, deshalb kann man doch trotzdem wissen, wo sie sich aufhält. Was ist das für eine Antwort?“, fragte Max.

„Warum hacken Sie eigentlich die ganze Zeit auf mir herum? Ich will hier raus!“

Was das alles für zahme Geschöpfe sind, wenn sie so vor einem sitzen, dachte Max.

In ihren Kreisen, ohne unter Aufsicht der Polizei zu stehen, machen sie alle den Lauten und spielen den harten Macker. „Willy, wir hatten doch einen Deal geschlossen, bleiben Sie bei der Wahrheit.

Sie erzählen mir hier Grimms Märchen, da hab ich keine Lust zu, oder wollen Sie erst einmal zur Besinnung noch einige Stunden unten in Ihre Zelle?", sagte Max Herbst mit erhobener Stimme.

„Sie können dort jederzeit klingeln, wenn Sie Gesprächsbedarf haben sollten!"

„Bloß nicht, die Pritsche ist mir zu hart!"

„Na, dann mal weiter! Gestern gegen Abend waren Zivilfahnder in meinem Auftrag in ihrer Wohnung und haben einen Durchsuchungsbeschluss vollstreckt. Es rief eine Ilonka an, die den Zivilfahnder an der Stimme nicht erkannte und in der Annahme, Sie seien es gewesen, zu ihm sagte, dass sie losgehen würde. Eigenartigerweise war diese Ilonka um achtzehn Uhr im Hafenkrankenhaus und hat Corinna aus dem Krankenhaus gelockt. Es war hundertprozentig die Ihnen bekannte Ilonka Harmsen aus dem Palais bei Emil Berg, die mit „Nasen-Peter" verheiratet ist. Aus sicheren Erkenntnissen wissen wir, dass Corinna bis 20:15Uhr mit Ilonka in der Wohnung Harmsen war und dann mit ihr fortging. Wo ist Corinna jetzt?"

„Ich weiß es doch auch nicht, wo sie ist!", schrie Willy mit scheinbar schmerzverzerrtem Gesicht. „Allein die Frage ist doch schon Provokation. Was gehen mich die Traber von Emil an?"

„Sagen Sie uns, wo sie steckt! Das erspart uns eine Menge Arbeit und Sorgen und Ihnen einen Großteil Ärger! Gnade Ihnen Gott, wenn ihr etwas passiert ist!" Böhmerts Adamsapfel konnte sich nicht entscheiden, ob er oben oder unten bleiben wollte, ständig hüpfte er auf und ab. Die Unruhe im Raum wuchs.

„Herr Kommissar, ich bin kein Verräter, deshalb bleibt mein Mund bei diesem Thema verschlossen, basta“, und er legte nach:

„Hm…, ich weiß es wirklich nicht!“ „Lügen ist anstrengend, Willy. Sie sollten sich nicht verplappern!“

„Tu ich doch auch nicht…! Gestern Nachmittag, als ich im Geschäft war, Sie wissen ja, dass meine Tina und Karina in der Tagschicht sind, kam ein Penner ins Emil & Konsorten. Der war gestern Mittag aus dem Knast entlassen worden, den wollte die Schmiere, äh, ich meine die Polizei, wegen Schwarzfahrens einsperren. Der Richter hat nicht mitgespielt und da wurde er entlassen. Emil soll die wartenden Knastologen gefragt haben, wer als nächster entlassen wird, und der Berber hatte den Arm gehoben. Emil sagte dann zu ihm, dass er in unser Geschäft gehen und dem Wirtschafter erzählen soll, dass die Corinna ihn verpfiffen hat und er deshalb einziehen muss. Der Penner wollte für die Information von mir zwei Scheine, die soll Emil ihm versprochen haben. Ich gab sie ihm und er putzte die Platte. Das ist die Wahrheit!“

„Kennen Sie seinen Namen?“, fragte Max.

„Was spielt das für eine Rolle, Herr Kommissar?“

„Herr Böhmert, lassen Sie diese Spielchen…, also!“

„Was weiß ich? Der hat gesagt, dass er Heinzi heißt und erst einmal im Haus der Tausend Eier wohnen will!“

„Was war mit Ilonka?“, setzte Nicole nach.

„Die hat das auch gehört, war gestern früher gekommen, weil ihr Bonsai so´ n Druck gemacht hatte, dieser Tom Major-Verschnitt! Ich hab aber nicht zu Ilonka gesagt, dass sie Corinna aus dem Krankenhaus holen soll.“

„Weiß ich nicht!“, schrie Böhmert. „Wieso, weshalb, warum. Was soll das alles?“

„Nicole, geh bitte sofort mal in die Taubenstraße und überprüf die Wohnanschrift der Klara Austen in Hausnummer 21.

Die Sache ist dringend, bitte sofort und schließe die Bürotür von außen!“, sagte Max im lauter werdenden Befehlston und mit strenger Miene in Nicoles Richtung.

„Ja, aber, Max?“, erwiderte seine Praktikantin mit erstauntem Gesicht.

„Nix, aber. Tu es einfach, sofort!“, war der schroffe Kommentar von Max.

Nicole ließ wie erstarrt den Kugelschreiber auf die Schreibunterlage fallen, stand bockig auf und ging kopfschüttelnd mit stampfenden Füßen nach draußen. Die Bürotür knallte dermaßen heftig zu, dass Max unten an der Türzarge den Kalk aus den Ritzen rieseln sah.

„So, und nun zu dir, du Großmaul!“, flüsterte Max dem „Braunschweiger-Willy“ ins Gesicht, als er ihn plötzlich am Hals packte und mit stahlhartem Griff seiner beiden Hände von Stuhl hochriss. Max würgte den Hanseatischen Vermieter weiblicher Geschlechtsteile so eng, dass dieser ins Röcheln kam und einen hochroten Kopf zeigte. Nachdem Willys Augen bereits deutlich hervorquollen, nahm Max die Hände von seinem Hals und packte ihn im Brustbereich an seinem Oberhemd. Willy stand unter Schock. Er war nicht in der Lage, sich gegen den üblen Angriff zu wehren, als Max ihm einen heftigen Stoß versetzte und der Braunschweiger mit dem Rücken gegen den Spind knallte, dass die Tür in den Angeln hing. Langsam sank Willy zu Boden, wo er in Schräglage an dem Schrank wie ein gebeutelter Kartoffelsack sitzen blieb. Wortlos sah der Geräuschlose Kaufmann angstvoll in Max´ Gesicht, während er dachte, dass immer jemand die Regeln ändern würde, wenn man sich auf der Siegerseite wähnte.

„Herr Böhmert. Sie begeben sich hier in eine absolut schwierige Lage, wenn Sie das Versteck von Corinna Mielke nicht nennen!

Was hat das noch mit Ehrenkodex zu tun, du widerliche Ratte? Rück raus, wo ist sie! Sollte ich während dieses Verbrechens feststellen, dass du gewusst hast, wo sie sich jetzt aufhält, dann presse ich dich als Mitglied in eine kriminelle Vereinigung!

Es ist die unübersehbare Anzahl von Delikten wie Prostitution, Schutzgelderpressung, Drogenhandel, illegalem Glücksspiel und Bestechung. Auf dieser widerlichen Klaviatur spielt ihr doch alle, Böhmert. Du bist dann Priorität Nummer eins auf meiner Skala und ich werde dich jagen, bis bei mir Genugtuung eingekehrt. Wenn du von der Empore der Galerie stürzt, wird es mühsam für dich sein, wieder hinauf zu kommen. Du wirst nur noch die Möglichkeit haben, aus sicherer Entfernung der Partie zuschauen zu können, hast aber keine wichtige Stimme mehr in eurem Forum. Letztlich wirst du der Loser in eurer verschworenen Gemeinschaft sein, der den Arsch nicht mehr hoch kriegen wird. Ein St. Pauli-Verbot kommt selbstverständlich auch noch dazu. Also, Böhmert, ich höre, und steh endlich auf!“, war Max´ zornige Ansage an den Blender Willy Böhmert.

Willy erhob sich, ordnete seine Kleidung und schnaufte hörbar. Er registrierte, dass zwei Knöpfe seines schönen Rüschenhemdes aus dem Stoff gerissen waren.

Mit solch einer Reaktion des Schnüfflers Herbst hatte er nicht gerechnet. Vorerst war erst mal passives Verhalten angesagt. Zumindest im Turm der Schmiere wollte er nicht den Helden spielen und womöglich wehrlos verprügelt werden.

Also würde er die Schnauze halten und sich später Gedanken machen, wie er den Herbst zur Strecke bringen konnte. „Nun, mein Freund, wo steckt Corinna?“, fragte Max den Braunschweiger, während er ihm mit leichten Schlägen die Wange tätschelte.„Ich hab alles gesagt, weiß es wirklich nicht“, war der weinerliche Kommentar von Willy, der dachte: Ich weiß es zwar nicht, kann mir aber denken, wo sie ist.

„Herr Kommissar, wir Jungs wollen doch auch nur leben. Die Krumme ist doch meistens sowieso nur ein kleiner Ehrensold, den wir erhalten. Ein Honorar, das uns wohl zusteht, bei der Arbeit, die wir leisten.“

„Ja, Willy, dann müsst ihr auch konsequenterweise einer Ehrenstrafe zugeführt werden, wie am Pranger im Mittelalter. Ist es das, was ihr wollt?“

Willy verstummte für einen Moment und wollte lieber schweigen, bevor er Max noch mehr Angriffspunkte liefern würde.

„Erst mal gehst du jetzt in die Zelle und wartest auf den Transport ins Präsidium. Was willst du mit deinem Porsche machen, der parkt auf dem Heiligengeistfeld in der Nähe der U-Bahn-Station St. Pauli. Wir brauchen ihn nicht mehr. Der Schlüssel liegt unten bei deinen persönlichen Sachen.“

„Ja, es wäre nett, wenn sie Tina den Schlüssel geben würden, die holt ihn dann ab.“

„Gut, machen wir so! Ach, und noch eine Frage: Seit wann bist du denn stiller Teilhaber am Puff von Emil Berg?“

„Bin ich doch gar nicht, wer erzählt solche Scheiße.“

„Oh, doch, das pfeifen die Spatzen von den Dächern!“

Willy unterschrieb mit zittrigen Fingern in dem Moment das Protokoll, als Nicole ins Büro trat. „Wo ist eigentlich der Lieblingsort von Emil Berg?“, setzte Max nach. „Wie..., wo soll der wohl sein? Bestimmt nicht im Knast, wo er jetzt ist. Was soll die provokante Frage?“, war der ahnungslose leise Kommentar von Willy. „Nun lassen Sie mich endlich mit Ihren Fragen in Ruhe! Sie verwirren mich total.“

„Willy, ich wünsche Ihnen einen schönen Tag!“

„Ich habe im Moment keine schönen Tage, also, lassen Sie solche Floskeln!“, gab der Geräuschlose Kaufmann mit grollendem Unterton schnaufend von sich.

„Raus..., bring ihn in den Keller“, befahl Max Nicole und zeigte mit ausgestrecktem Arm auf die geschlossene Bürotür.

Kapitel 18

Immer noch Mittwoch, 6. August, 13:30 Uhr.

Max Herbst blickte in das Aquarium und dachte nach, während Nicole mit Böhmert in Richtung Zellentrakt ging. Es klingelte, am Telefon war Udo Polski, der Wachhabende der Frühschicht. „Hallo, Max, bevor ich jetzt nach Hause gehe, eben kam ein Fernschreiben rein. Ein Spaziergänger hat mit seinem Hund in Hamburg-Blankenese am Falkensteiner Ufer im Sand eine schwerverletzte, weibliche, unbekannte Person aufgespürt. Die Frau ist kahlgeschoren, geteert und gefedert und befindet sich jetzt im Krankenhaus in Rissen auf der Intensivstation. Auffinde-Zeitpunkt ist zwölf Uhr heute gewesen. Die Frau war stark unterkühlt. Vielleicht ist das eure Tante“, sagte Polski und mit einem „Tschüss“ beendete er das Gespräch.

Um Gottes willen, das will ich nicht hoffen, dachte Max. Als Nicole zurück war, teilte er ihr den Inhalt des Telefonats mit. „Max, was sollte das denn vorhin. Weshalb hast du mich so rüde raus gejagt, als wir Böhmert vernehmen wollten? Im Übrigen, eine Klara Austen wohnt nicht in der Taubenstraße.“

„Ja, ist nun nicht so wichtig. Ich wollte dich nur schützen. Später erzähle ich dir bei passender Gelegenheit einmal, weshalb ich dich rausgeschickt habe“, log Max und dachte: Hoffentlich hält die Ratte Böhmert ihr Maul.

„Hm, dann müssen wir wohl mal nach Rissen“, sagte Nicole und gähnte dabei so kräftig, das man meinen konnte, sie wolle ein ganzes Hähnchen verschlucken.

„Ja, machen wir, aber wir müssen vorher noch eine Kleinigkeit essen. Ich habe einen Mordshunger“, erwiderte Max. „Die Vernehmung war anstrengend. Hol uns doch vom Schlachter zwei belegte Brötchen, die können wir auf der Fahrt essen. Ich rufe inzwischen nochmal beim Einbruchsdezernat an und sage denen, dass Willy jetzt auf Transport geht. Aber, bitte, Brötchen ohne Käse, ich esse überhaupt keinen Käse, denke daran!“

Während Max´ Praktikantin das Büro verließ, informierte er seinen Vorgesetzten Rolf Korz über den Aufenthaltsort der geschundenen weiblichen Person in Blankenese.

Er war nervös und angespannt: Mein Gott, wenn das tatsächlich Corinna Mielke ist? Nicole kam mit einer großen Papiertüte zurück. „Nicht erst auspacken und setzen! Wir fahren sofort los! Möchtest du fahren? Dann kannst du aber nicht essen, weil wir mit Sonderrechten nach Hamburg-Rissen eilen werden. Wenn es tatsächlich die Mielke ist, wäre es möglich, dass sie eventuell konkrete Täterhinweise geben kann. Für den Fall versuchen wir sofort, diese Täter festzunehmen.“

„Ich fahre“, sagte Nicole. „Ich brauche mal wieder einen Adrenalin-Stoß. Essen kann ich im Moment sowieso nichts.“

„Na, denn man los“, sagte Max und setzte sich auf den Beifahrersitz, während Nicole das Blaulicht aufs Dach stellte. Sie brausten mit Höllenlärm nach Westen. Einmal nur möchte ich mit meinem Gefährt so schnell fahren können wie im Moment, aber das ist mir wohl auf Jahre versagt, dachte Max. Er bemerkte, dass Nicole heute etwas nervös fuhr, aß aber trotzdem seine zwei Brötchen-Hälften mit Schinken und Mettwurst.

„Weshalb bist du nach dem Telefonat so schnell aus dem Büro gerannt, als du Böhmert aus der Zelle geholt hattest?“

„Du glaubst es nicht. Emil Berg ist aus dem Untersuchungsgefängnis geflüchtet, es ist eine Ober-Scheiße. Ich habe sofortige Fahndungsmaßnahmen nach ihm eingeleitet. Wenn der die Mielke in die Hände bekommt, schlägt er sie tot und kassiert auch noch Dreihunderttausend aus ihrer Lebensversicherung.“

„Was, wie kann man da denn flüchten?“

„Nun, das Wachpersonal war unaufmerksam und hat den Wäschewagen bei Verlassen der Anstalt nicht eingehend überprüft!“

Um 13:55 Uhr trafen sie in der Aufnahme des Rissener Krankenhauses ein und kontaktierten die verantwortliche Oberärztin der Intensivstation, Dr. Tamara Benz. Sie, eine blonde, sympathische Frau Mitte dreißig, führte die Kriminalisten zum Bett der unbekannten Frau, die an diverse Apparaturen angeschlossen war. Im Krankenzimmer war es gespenstisch ruhig, lediglich einige der Geräte gaben leise Geräusche von sich. Wieder einmal nahm Max den für ihn unangenehmen Krankenhausgeruch wahr – Desinfektionsmittel, stark riechende Putzartikel und der Eigengeruch von Medikamenten. Sie sahen einen Menschen im Bett liegen, bei dem man im ersten Moment nicht erkennen konnte, welchen Geschlechts er sein könnte. Das schwarze Haupthaar fehlte fast gänzlich. Es waren lediglich kleine Inseln mit Resthaaren zu erkennen. An Wangen, Kinn und Hals befanden sich diverse Pflaster. Das linke Auge war gänzlich durch einen Verband bedeckt worden. Der rechte Arm war geschient und wurde an einer Schlinge am Bettgalgen leicht schräg nach oben gehalten. Die Bettdecke reichte bis zum Hals, sodass sie nicht beurteilen konnten, ob weitere Körperschäden vorhanden waren.

Sie sahen sich die Patientin intensiv an und flüsterten: „Das ist sie, ja…, das ist Corinna Mielke!“

„So, dann können wir diesen Raum wieder verlassen“, hörten sie leise von Frau Dr. Benz. „Folgen Sie mir, bitte, in mein Büro!“

„Was hat Frau Mielke für Verletzungen?“, fragte die entsetzte Nicole.

„Sie muss einen wuchtigen Schlag mit einem stumpfen Gegenstand auf das linke Auge bekommen haben. Was mich irritiert, ist, dass sich in dem Bereich ein Bluterguss befindet, der schon einige Tage alt sein muss.“

„Kann ich erklären, Frau Dr. Benz“, erwiderte Max. „Der könnte von Montag stammen. Da hat sie mit dieser und anderen Verletzungen im Hafenkrankenhaus gelegen.“

„Ich weiß nicht, ob wir das Auge retten können. Weiterhin hat Frau Mielke zahlreiche Platzwunden im Gesicht und am Hals, dazu eine Fraktur des rechten Unterarmes. Der gesamte Körper ist durch stumpfe Gewalteinwirkung grün und blau. Mindestens vier Rippen sind rechtsseitig gebrochen. Wir haben die Frau nur mittels eines Defibrillators wieder ins Leben zurückholen können, fast wäre sie uns weggeblieben.“

„Ist Frau Mielke ansprechbar?“, fragte Nicole.

„Sie ist sehr schwach, aber vor einer halben Stunde konnte sie mir auf meine Fragen antworten, sie ist also orientiert“, erwiderte die Ärztin.

„Frau Dr. Benz, wenn Sie einverstanden sind, bleibt Frau Dewitz noch eine Weile hier und versucht einmal kurz, Frau Mielke einige Fragen zu stellen. Ich bin ab jetzt anderweitig beschäftigt, darf ich Ihr Telefon benutzen?“

„Ja, wir können es versuchen, aber bitte nicht zu lange, die Patientin braucht absolute Ruhe.“

Max griff zum Telefon und wählte die Rufnummer des Polizeireviers in Hamburg-Blankenese, das für den Auffinde-Ort Corinna Mielkes zuständig war.

„Hallo, Kollege Hafner, hier Herbst, Kripo St. Pauli. Es geht da um die von einem Passanten aufgefundene Frau am Falkensteiner Ufer. Ich möchte, dass Sie den Zeugen, der die Frau fand, mit einem Peterwagen zum Auffinde-Ort bringen und mir präzise sagen, wie ich nach dort komme.“

„Der Mann ist schon wieder fort!“ „Dann holt ihn von Zuhause ab, macht es mir doch nicht so umständlich!“, sagte Max etwas lauter. „Machen wir!“, brummte Hafner leicht beleidigt und beendete das Gespräch, nachdem er Max Herbst den Weg beschrieben hatte.

„Nicole, bleib du hier, du weißt, worauf es ankommt. Ich fahre derweilen zum Falkensteiner Ufer. Bis nachher!“

Zehn Minuten später sah Max im Elbsand einen Peterwagen parken, neben dem zwei Uniformierte und eine männliche Zivilperson mit einem Rauhaardackel an der Leine standen.

„Hallo, Herbst, Kripo St. Pauli“, rief Max, ging auf die drei Männer zu und der glatzköpfige, im Rentenalter befindliche Herr berichtete die Umstände des Auffindens der Corinna Mielke:

Der nicht angeleinte Hund hatte die Frau in der Nähe eines Gebüsches geschnüffelt, gebellt und so auf die Frau aufmerksam gemacht.

Sie habe schwach gewimmert, sonst sei ihm nichts aufgefallen. Dann habe er die Polizei verständigt.

„Ich danke Ihnen für diese vorbildliche Hilfeleistung", sagte Max. „Sie werden vorerst nicht mehr benötigt. Wir kennen ja Ihre Anschrift und Telefonnummer, falls wir noch Fragen haben sollten. Sind Sie heute zu Hause erreichbar?"

„Ja, und wenn ich nicht da bin, dann bin ich mit Hector unterwegs. Sie können für den Fall meiner Frau eine Nachricht hinterlassen!" „Ja, so machen wir es!

Danke erst einmal und Wiedersehen.", war die Antwort von Max.

Der Zeuge wartete in angemessener Entfernung mit Hector und dachte nicht daran, den Ort zu verlassen, ohne vorher seine Neugierde befriedigt zu haben. Max ging zu seinem Pkw und orderte über Funk bei der KTU einen Fotografen, der zügig kommen sollte. Weiterhin bestellte er einen Diensthundeführer mit Spürhund zum Einsatzort, von dem noch nicht präzise gesagt werden konnte, ob es lediglich der Fundort oder sogar der Tatort sein konnte. Der Sand war an vielen Stellen stark zertreten, nicht verwertbare Schuheindrücke im Erdreich waren erkennbar. Eine halbe Stunde später traf zuerst der Fotograf der KTU mit seinem VW-Bully ein und nahm nach kurzer Einweisung den Fundort auf. Danach schickte Max ihn ins Rissener Krankenhaus, um mit Nicole Kontakt aufzunehmen: Er sollte in ihrer Anwesenheit beweissichere Lichtbilder vom Körper der Corinna Mielke schießen. Während der Fotograf noch beim Einpacken seines

Handwerkzeugs war, kam ein blauer Opel-Kadett-Kombi, dem ein uniformierter Kollege entstieg und der die

Heckklappe öffnete, aus der ein schwarzer Riesenschnauzer sprang.

„Hallo Kollegen, Stahmer mein Name“, sagte der Hundeführer, nachdem er den Hund an die Leine genommen hatte. „Worum geht es hier?“

„Herbst, Kripo St. Pauli, ich möchte, dass der Hund den Fundort beschnüffelt, eventuell kommt er zu einem Ergebnis, das uns dienlich sein könnte.“

„Ja, kein Problem, denn man los! Komm, Anka“, sprach Stahmer den Hund an, während er ihn von der Leine ließ. Der war sofort mit besonderem Eifer bei der Sache und durchpflügte den feinen Elbsand wie ein Laubsauger. Plötzlich bellte er und verharrte dann wieder mit der Schnauze an derselben Stelle bei einem buschigen Strauch. Mehrmals sah der Schnauzer zu seinem Herrchen. Stahmer ging zu ihm, beugte sich nach unten und ergriff eine goldene Cartier-Damenarmbanduhr, die im Sand lag.

„Brav, fein, Anka, weiter so!“, rief Stahmer seinem Hund zu, als er den gesperrten Kreis in Richtung Max verließ. „Hier, Herr Herbst, die Uhr ist das erste Fundstück meines Hundes“, sagte er und reichte Max das Schmuckstück. Dieser besah sich die Uhr akribisch und entdeckte auf der Rückseite eine Gravur mit den Buchstaben RK. Die Uhr schien echt zu sein, kein Blender. Sie war schwer und relativ neu. Max taxierte sie auf etwa 8000. RK, RK? Ah, könnten das die Initialen von Rosa Konoppes sein? Das wäre eine weitere heiße Spur...„Der Hund ist durch, er hat kein Interesse mehr“, sagte

Hundeführer Stahmer. „Dann beenden wir das Ganze. Danke, ihr seid alle entlassen!"

Die beiden Peterwagen-Männer fuhren davon und Stahmer verabschiedete sich ebenfalls.

Max sinnierte noch eine Weile allein am Einsatzort, während er zu Boden blickte, dorthin, wo Corinna Mielke gefunden worden war. Es war immer noch nicht klar, ob sie hier misshandelt und liegengelassen wurde, oder ob man sie woanders gefoltert und dann an diesem Ort abgelegt hatte? Aufgrund der Beliebtheit des Gebietes kamen täglich viele Fußgänger vorbei und könnten diverse Schuheindrücke hinterlassen haben. Weiterhin könnten auch nicht verwertbare Wischspuren im Erdreich von tobenden Kindern oder Hunden dazugekommen sein.

Wie auch immer, dachte Max, momentan gab der Sachverhalt nicht mehr her. Er fuhr zurück zum Krankenhaus und in der Eingangshalle kam ihm Nicole entgegen. „Max, es gibt neue Nachrichten", haspelte sie erregt heraus.

„Lass uns hier in die Besucher-Cafeteria gehen und einen Kaffee trinken. Dabei können wir uns austauschen. Der Hund hat eine goldene Cartier-Damenarmbanduhr im Sand gefunden. Genau dort, wo die Mielke lag", teilte ihr Max mit. „Und ich war am Krankenbett, nach einigen Minuten behutsamen Zuredens öffnete sie ihr rechtes Auge und grüßte mich kaum hörbar mit schmerzverzerrtem Gesicht. Sie hat dann auf Fragen leise und schwach geantwortet. Die Prozedere war langwierig, aber erfolgreich. Während der Zeugenvernehmung hat Frau Dr. Benz einen Notruf erhalten und den Raum verlassen. Aus diesem Grund war es mir möglich, länger als vereinbart mit Frau Mielke zu sprechen."

„Und?“

„Corinna hat von sich aus gesagt, dass Ilonka Harmsen sie unter Vorspiegelung falscher Tatsachen aus dem Hafenkrankenhaus holte. Sie hatte ihr ein fürsorgliches Verhalten vorgegaukelt und wollte sie in ihrer Wohnung in der Walddörfer Straße gesund pflegen. Ilonka war sehr überzeugend in ihrem Auftreten, deshalb war sie bereit, sie zu begleiten. Sie fuhren mit einer Taxe in die Woh nung, aber nachdem sie mehrmals über Schmerzen im Rippenbereich geklagt hatte, schlug Ilonka vor, sie zu einem Arzt zu bringen. Gegen acht Uhr am Abend haben sie die Wohnung zu Fuß verlassen und sind mit der U- und S-Bahn nach Hamburg-Rissen gefahren, wo ein Augenspezialist sein sollte. Corinna hatte starke Schmerzen im Auge. Von der U-Bahn-Station Rissen sind sie mit einem Taxi zu einem kleinen Haus gefahren. Ein Praxisschild will Corinna draußen nicht gesehen haben. Plötzlich seien Rosa und Benno Konoppes auf sie zugekommen, und da dämmerte es Corinna, dass die beiden dort wohnen. Sie wurde aufgefordert, sich in einen Sessel zu setzen. Nach einer Weile habe es geklingelt und ihre Kolleginnen aus dem Puff, die Tina, Karina, Verena und Marianne standen plötzlich im Wohnzimmer. Mehr Personen will sie nicht gesehen haben. Es waren also ihre fünf Kolleginnen der Tag-und Nachtschicht und Benno.“

„Hm, Nicole, hol erst mal tief Luft und entspann dich, bevor du weiter erzählst.“

„Max, ich bin völlig erschüttert, diese arme Kreatur dort im Bett gesehen zu haben“, würgte Nicole heraus. In Max keimte ein Verdacht auf: Das scheint ihr so nahe zu gehen, dass man fast ein Geheimnis vermuten könnte. War das Praktikum zu hart für sie, doch nicht ihre Welt?

„Nicole, was passierte dann?"

„Sofort pöbelte die Rosa in übelster Weise los und wiegelte die anderen Frauen auf. Immer wieder warfen sie ihr vor, eine Verräterin zu sein und gegen den Ehrenkodex des Milieus verstoßen zu haben. Rosa habe Schaum vor dem Mund gehabt, der Geifer sei ihr übers Kinn gelaufen, so habe sie sich in Rage geredet. Dann habe sie Corinna einen Baseballschläger quer über die linke Gesichtshälfte gezogen, sodass sie vom Sessel auf den Boden stürzte. Dort lag sie schwerverletzt, hörte nur noch die laut fluchenden und pöbelnden Frauen, bekam zahlreiche Fußtritte gegen ihren gesamten Körper und dazu einen kräftigen Schlag, wohl wieder mit dem Baseballschläger, auf ihren rechten Unterarm.

Dann sei sie bewusstlos geworden. Gegen Morgen, als es hell wurde und die ersten Vögel zwitscherten, kam sie zu sich und hat sich unter wahnsinnigen Schmerzen am gesamten Körper und mit einem höllisch brennenden Auge in der Nähe eines Gewässers befunden. Sie hatte das Plätschern von Wellen gehört. Sie wusste nicht, wie sie dort hingekommen war. Die letzten zehn Stunden sind für sie wie ein schwarzes Loch."

„Dann spreche ich jetzt noch einmal mit Frau Dr. Benz. Irgendwie werde ich die Vermutung nicht los, dass die Mielke exekutiert werden sollte", sagte Max. „Wenn da man nicht Emil Berg dahinter steckt, Dreihunderttausend sind eine beträchtliche Summe. Er ist doch derjenige, der am meisten davon profitiert. Er könnte den Mord in Auftrag gegeben haben."

Nicole folgte Max zu Frau Dr. Benz, die ihnen mitteilte, dass sie soeben entschieden habe, Corinna Mielke mit einem Notarztwagen in die Augenklinik des

Universitätskrankenhaus Eppendorf zu verlegen, weil sich das Auge in einem kritischen Zustand befinde. Max bat sie, eine totale Nachrichtensperre über den Verbleib der Patientin zu verhängen. Frau Dr. Benz nickte.

„Frau Doktor, darf ich Ihr Telefon benutzen?“ Wieder nickte sie und er wählte eine Rufnummer. „Universitätsklinik Eppendorf“, hörte er eine männliche Stimme. „Kripo, verbinden Sie mich, bitte, mit der Augenklinik!“ – „Einen Moment bitte!“ – „Hier Schwester Margret, guten Tag.“ – „Hier Herbst, Kripo St. Pauli. Wir kennen uns ja. Sie haben doch lange Jahre im Hafenkrankenhaus gearbeitet. Erinnern Sie sich noch an den Fall Burmeister?“ – „Aber ja, natürlich, wie sollte ich den vergessen!“

„Hören Sie, Schwester Margret, Sie bekommen gleich eine Patientin aus dem Rissener Krankenhaus. Corinna Mielke. Frau Dr. Benz verlegt sie in Ihre Fachklinik. Ich schicke Ihnen zwei Polizisten in Zivil vorbei, die diese schwerverletzte Patientin bewachen werden. Wir müssen eine erhöhte Sicherheitsstufe fahren, weil ein in diese Straftat involvierter Ganove aus dem Untersuchungsgefängnis geflüchtet ist. Es besteht die Gefahr, dass er sich an dieser Patientin rächen wird. Informieren Sie, bitte, auch den Chefarzt Ihrer Abteilung, damit das gesamte Personal Kenntnis bekommt und ebenfalls ein kritisches Auge auf die Besucher von Frau Mielke richten wird!“

„Ja, okay, Herr Herbst, wird sofort veranlasst.“

„Wiederhören, Schwester, und danke“, sagte Max und legte auf. „Nicole, schicke zwei Kollegen in Zivil, die sollen sich auf den Flur in Sichtweite des Patientenzimmers der Frau Mielke setzen und die Besucher einer strengen Kontrolle unterziehen! Jetzt fahren wir zurück zur Dienststelle. Frau Mielke geht sofort auf Transport.“

Kapitel 19

Derselbe Mittwoch, im Bordell „Palais d´ Amour:

„Manuela, ich habe dir schon hundertmal gesagt, dass du dich nach deiner Schicht in der Freizeit im ‚Club 88‘ nicht mit jedem Haubentaucher unterhalten sollst, der dich volllabert. Mir haben Jungs erzählt, dass du vorgestern Morgen wieder ein längeres Gespräch mit so einem Laber-Bruder hattest, der dich wohl anbohren wollte. Außerdem sollst du ganz schön angesoffen gewesen sein. Du kennst doch die Spielregeln! Spricht dich jemand an, so sagst du, dass du mir gehörst und er sich mit mir unterhalten soll, auch wenn ich momentan nicht greifbar bin. Auf diese Weise lass ich dich nicht abgreifen! Eine gute Braut folgt allen Anweisungen ihrer Jungs, trinkt Alkohol nur in Maßen, geht nicht ohne Erlaubnis um die Ecken und ist vor allem fleißig im Job. Damit du es endlich lernst, wirst du ab heute Doppelschichten fahren. Nach jeder Doppelschicht will ich zwei Riesen sehen, erst dann darfst du wieder in unsere gemeinsame Wohnung. Ab sofort hast du Achtundachtzig-Verbot für einen Monat!“, war der grollende Kommentar ihres Zuhälters. Wolfgang Kunze schenkte sich an der Bar einen doppelten Whisky mit etwas Eis in ein Longdrink-Glas ein und kippte den Alkohol in einem Zug hinunter. Angsterfüllt und schuldbewusst sah Manuela Beyer in Richtung ihres Beschützers und ging dann kommentarlos mit hängenden Schultern und gesenktem Kopf aus dem Salon in Richtung Kontakthof.

„Kapiesch? Ey, hast du das kapiert? Antworte gefälligst!“, schrie Kunze hinter seiner Einkommensquelle her, die zu stottern begann: „Tut mir leid, ich…ja, ist schon gut, kommt nicht wieder vor …“. Aber Kunze legte nach: „Du kannst zwischen drei Regeln wählen, nämlich der richtigen, der falschen oder meiner. Also, entscheide dich, du Brathuhn! Sieh mich gefälligst an, wenn du mir eine Antwort gibst!“, brüllte er, während Manuela Beyer schleunigst aus seinem Sichtfeld verschwunden war. „Na, komm du mal nach Hause!“, schrie er ihr hinterher. Mit bockiger Motorik ging die Geldmaschine des Luden Wolfgang Kunze durch das Treppenhaus in Richtung Kontakthof, um für seine Gewinnmaximierung zu sorgen. Sie hatte bewusst nicht den Fahrstuhl benutzt, weil sie für sich auf diese Weise noch einen Moment Zeit stehlen wollte. Die Ohren hatte sie auf Durchzug gestellt, sodass sie nicht mehr wahrnahm, was Kunze ihr hinterher getönt hatte.

Manuela Beyer vertrat eh die Meinung, dass ihr Beruf gefährlicher war, als in den Krieg zu ziehen. Sie verglich ihre körperlichen und seelischen Qualen mit denen von Folteropfern. Ständig verlangten die Freier sexuelle Dinge, mit denen sie nicht einverstanden war. Sie willigte dann letztlich aber meistens doch ein, wenn es wieder mal umsatzschwache Nächte waren, um sich nicht dem Zorn Kunzes auszusetzen. Manuela war schon lange nicht mehr in der Lage, Zärtlichkeit zu empfinden und breitete nur noch aus Angst und Pflichtgefühl ihres Luden gegenüber die Schenkel auseinander. Sie sind einfach allesamt Scheißkerle, unsere Jungs, dachte sie. Einer ist nicht besser als der andere.

Manuela Beyer hatte schon länger die Absicht, sich von den engen Ketten, die Kunze ihr verpasst hatte, zu befreien – nur wie? Das war die große Frage, und für die hatte sie noch keine Antwort.

Vielleicht würden sich die Geschicke irgendwann zum Guten wenden. Sie hoffte es so sehr. Falls sich dieses Glücksgefühl nicht einstellen sollte, müsste sie sich eine Pistole beschaffen, hatte sie immer wieder einmal in solchen Momenten wie diesem gedacht. Falls auch das nicht klappen sollte, müsste sie zu einem Gift-Cocktail greifen. Irgendwie sollte sie sich dieses Scheusals entledigen können, ohne selbst weiteren Schaden zu erleiden. Den Behörden wollte sie sich nicht anvertrauen, weil sie nicht glaubte, dass die das Problem in ihrem Sinne zu lösen vermochten. Überall war Korruption und Verrat im Spiel. Nein, hatte sie für sich entschieden, sie wollte selbst die Regie übernehmen. Mit Kunze wollte sie jedenfalls nicht mehr zusammen sein. Bis jetzt war sie sein Besitz, aber das ließe sich ändern. Sie wollte sich nicht mehr ständig kontrollieren lassen, fremdbestimmt sein. Manuela wollte frei sein. Aber wenn sie nicht wachsam sein würde, dann würde aus dem frei ein vogelfrei werden und alle Zuhälter würden sie jagen, weil man sie für eine Lampenbraut hielte. Momentan hatte sie jedenfalls das Gefühl, dass ihr alles aus dem Ruder lief, ihr die Kontrolle entglitt – aber hatte sie die jemals gehabt? Der Tag wird kommen, lieber Wolfgang, träumte sie, während sie bei Betreten des Kontakthofes im Eingang des Treppenhauses einen schmerbauchigen Freier sah. Wieder war es die Fixierung dieses Fettwanstes, die eines der größten Probleme war, mit dem sie zu kämpfen hatte. Dieser war wieder einmal so fett, dass man vermuten konnte, seine Blutgruppe sei Ketchup. Wenn diese lüsternen Säcke vor ihr standen und sie auf ihre maximale Verwendbarkeit checkten, kam sie sich so minderwertig vor, wie ein Stück auf der Fleischtheke eines Supermarktes. Dieser schnelle prüfende Blick der Freier im Vorübergehen auf Beine, Arsch und Titten.

Dann die Überlegung, oft so widerlich sichtbar: Lohnt es sich, in diese Nutte zu investieren?

Manuela Beyer schob sich eine Strähne hennaroten Haars aus dem Gesicht, ergriff den Fettsack am Arm und säuselte ihm zu: „Schatzi-Mausi, kommst du mit? 30 mit, 50 ohne Gummi …“, wobei sie insgeheim plante, ihm 300 oder 400 aus der Tasche zu ziehen. Einen Hunderter würde sie für schlechte Zeiten bunkern*, den Rest Kunze geben. Sie hatte schon vor langer Zeit gelernt, wie man Männer manipuliert. Das Leben war eben nun mal rau und hässlich, und nur wer stark war, hatte die Chance zu überleben.

*Dirnenlohn unterschlagen, verstecken

Kapitel 20

Gegen 16 Uhr, Polizeistation St. Pauli:

Zurück in seinem Büro bat Max Nicole, das auf Diktiergerät aufgenommene Protokoll von Corinna Mielke sofort dem Zentralen Schreibdienst zu übergeben.

„Wenn du die Vernehmung in trockenen Tüchern hast, fahr, bitte, sofort zur Staatsanwaltschaft und lass einen Antrag auf Durchsuchung der Geschäftsräume für das Bordell Emil & Konsorten ausstellen. Den Beschluss brauchen wir für heute Abend. Es ist möglich, dass Konoppes oder seine Rosa das Tatwerkzeug, den Baseballschläger, an dem sich Blutreste von Corinna Mielke befinden könnten, im Bordell versteckt haben. Weiterhin ruf den Einsatzleiter der Bereitschaftspolizei an und ordere für heute Abend um zwanzig Uhr einen Zug Bereitschaftspolizei in Uniform. Und mach, bitte, keine Bemerkungen über den Einsatzort oder den Grund des Einsatzes. Die werden hier nach Eintreffen dezidiert, ihren Maßnahmen entsprechend, von uns informiert. Du weißt ja, Verrat lauert überall, und wir wollen gar nicht erst jemanden in Versuchung führen. Fakt ist: Wir werden zu Beginn der Nachschicht gegen 20:30 Uhr das Bordell abriegeln und stürmen. Dann werden wir die beteiligten sechs Frauen und „Berliner-Benno“ festnehmen und den Puff schließen. Der Bordellbesitzer Berg ist flüchtig und sein stiller Teilhaber Willy Böhmert sitzt eh schon im Knast und von den dort tätigen Personen geht solch eine große Gewaltbereitschaft aus, dass eine Garantenstellung gegenüber den Freiern dieses Bordells nicht mehr gewährleistet ist. Aber ich muss noch schnell zwei Telefonate führen!“

„Hier Rechtsabteilung der Polizei, Meyer-Schulze, guten Tag“, tönte es in das Ohr von Max. Im Schnelldurchlauf informierte er Meyer-Schulze über den Sachstand des Bordells Emil & Konsorten und bat diesen um die Erlaubnis zur Schließung der Bordelleinheit. Meyer-Schulze stimmte sofort zu und wollte sich um die verwaltungsrechtliche Begründung kümmern.

„Ich übersende Ihnen gleich per Fernschreiber die schriftlichen Fakten, die Sie benötigen. Bis bald, Wiederhören“, gab Max zurück. Es war 16:10 Uhr.

Erneut wählte er eine Rufnummer und stellte das Telefon so ein, dass Nicole den anderen Teilnehmer hören konnte. „Hallo, hiel Ei Wei, wel bist du?“, tönte es vom anderen Ende. „Ei Wei, hier ist Herbst von der Kripo.“ – „Ha, Klipo, ja Helbst, wie geht es dil?“ – „Mir geht es gut! Ei Wei, tu mir doch, bitte, einen Gefallen. Du bist doch sicher ab heute Nachmittag um fünf Uhr in deinem Imbiss. Kannst du mal darauf achten, ob ab dieser Zeit ein grüner Jaguar mit der Nummer HH-BK 501 aus der Tiefgarage des Palais fährt und in welche Richtung, und mich dann sofort anrufen? Meine Telefonnummer hast du ja und achte auch auf den Puffbesitzer Emil Berg, der ja bei dir Stammgast ist, den brauchen wir auch.“ – „Ja, mach ich fül dich. Du bist ein gutel Mens, Max, ich achte auch auf die Lichtung, Schuss!“

„Was war das denn…?“, war der erstaunte Kommentar von Nicole.

„Das ist ein dankbarer Hinweisgeber von mir, der mich gelegentlich mit Tipps versorgt. Er hat den China- Imbiss unmittelbar neben der Zufahrt zur Tiefgarage des

Palais d' Amour, in der die Luden ihre Autos parken. Vom vorderen Verkaufsstand aus zur Reeperbahn hin kann er die gesamte unmittelbare Gegend bis zur Commerzbank-Filiale übersehen. Ei Wei ist mir deshalb so dankbar, weil ich ihm vor drei Jahren half, seine Familie aus Peking nach Hamburg zu holen. Die Ausländerbehörde war anfangs sehr zögerlich aufgrund eines formalen Irrtums, den ich klären konnte. Nun hält er mich für einen großen Helden. Ich kenne keinen zuverlässigeren Tippgeber. Und noch etwas, Nicole: Ich möchte nicht, dass du anderen Personen erzählst, Ei Wei sei mein Hinweisgeber. Verplappert man sich mal, kann schnell eine Gefährdung für ihn rauskommen bei der ständigen Tratscherei unter den Kollegen!" Kommentarlos nickte Nicole und verließ das Büro.

„Wachraum, Schulz am Apparat", tönte es durchs Telefon. „Hier Max Herbst von oben, moin. Nehmt, bitte, zur Kenntnis, dass heute eventuell eine Tina Martens aus dem Emil & Konsorten kommen könnte, um den Porsche-Schlüssel für das Auto des festgenommenen Willy Böhmert zu holen. Der Frau ist der Schlüssel nicht auszuhändigen, ich wiederhole, nicht auszuhändigen, sondern sie ist wegen gemeinschaftlicher Freiheitsberaubung und gefährlicher Körperverletzung festzunehmen. Ich ordne das vorsorglich an, wobei ich mir nicht sicher bin, ob sie tatsächlich heute kommt. Alles klar?"

„Ja, hab ich drauf, setz ich um", erwiderte Schulz und damit war das Telefonat beendet.

„Ich muss auf alle Fälle heute Abend im Emil & Konsorten anwesend sein und den Einsatz leiten.

Wie machen wir es bloß…?", überlegte Max. „Die Bude von Rosa und „Berliner-Benno" muss ebenfalls noch nach Beweismitteln durchsucht werden. Die Durchsuchung muss zeitgleich mit der Aktion im Palais stattfinden. Bloß, wer soll sie durchführen? Nicole möchte ich damit nicht in die Verantwortung zwängen, sie ist ja noch im Praktikum. Muss ich drüber nachdenken, aber ich habe ja noch Zeit, grübelte Max und ging in das Büro des Dienststellen-Leiters Rolf Korz, der in seine Monatsausgabe „Yachten und Boote“ vertieft war.

„Rolf, ich habe ein Problem. Es sind keine Kräfte für die Durchsuchung um 20:30 Uhr in Hamburg-Rissen bei Berliner-Benno vorhanden. Ich möchte auf keinen Fall nur Fremdkräfte haben und Frau Dewitz werde ich als Praktikantin nicht verantwortlich dorthin schicken. Bestimme, bitte, zwei Kollegen von hier, auch wenn es jetzt eben vor Feierabend ist. Ich weiß, in fünfzehn Minuten ist es siebzehn Uhr und die stehen schon in den Startlöchern an solch einem sonnigen Sommertag.“

„Hm, ja, dann nehmen wir Werner, der hat sowieso Tagesdienst und noch keinen Einsatz, den zweiten werde ich gleich zu dir schicken. Ich kümmere mich darum“, erwiderte Korz, während er seinen Blick auf den Schreibtisch richtete und starr in seinem Heft zu lesen schien. Geile Nummer, dachte Max. Gesucht werden doch stets nur die linienförmigen Kollegen, nicht die spannenden Typen mit Facetten, Leidenschaft und Herzblut, die anscheinend nur stören. Mit diesen Gedanken ging Max Herbst wieder in sein Büro, telefonierte ein zweites Mal mit der Einsatzabteilung der Schutzpolizei und bestellte einen Hundeführer mit einem Diensthund, der zum Aufspüren von Rauschgift ausgebildet war. „Wohin soll‘s denn gehen?“, fragte der Beamte. „Ist top secret, wird derjenige schon noch rechtzeitig erfahren, wenn er hier ist“, antwortete Max.

„Gut“, sagte der Beamte am anderen Ende, „es wird sich jemand um zwanzig Uhr bei euch melden, Tschüss.“

„Hier Wachraum, Schulz. Max, die Tina Martens ist hier und will den Schlüssel für den Porsche abholen!“

„Wie ich schon sagte: festnehmen und in den Sicheren Raum sperren. Wir melden uns anschließend, und lasst sie weder telefonieren noch gebt ihr jemandem Auskunft, dass sie hier festgehalten wird. Wenn jemand fragen sollte – sie war nicht hier und sie ist nicht hier!“

17:30 Uhr. „Max, da hab ich aber einen gut bei dir“, kam maulig der Kollege Hans von der Porno-Abteilung ins Büro. „Ich wurde vom Chef verdonnert, dich zu unterstützen, obwohl ich heute Abend zu einer Gartenparty eingeladen bin.“

„Mein lieber Hans, ich habe mir diesen komplexen Fall nicht ausgesucht, mach dir schon mal Gedanken, was in deiner nächsten periodischen Beurteilung stehen soll! So, Hans, wenn du schon mal hier bist, du bist Kriminalhauptmeister, also einen Dienstgrad höher als Kriminalobermeister Werner Suhr, also wirst du den Einsatz in Rissen leiten. Ihr nehmt alle fest, die sich während eures Einsatzes in dem Haus befinden oder zu Besuch kommen. Denkt an die äußere Hausabsperrung. Ich möchte nicht, dass dir wieder einer mit Fenstersprung durch die Lappen geht wie im letzten Jahr. Wir suchen einen Baseballschläger, Blut- und andere in diesem Zusammenhang stehende Spuren und Beweismittel. Achte im Besonderen bei den Papierunterlagen auf ein Zertifikat für eine Damen-Cartier-Uhr. Ihr erhaltet einen Peterwagen und zwei Zivilfahnder für die Aktion. Aufschlag ist zeitgleich um 20:30 Uhr. Sollte es zwischenzeitlich noch Neuigkeiten geben, die für uns von Bedeutung sind, so melde dich über Funk. Prüf bitte, ob du zwei Groschen dabei hast, um im Notfall eine Telefonzelle benutzen zu können, falls Ihr keinen Funkkontakt haben solltet. Erinnere dich an den Berliner Luden, der uns letztes Jahr stiften ging, nur weil du wieder mal nur ein Zehnpfennig-Stück bei dir hattest und uns deshalb nicht rechtzeitig informieren konntest. Sowas möchte ich nicht noch mal erleben!"

„Ja, brauchst es mir ja nicht ständig aufs Brot zu schmieren!", war der säuerliche Kommentar von Kriminalhauptmeister Hans Götze, der lustlos die Mappe an sich nahm und mit trotziger Miene den Raum verließ. Hat Korz ja gerade den leistungswilligsten Kollegen ausgesucht, dachte Max und schüttelte den Kopf. Der Blick auf die Uhr zeigte ihm, dass es bereits 18:25 Uhr war, als Nicole grinsend ins Büro kam.

„So, Max, das war ein ganz schöner Marathon-Lauf. Ich habe die Beteiligten richtig unter Stress gesetzt. Mit der Schreibdame und dem Staatsanwalt ging es reibungslos, der Haftrichter Helms war stinkig, weil ich noch so spät kam. Er meinte, ich hätte mich ja auch etwas beeilen können. Ständig sah er auf die Uhr. Aber, hier ist der Beschluss."

„Ich habe drüben im Wienerwald noch zwei Hähnchen und Pommes für uns bestellt. Die Sachen werden in die Wache gebracht. Besonderer Service des Hauses", teilte ihr Max mit und reichte ihr einen Zehner mit der Bemerkung, dass sie die Sachen holen möge, sowie die Wache sich meldete. Er hatte gerade ausgesprochen, da klingelte sein Telefon. „Schulz von unten. Eure Hähnchen sind da!"

Nicole ging nach unten und legte, als sie zurückkam, die Tüte auf den Tisch und stellte zwei Flaschen Cola daneben. „Hab ich eben noch schnell aus dem Automaten gezogen, immer nur Kaffee mag ich nicht. Übrigens: Meine Freundin Bärbel möchte, dass ich nächsten Monat mit ihr nach Sylt fahre. Einfach in Rantum eine Woche zelten. Krieg ich frei?“

„Oh“, sagte Max: „Camping ist der Zustand, an dem der Mensch seine eigene Verwahrlosung als Erholung empfindet! Willst du dir das wirklich antun?“

„Vielleicht finde ich ja noch eine Ausrede, obwohl sie eine Nette ist “, erwiderte Nicole.

„So, nun wieder zur Sache. Während deiner Abwesenheit kam Tina Martens, um den Schlüssel für den Porsche zu holen. Sie ist festgenommen worden. Wir lassen sie erst einmal auf Eis liegen. Sie ist eine Partie von Willy. Wir werden nachher versuchen, die von Corinna Mielke benannten Kolleginnen Ilonka, Rosa, Karina, Verena und Marianne als Mittäterinnen festzunehmen und anschließend das Bordell schließen.“

Nicole führte ein Privatgespräch mit ihrer Mutter, während Max in die Küche ging, um sich noch einen Kaffee zu holen. Dort traf er auf Hans, der ihn grinsend fragte, ob er schon etwas mit der kleinen Nicole gehabt hätte. „Wie war sie denn so?“

„Mein lieber Hans, der gute Ruf einer Frau beruht auf dem Schweigen mehrerer Männer und dabei wollen wir es belassen. Also, lass deine plumpen Anspielungen“, sagte Max verärgert.

Max las in seinem Büro die Tageszeitungen, als Nicole das Gespräch beendete und aus dem Materiallager mehrere Stabtaschenlampen und Asservatenbeutel holte. Das Telefon klingelte.

„Hei, hei, Max, hiel is Ei Wei. Del Mann is eben mit Jagua aus Galage gefahlen in Lichtung Innentadt. Emil Bääg hab ich nix gesehen!“ –

„Danke Ei Wei, ich melde mich wieder!“

Max wählte hektisch eine neue Nummer. „Hier Polizeieinsatzzentrale, Herzog am Apparat.“ – „Hier Herbst, Kripo St. Pauli. Kollege, geben Sie bitte sofort eine Personen- und Kfz-Fahndung nach Benno Konoppes und seinem grünen Kfz, einem Jaguar Daimler XJ 12 mit dem Kennzeichen HH-BK 501, an alle durch. Konoppes ist wegen Mittäterschaft zur Freiheitsberaubung und gemeinschaftlich begangener gefährlicher Körperverletzung festzunehmen. Der Pkw fuhr 19:03 Uhr Reeperbahn 140 ab in Richtung Innenstadt, Ost-West-Straße, eventuell Richtung Elbbrücken. Eigensicherung beachten. Vorsicht Schusswaffe!“ – „Okay, geht sofort über den Äther“, sagte Herzog und beendete eiligst das Gespräch.

„Weshalb Richtung Elbbrücken?“, fragte Nicole. „Weil er in Frankfurt und Mannheim jeweils noch eine Partie außer Rosa laufen hat. Könnte sein, dass er diese Zweit- und Dritt- Partien besuchen will. Ist aber nur eine Vermutung.“

Das Telefon klingelte um 19:21 Uhr. „Herr Herbst, hier ist Vera Süd 21/5 von der Verkehrsstaffel Harburg. Ich spreche über Funk. Wir haben auf den Elbbrücken Abfahrt Veddel Richtung Wilhelmsburg den zur Fahndung ausgeschriebenen Jaguar stoppen und den Fahrer Benno Konoppes festnehmen können. Er hat sich mit seinem Führerschein ausgewiesen und ist eindeutig über das Lichtbild identifiziert. Waffen sind nicht im Wagen, wir haben das Auto durchsucht. Er war allein im Auto.“ – „Danke für eure Aufmerksamkeit.

Der Jaguar ist sicherzustellen. Schafft Konoppes zum nächsten Polizeirevier, er soll dort erst einmal auf meine Anweisung hin unter Verschluss genommen werden. Von dort kann er dann mit dem Sammeltransporter ins Polizeipräsidium zum Erkennungsdienst gefahren und uns morgen früh nach hier zugeführt werden, Ende!“ – „Nicole, die Verkehrsstaffel hat Konoppes. Er liegt bis morgen früh auf Eis und wird uns dann geliefert.“

„Weshalb haben wir nicht gleich die Tina Martens vernommen, als sie festgenommen wurde?“, fragte Nicole.

„Wenn wir alle haben, sprechen wir einzeln vorab in den Zellen mit ihnen und checken, wer am leichtesten zu knacken ist. Nach dieser Prämisse vernehmen wir sie nacheinander. Die Erfahrung lehrt, dass man damit der Wahrheit am nächsten kommt. Ruf, bitte, in Wilhelmsburg an und gib deutlich Anweisung, dass die Festnahme Konoppes wegen Verdunkelungsgefahr in unserer Sache top secret ist.“

Max stellte fest, dass Nicole bereits verschwunden war. Um 20:01 Uhr hörte er auf dem Flur lautes Stimmengewirr. Plötzlich stand sie mit fünf uniformierten Kollegen im Büro. „Moin“, riefen alle zeitgleich, wie abgesprochen.

„Ich bin der Zugführer der III. Hundertschaft, 2. Zug, Wilstermann mein Name“, rief derjenige, der Herbst die Hand reicht. Mit einer Handbewegung zeigte er hinter sich und wies auf seine drei Beamten hin. „Das sind meine Gruppenführer, die Herren Metzler, Mundt und Weiler.“ Max begrüßte alle mit Handschlag und bat die Kollegen, sich zu setzen. „Und ich bin der Hundeführer, Ewald Strauß heiße ich. Meine Bella ist unten bei der Treppe zu den Zellen angebunden!“

Die Kollegen gingen zügig nach unten, wo sie auf den Fahrzeugen Platz nahmen. Mehrere vorbeigehende St. Pauli-Besucher blieben neugierig stehen und machten sich Gedanken über einen eventuell anstehenden Einsatz der Polizeikräfte, dem sie am liebsten beiwohnen würden.

„Nicole, wir gehen zu Fuß, da brauchen wir auch nicht länger. Der Wachhabende ist informiert und ab gleich wird ein Kollege für eventuelle telefonische Fahndungsnachfragen zur Verfügung stehen", teilte ihr Max mit. „Es wird ein hartes Stück Arbeit werden. Wenn es so weitergeht, dann kann ich auch bald oben im Alarmraum pennen und meinen Wohnsitz nach hier ummelden. Und…, wer kümmert sich eigentlich um die anderen fünfundzwanzig Fälle, die ich monatlich zu bearbeiten habe?"

Nachdem sie die Reeperbahn überquert hatten und sich in Höhe der Talstraße befanden, dort, wo sich die Cafeteria der Firma Tchibo befindet, hörten sie aus der Ferne diverse Martinshörner und sahen, als sie nach hinten blickten, die zuckenden Blaulichter von vier Polizeifahrzeugen. Der Zugführer-Jeep voran, die drei Hanomag-Mannschaftswagen dahinter. Das harte Hämmern der robusten Dieselmotoren war zwischen den Signalintervallen der Martinshörner deutlich zu vernehmen. Zeitgleich mit dem Eintreffen der beiden Ermittler in Höhe des Einganges zur „Ritze" und dem Palais ging der Tross Polizei in die Eisen und parkte mit Schmackes unmittelbar vor der Einfahrt zur Tiefgarage des Großbordells.

Max und Nicole sahen links im Blickwinkel noch die Mannschaften im Eiltempo von den Einsatzwagen springen und zu ihren Positionen laufen. Kurze, knappe Befehle der Gruppenführer waren zu hören.

„Lau, Sie bleiben zur Sicherung der Einsatz-Fahrzeuge hier, damit wir hinterher nicht zerstochene Reifen haben!“, rief der Zugführer, Polizeikommissar Udo Wilstermann.

Max und seine Praktikantin gingen zügig auf den Eingang des Kontakthofes zu, als sie von mehreren Uniformierten überholt wurden. Der Kontakthof war relativ dunkel. Nur einige schummrige Wandleuchten in unterschiedlichen Farben gaben ihre geringe Wattleistung in den Hof ab. Dort waren an mehreren Stellen 180 x 180 cm große Sichtschutzwände aufgestellt, die eine Art Grenze für die Prostituierten der einzelnen Bordelleinheiten darstellen sollten: Bis hier darfst du dich bewegen, weiter nicht, sonst gibt es Ärger mit der Konkurrenz!

Max und Nicole passierten den Treppenhauseingang von Haus A. Es dürften momentan so etwa 35 bis 40 Dirnen im Hof stehen, schätzte er, ohne ihnen besondere Beachtung zu schenken. Plötzlich kam Unruhe durch laute hektische Stimmen der Frauen auf. Die Uniformierten strömten in den Hof und besetzten ihre Posten. Fast zehn Bereitschaftpolizisten überholten die beiden Ermittler im Treppenhaus auf dem Weg in die zweite Etage. Einer von ihnen blieb unten auf dem Hof vor einer Prostituierten stehen. Sie war sehr auffällig gekleidet mit einem schwarzen BH und einem viel zu engen schwarzen Slip. Ihre Brüste quollen weiß und üppig hervor.

„Herr Kollege, denken Sie an Ihren Auftrag, nach oben, bitte!“, rief Max dem jungen Bereitschaftspolizisten zu, der wie ertappt das Gespräch mit der Dirne abbrach und ins zweite Obergeschoß rannte. Dort standen fünf Uniformierte vor der Eingangstür zum Bordell wie Gardesoldaten vor dem Buckingham-Palast.

Über der Tür war der Bordellname „Emil & Konsorten“ in großen Neon-Lettern angebracht.

Max Herbst klingelte, worauf über den elektrischen Kontakt die Eingangstür entriegelt wurde. Er ging zügig über den Flur in den Aufenthaltsraum für die Gunstgewerblerinnen, in dem gleichzeitig der Wirtschafter an einem großen Schreibtisch saß. Daneben befand sich eine Musikbox, deren Singleplatte gerade den Ohrwurm „Waterloo“ von ABBA bis in das letzte Zimmer des Bordells dringen ließ.

„Hallo Herr Kunze“, rief Max dem Wirtschafter Wolfgang Kunze zu, dessen Partie, die Manuela Beyer, auf einem Sessel saß und eine Zigarette rauchte. Die Beyer war von schlanker Gestalt. Die pechschwarzen Haare hatte sie im Nacken mit einer roten Schleife gebändigt. Ihr Gesicht war ebenmäßig. Sie war 26 Jahre alt, wie Max wusste. Die üppige Oberweite trug sie durch den roten BH auffällig zur Geltung gepresst. Ihre weitere Dienstkleidung bestand aus einem engen, weißen Slip und roten Pumps.

„Tag, Herr Herbst. Sie schon wieder…?“, fragte Kunze etwas verunsichert, als er sechs Uniformierte mit einem angeleinten, belgischen Schäferhund den Raum betreten sah. „Was ist denn los, Herr Herbst, darf ich mal eben telefonieren?“, legte Kunze nach und griff zum Hörer. „Nein, dürfen Sie nicht!“, rief Max, worauf Kunze Max fragend ansah.

„Kollegen, geht schon mal durch in die hinteren Zimmer. Es sind insgesamt fünfzehn. Bringt die angetroffenen Personen nach hier in den Aufenthaltsraum!“, war der zackige Befehl von Max. Zügigen Schrittes wieselten die Bereitschaftspolizisten über den dunklen Flur, der mit dunkelroten Samttapeten in Blumenmuster tapeziert war. Max hörte die Kollegen an die Türen klopfen, die sie dann unverzüglich aufzustoßen schienen, wie er an den Geräuschen erkennen konnte. Sie warteten nicht erst ein „Herein“ ab, sondern öffneten zeitgleich in dem Moment die Türen, als sie gegen das Türblatt klopften. Die in den Zimmern anwesenden Personen wurden blitzschnell überrascht und waren teilweise nackt …

„Geben Sie mir, bitte, Ihre Anwesenheitslisten von der heutigen Tag-und Nachtschicht“, forderte Max Kunze auf. „Hier!“, war sein mauliger Kommentar, dabei reichte er Max schweigend, aber widerwillig die Listen, während Max ihm eine Kopie des Durchsuchungsbeschlusses aushändigte und sich auf die Eckbank setzte, die Listen auf den Tisch legte und den Personalbestand des Bordells checkte. Währenddessen hockte sich Kunze zu seiner Partie, der Beyer, und las den Beschluss des Amtsgerichts Hamburg. Manuela Beyer wäre es möglich gewesen, mit einem Blick nach rechts ebenfalls Einblick in den Durchsuchungsbeschluss zu nehmen, denn Kunze hielt ihn gut sichtbar in Augenhöhe. Aber sie wusste, was sich geziemt, und vielleicht folgte sie auch nur einem Urinstinkt, einer Art Selbstschutz, nach dem Motto: Was ich nicht weiß, dazu kann man mich auch nicht befragen...

Auf der Tagschicht-Liste waren Tina Martens und Karina Dietz vermerkt, die anderen sechs Frauen kamen aufgrund der Namen nicht in Frage. Auf der Nachtschicht-Liste standen vierzehn Frauen, unter anderem Ilonka Harmsen, Rosa Konoppes, Verena Sauer und Marianne Born. Müsste doch mit dem Teufel zugehen, wenn wir nicht alle in den Sack bekommen, dachte Max. Tina Martens haben wir schon, fehlen nur noch die anderen fünf,

Pöbelnd kam die betrunkene Rosa Konoppes, fest an den Armen geführt von zwei Uniformierten, in den Aufenthaltsraum. Die 35-Jährige hatte rotblond gefärbte Haare, auffallend waren ihre hohen, slawischen Wangenknochen und der dunkel gebräunte Teint. Der Haarschopf war hoch toupiert und ließ sie größer aussehen, als sie tatsächlich maß. Sie trug einen schwarzen Body, dazu rote Pumps.

Was ihr an Oberweite fehlte, saß als Übergewicht an den Hüften. Weiterhin fiel Max auf, dass Rosa am linken Handgelenk keine Uhr trug, aber einen deutlichen weißen Hautstreifen in der Breite eines Uhrenarmbandes.

„Setzen Sie sich auf die Bank zu den Anderen und warten Sie, bis Sie gefragt werden!“, sagt Max barsch und zeigte mit ausgestrecktem Arm in Richtung der bereits platzierten Personen. Mürrisch befolgte Rosa Max Anweisungen. Bevor ihr mächtiges Gesäß jedoch die Sitzbank berührte, brüllte sie in Richtung des Wirtschafters Wolfgang Kunze: „Wolfgang, einen doppelten Wodka auf Eis!“

„Ist nicht, Herr Kunze, der Betrieb ist eingestellt, aus die Maus, es gibt nichts mehr!“, sagte Max. „Ich gestatte lediglich ein Glas Wasser, falls jemand das Gefühl hat, in die Schnappatmung zu kommen!“

Nach Rosa kam ein kleiner Jüngling von scheinbar kaum achtzehn Jahren aus dem Flur.

„Darfst du schon in den Puff oder fällst du noch unter das Jugendschutzgesetz?“, fragte ein Uniformierter den jungen Freier. „Entschuldigen Sie mal, ich bin schon vierundzwanzig, hier ist mein Ausweis. Ich bin Banker bei der Dresdener Bank!“, empörte sich der junge Mann. Der Kleine sah richtig schnuckelig und gepflegt aus in seinem hellen Sommeranzug und dem weißen Nyltest-Hemd mit schwarzem Kragen und einer goldfarbenen Metallspange, die quer durch die Kragenspitzen des Hemdes gesteckt war und den Knoten der grauen Krawatte betonte. Der Beamte reichte Nicole auch diesen Ausweis. Es klingelte, Kunze betätigte den Türkontakt. Herein kamen zwei Uniformierte mit einer Frau in Straßenkleidung. „Dies ist Karina Dietz aus der Tagschicht, sie wollte gerade mit ihrem VW-Käfer aus der Tiefgarage fahren, als wir sie noch stoppen konnten“, sagte einer der Beamten.

„Okay, nehmen Sie ebenfalls auf der Eckbank Platz, Frau Dietz“, sagte Max. „Sie und Frau Konoppes sind vorläufig festgenommen wegen Freiheitsberaubung und gemeinschaftlicher gefährlicher Körperverletzung.“ Die Dietz zeigte sich empört und schrie Kunze an: „Wolfgang..., mach was!“ Kunze reagierte mit Achselzucken und schwieg. Nach einer kurzen Denkpause setzte sich die Dietz zu den anderen Personen und musterte Max derart aggressiv, dass dieser dachte: Wenn Blicke töten könnten!

Erneut klingelte es und vier Beamte kamen mit Verena Sauer und Marianne Born ins Etablissement. „Hallo, Frau Sauer, hallo, Frau Born“, begrüßte Max die beiden Frauen! „Wir kennen uns ja! Sie beide sind ebenfalls vorläufig festgenommen. Setzen Sie sich! Woher habt Ihr sie?“, fragte Max die festnehmenden Beamten. „Die standen unten auf dem Kontakthof und warteten auf Freier.“

„So, fehlt uns nur noch Herr Strauß, der Hundeführer.“ Max ging den Flur entlang an den einzelnen Zimmern vorbei und hörte aus der geöffneten Tür des letzten Zimmers mit der Nummer 14 das Hecheln des Hundes. Wo wohl Emil Berg sein könnte? Immer noch keine Spur.

Mist, wäre schön, wenn wir ihn hier noch greifen könnten. „Hallo, Kollege Strauß, darf ich kommen?" –

„Ja, der Hund ist durch, alles klar! Er hat Erfolg gehabt. Hier, hinter der Kommode ist in der Rückwand ein Raum mit einer zweiten Wand eingearbeitet worden. Ich zog die Kommode von der Wand, weil der Hund da so kräftig anschlug. Er schnüffelte unablässig, obwohl ich anfangs nichts erkennen konnte.

Erst nach genauerem Hinsehen entdeckte ich einen kleinen Spalt, den ich mit meinem Taschenmesser öffnete und hier das Resultat!"

„Oh, ich ahne schon."

„Ja, drei Plastiktüten mit eingeschweißtem weißen Pulver. Das Gewicht je Beutel dürfte bei etwa hundert Gramm liegen. So heftig wie der Hund sich verhalten hat, wage ich die Prognose, dass es sich um Heroin oder Kokain handelt. Die Feinwaage und die leeren Portionsbeutelchen sind ein weiteres Indiz dafür, dass es sich um BTM* handelt."

„Glückwunsch dem Hund und dir, Kollege. Nimm bitte die Drogen und die Utensilien mit zu unserer Dienststelle. Ihr seid dann entlassen. Vielen Dank, bis zum nächsten Mal."

„Herr Kunze, wer hält sich im Zimmer vierzehn auf?"

„Jeder mal", raunzte Kunze.

„Überlassen Sie uns kurz mal Ihr Telefon, Herr Kunze. Hier haben Sie zwanzig Pfennig für ein Ortsgespräch", sagte Max und legte zwei Groschen auf den Schreibtisch. Bevor Kunze seine Einwilligung gab, reichte Max Nicole

*BTM-Betäubungsmittel/Rauschgift

den Telefonhörer und forderte sie auf, in der Dienststelle anzurufen und den Personencheck vorzunehmen.

„Herr Kunze, öffnen Sie alle Schubläden des Schreibtisches. Sie haben den Durchsuchungsbeschluss gelesen!“ Kunze riss unter lautem Fluchen bis auf eine die anderen drei auf.

In der ersten Lade fand Max ein Nun-Chaku, eines der Würgehölzer aus Hartholz, die für den Kampfsport gedacht und nach dem Waffengesetz verboten waren. In den beiden anderen Läden befanden sich keine Gegenstände oder Papiere, die für das Strafverfahren von Bedeutung waren oder aus anderen Straftaten stammen könnten.

„Und nun öffnen Sie die obere rechte Lade, Herr Kunze!“ „Kann ich nicht, hab keinen Schlüssel, den hat Berg und der ist nicht hier!“, war Kunzes rotzige Antwort.

„Ist jemand in der Lage, das Fach zu öffnen?“, rief Max und einer der Uniformierten hob den Arm. „Okay, dann machen Sie mal!“ Der Kollege ging mit einem gezückten Mehrzweckmesser zum Schreibtisch, steckte die Klinge zwischen den Spalt der Lade und der Schreibtischplatte, rüttelte einmal kräftig und riss die Lade mit einem Ruck aus den Führungsschienen. „Bitte, zu Ihrer Verfügung!“ Max wühlte in den Papieren und zog drei Notar-Verträge heraus. Schon auf einen flüchtigen Blick erkannte er, dass sie alle von demselben Notar stammten und auf drei weibliche Personen als Schuldnerinnen ausgestellt waren. Es handelte sich um Tilgungsverträge, die sich jeweils auf 100 000 beliefen und der Begünstigte war immer Emil Berg.

„Ist beschlagnahmt“, sagte Max und legte die Verträge mitsamt den Würgehölzern in seinen Aktenkoffer. Weitere Beweismittel wurden nicht gefunden.

„Wie weit bist du?“, rief er Nicole zu, die gerade den Hörer auflegte. „Ich bin durch.“

„Also junger Mann, Sie können gehen. Hier ist Ihr Ausweis“, sagte Nicole und hielt dem Freier seinen Personalausweis hin. „Danke, einen sch… schönen Abend noch“, war zu hören, als er mit einem flüchtigem Blick zu Rosa Konoppes sah. Mit hochrotem Kopf verließ er das Bordell. Die Konoppes nickte kaum merkbar und schien dem Banker zu signalisieren: „Wird schon werden, alles halb so schlimm, komm bald wieder!“

Nicole wandte sich jetzt dem beleibten Freier der Ilonka Harmsen zu: „Herr Schulze, Sie sind verhaftet! Für Sie ist ein Haftbefehl der Staatsanwaltschaft Darmstadt wegen Unterhaltspflichtverletzung ausgestellt worden, weil Sie über keine ladungsfähige Anschrift verfügen und somit nicht zu einer mündlichen Hauptverhandlung vor dem Amtsgericht Darmstadt zu laden waren. Untersuchungshaft ist bis zum Termin somit angeordnet.“ Der beleibte Freier schien alle Schleusen geöffnet zu haben, die für eine ordentliche Transpiration sorgten und der Schweißrand unter den Armen des Oberhemdes gewann inzwischen an Radius und wurde plötzlich tief dunkel.

„Die nicht festgenommenen Damen des Hauses sind ohne Suchvermerk. Für Herrn Kunze besteht ebenfalls kein Suchvermerk“, erwähnte Nicole Dewitz abschließend. „Ja, okay“, sagte Kunze. „Nee, nee“, antwortete Nicole, „nichts ist okay! Herr Kunze, Sie sind vorläufig festgenommen wegen Vergehens nach dem Betäubungsmittelgesetz.

Sie haben ja gesehen, was wir beschlagnahmt haben und Sie sind hier der Verantwortliche im Laden, also bleibt die Sache erst einmal an Ihnen hängen!

Ach so, die Dame des Herrn Mayr ist für die Gesundheitsbehörde zur Gewahrsamnahme ausgeschrieben worden – wegen offener TB. Also, Frau Koll, auch Sie werden uns begleiten! Herr Kunze, das Bordell wird jetzt von uns aufgrund eines Verwaltungsaktes geschlossen.

Die Begründung wird Emil Berg überreicht, sowie wir ihm die Hand schütteln können.“

„Die festgenommenen fünf Damen, die Dame des Herrn Mayr, unser Mister Mayr und Herr Schulze sind jetzt der Polizeistation St. Pauli zuzuführen“, sagte Max zum neben ihm stehenden Gruppenführer. „Wer sich noch Straßenkleidung anziehen möchte, möge es jetzt tun. Die anderen Damen werden gebeten, ihre persönlichen Sachen in Empfang zu nehmen, denn ich verschließe gleich die Eingangstür und versehe sie mit einem Dienstsiegel. Den Schlüssel bitte, Herr Kunze!“

Verflucht nochmal, wo treibt sich nur Emil Berg rum?

Kapitel 21

Derselbe Wochentag, Mittwoch, gegen 14 Uhr, Hauptbahnhof:

Erst einmal weg von hier, dachte Emil Berg, als er die störenden Geräusche der einfahrenden U-und S-Bahnen und das Schnaufen der Güterzüge hörte. Die Züge waren beim Einfahren ins Bahnhofsgebäude wirklich sehr laut. Das Quietschen der Bremsen war ihm unangenehm in den Ohren, es nervte. Immer wieder sah er sich nach allen Seiten um, fühlte sich verfolgt. Sind die beiden Knaller da vorn Bullen in Zivil oder harmlose Typen? Sein Adrenalin-Spiegel war heftig angestiegen und er zeigte eine stark gerötete Gesichtshaut. Das Gute war, dass man als Untersuchungshäftling seine private Kleidung tragen darf, so fiel man nicht weiter auf. Aber ich muss hier weg, ich dreh gleich durch! Wahrscheinlich fahndet die gesamte Schmiere nach mir. Ich bin froh, wenn das hier alles vorbei ist, aber erst habe ich noch einiges zu erledigen. He, das Plakat da! Nee…, okay, ich dachte schon, dass es mein Konterfei ist. Ist nur Werbung. Nahm schon an, es ist ein Fahndungsplakat. Aber so schnell geht das wohl nicht. Wahrscheinlich bin ich erst morgen überall auf den Litfaßsäulen, in den Zeitungen und im Fernsehen zu sehen. Scheiße, ich muss erst einmal untertauchen. Aber wohin? Zum Kiez gehe ich nicht, ist mir zu heiß. Zu viele Neider da. Die würden die Gelegenheit wahrnehmen und mich der Schmiere ausliefern, hätten mich dann elegant ausgebootet. Kommt nicht in Frage. Aber, wohin? Ah…, ich fahre mit der U-Bahn nach Ochsenzoll und werde mal versuchen, mich bei Bibi zu verstecken bis

Gras über die Sache gewachsen ist. Bibi, das alte Huhn. Sie hat ja damals schon in Augsburg für mich geackert. Hat sich seit meinem Umzug nach Hamburg zur Ruhe gesetzt. Na ja, mit Fünfzig kann man das schon mal machen, obwohl sie immer noch eine scharfe Braut ist. Ich hab bei ihr einen Stein im Brett, sie wird mich wohl aufnehmen. Ja..., so mach ich das, - waren die Gedanken, die Berg durch den Kopf gingen.

Bordellpächter Berg wartete auf die nächste U-Bahn Richtung Ochsenzoll.

Die Sekunden, Minuten wirkten wie Stunden, Tage. Oh, endlich. Als die U-Bahn quietschend neben ihm anhielt, sah er noch einmal flüchtig um und stieg ohne Fahrschein ein. „Hoffentlich kommt kein Kontrolleur! Konnte ja keine Fahrkarte kaufen, bin total ausgemistet, hab keinen Strom dabei. Ist das meine Schuld? Nee, die haben doch selbst schuld, hab' einfach keine Mittel für die Fahrkarte. Ist das eine Scheiße...! , stöhnte Berg.

Warum gucken die so blöde, was labern die für einen Müll, dachte Berg und setzte sich zögernd auf einen Fensterplatz. Die Luft in dem Waggon war zum Schneiden dick, roch übel nach kaltem Schweiß und billigen Eau de Cologne. Die Gerüche erinnerten ihn an sein Bordell, wenn Hochkonjunktur war und die Matratzen nicht kalt wurden. Endlich..., Haltestelle Ochsenzoll. Schleunigst verließ er den Zug und stolperte auf den Bahnsteig.

Emil atmete tief durch, nahm noch einen Kontrollblick in alle Richtungen vor und als er sich umsah, hatte der Zug den Bahnhof bereits verlassen. Er gab sich einen Ruck und verließ vorsichtig sichernd das Bahnhofsgelände nach unten über die unendlich weit wirkende Treppe. Der Geräuschlose Kaufmann Emil Berg fühlte sich extrem angespannt und war doch erleichtert: Puh, geschafft, endlich raus aus dem Scheiß-Bahnhof. Kein Kontrolleur hat mich angekotzt! In 50 Meter Entfernung sah er eine Telefonzelle. Vor der sprach er mit Leidensmiene eine alte Frau an, die ihren Pinscher Gassi führte:

„Entschuldigung, können Sie mir wohl zwei Groschen geben, ich muss dringend telefonieren. Meine Frau hat eben einen Herzinfarkt erlitten. Ich muss sofort einen Krankenwagen bestellen."

„Ja, natürlich junger Mann", erwiderte sie und kramte mit zittrigen Fingern in ihrer Geldbörse nach dem erbetenen Geld. Ihr Pinscher-Rüde Rudi kläffte Emil Berg unermüdlich an. Kluger Hund! In der Telefonzelle blätterte Berg im Telefonbuch nach der Nummer von Bibi, warf die Groschen der alten Dame ein und wählte Bibis Nummer. „Hallo, wer ist da?" – „Hei, hier ist Emil, möchte dich mal besuchen, darf ich kommen?" – „Ja, gerne, das ist ja eine Überraschung. Bist du in der Nähe?" – „Bin ich, Bibi. Gut, bin gleich da!"

Mal sehen, vielleicht bleib ich über Nacht bei ihr und spätestens übermorgen muss ich mich um Corinna kümmern. Die darf auf keinen Fall gegen mich aussagen.

In welchem Krankenhaus ist die wohl? Na, krieg ich schon noch raus. Der entwichene Untersuchungshäftling Emil Berg drückte auf den Klingelknopf neben dem Namen Babette Sommer und unverzüglich wurde die Haustür entriegelt …

Kapitel 22

Mittwoch, 6. August, 23:15 Uhr, Bordell Palais d´ Amour:

In dem Emil & Konsorten ging es emsig zu. Die Personen wurden durch die uniformierten Kräfte auf die Polizeifahrzeuge verteilt und der Polizeistation St. Pauli zugeführt. Die verbliebenen Prostituierten packten eiligst ihre persönlichen Sachen und verließen das Bordell. Zuletzt gingen Kunze, Max und Nicole Dewitz. Max verschloss die Tür und klebte ein Dienstsiegel über das Profilzylinderschloss, bevor sie das Haus A verließen und mit Kunze zum Polizeigebäude gingen. Nicole sagte leise zu Max, dass Hans und Werner im Hause Konoppes den Baseballschläger sichergestellt hatten. Daran seien Blutanhaftungen. Außerdem sei die Rechnung eines Juweliers für eine Damen-Cartier-Armbanduhr mit einer Individualnummer und der dazu gehörigen Expertise gefunden worden.

In der Polizeistation stellte sich heraus, dass die Susanne Koll wegen galoppierender Schwindsucht unter Verschluss gebracht werden musste. „Vorher möchte ich nochmal kurz mit ihr reden“, rief Max. Für den Mann mit den Alimenten-Problemen forderte Nicole per Fernschreiben bei dem Kriminaldauerdienst in Darmstadt den Haftbefehl an.

„Darüber hinaus“, ordnete Max weiterhin an, „wird Frau Dewitz für den angeblichen Ludwig Mayr einen ED-Auftrag tippen und seine Fingerabdrücke werden als Eilsache dem Bundeskriminalamt übersandt.

Ich vermute mal, dass er schon irgendwo in Deutschland erkennungsdienstlich behandelt wurde, und ich wette, der Mann verschweigt seinen existenten Namen. Er heißt mit Sicherheit mit Vornamen A. und mit Zunamen P. Sein Siegelring wird nicht lügen! Bezüglich der sichergestellten Betäubungsmittel, Heroin oder Kokain, werde ich gleich den Kriminaldauerdienst anrufen. Der Kommissar vom Dienst soll die Rufbereitschaft der Rauschgiftdienststelle informieren und einen Bereitschaftsbeamten nach hier schicken, der den Fall zu übernehmen hat. Wir bieten ihm dazu den Wirtschafter Wolfgang Kunze an. Mal sehen, was dabei herauskommt! Wir wollen von allen fünf festgenommenen Prostituierten und der sich bereits in der Zelle befindlichen Tina Martens Fotos und Fingerabdrücke haben. Und, Kollege Schlüter, du kannst schon mal den Sammeltransporter für die Festgenommenen anfordern, damit die sechs Frauen und zwei Männer zum Erkennungsdienst gekarrt werden können. Mister Mayr verbleibt erst einmal bis zum Vorliegen eines Ergebnisses in einer Zelle des Polizeipräsidiums. Wir haben zwölf Stunden Zeit, seine Identität festzustellen. Die sechs Frauen sollen nach erkennungsdienstlicher Behandlung bis heute Morgen neun Uhr“, Max sah auf seine Armbanduhr, es war bereits 00:15 Uhr, „im Präsidium bleiben und dann nach hier zur Vernehmung überführt werden. Wolfgang Kunze bleibt als Festgenommener für die Rauschgifttruppe, die dann selbständig über seinen weiteren Verbleib entscheiden wird. Lasst, bitte, noch keine Anwälte an die Festgenommenen ran, die haben morgen noch genug Zeit, ihr Geld zu verdienen. Ach ja! Heute Morgen wird uns Benno Konoppes als Verwahrhäftling aus Wilhelmsburg geliefert.

Informiere deinen Nachfolger, das hat seine Richtigkeit, der ist für mich. Hast du noch Fragen?"

„Nein", sagte der Wachhabende Schlüter, „alles klar."

„Habt ihr was von Emil Berg gehört…?", fragte Max.

„Nee, die Zivilfahnder sind eifrig dabei, sprechen mit ihren Informanten und den Hinweisgebern, aber nichts bis jetzt!"

Max ging in den Zellentrakt und suchte die Koll auf. „Frau Koll, Ihr Personalausweis wurde in Augsburg ausgestellt. Ihre letzte Meldeanschrift befindet sich ebenfalls in Augsburg, was suchen Sie hier?" Spontan zeigte die Koll eine abweisende Körperhaltung. Max sah, wie sie hastig die Luft einsog, als wollte sie leugnen, denn sie sah Max nur einen Moment schweigend an, während sie nach Argumenten rang. Ihr schnippischer Kommentar war: „Mal einen Besuch machen mit Anton."

„Aha, wer ist denn Anton?"

„Äh…, nein, ich hab mich vertan, ich meinte natürlich den Ludwig", haspelte die Koll kleinlaut. Sie fühlte sich erhitzt und hatte spürbares Herzklopfen.

„Nanu, da kommen wir der Sache ja schon näher! Ich gehe davon aus, dass Sie seine Partie sind und geplant war, dass Sie hier anschaffen sollten oder wollten!", erwiderte Max.

„Was erlauben Sie sich, das ist eine Frechheit, ich bin doch keine Hure!", erboste sich Susanne Koll. „Ich verklage Sie, dass Ihnen Hören und Sehen vergeht. Im Übrigen geht mir alles am Arsch vorbei. Was wollen Sie von mir? Wenn Sie mich weiter so angehen, werde ich mich ernsthaft über Sie beschweren. Ich bin eine solide Frau."

„Nicht so hastig Frau Koll, machen Sie hier mal nicht den Lauten. Sie wirken etwas angespannt“, gab Max der mutmaßlichen Dirne zu bedenken.

„Was soll das? In meiner Situation wären Sie auch nicht locker, also..., lassen Sie mich endlich in Ruhe. Ich will hier raus!“

Max überhörte die Bitte und warnte die Koll: „Ich werde gleich eine Erkenntnisanfrage an das BKA und alle Landeskriminalämter erlassen und dann bin ich mal auf das Ergebnis gespannt. Ich kann Ihnen schon jetzt versprechen, dass die Meldung kommen wird, sie seien unter anderem bereits wegen Prostitution irgendwo aufgefallen.

Was sonst noch für kriminalpolizeiliche Ergebnisse zum Vorschein kommen, das werden wir ja sehen!“

„Hm, naja,… in Augsburg habe ich vorher in einer Nachtbar gearbeitet. Da hat die Polizei mich einmal unberechtigter Weise mitgenommen, weil ich dort angeblich angeschafft haben sollte, was aber nicht stimmte!“

„Sehen Sie, da kommen wir der Sache schon näher! Also, wie heißt Ihr Galan?“

„Ludwig Mayr, mit Ypsilon ohne E, hat er Ihnen doch schon gesagt“, keifte Susanne Koll.

„Gut, dann nicht Frau Koll. Wir werden der Wahrheit schon noch näher kommen“, erwiderte Max und verließ die Zelle. Die Alte steht ganz schön unter der Fuchtel des Terriers Mayr, dachte er, ging in sein Büro und sah Nicole mit flinken Fingern die Aufträge für den Erkennungsdienst auf der stark strapazierten Adler-Schreibmaschine tippen.

„Max, du brauchst nichts mehr zu tun. Ich bin fast fertig“, äußerte Nicole etwas abgespannt.

„Gut. Bist du noch in der Lage, eine Stunde mit mir auszuspannen?

Ich dachte, wir fahren nach Pöseldorf in die Milchstraße in die Alt-Pöseldorfer Bierstuben und werden bei Doro noch einen Absacker trinken. Um diese Zeit ist es dort immer sehr vergnüglich. Am amüsantesten sind die betrunkenen Anwälte, die mir immer erzählen wollen, wie wir mit ihrer Klientel umgehen sollten.

Also, aber nur eine Stunde, heute früh geht es weiter. Ich gebe dir aber bis neun Uhr frei!“ Nicole nickte: „Ja, das ist eine gute Idee, ich bin sofort fertig!“

Max ging zufrieden nach unten und wartete auf sie, die drei Minuten später kam.

Mitternacht war schon eine halbe Stunde vorbei, als sie das Dienstgebäude verließen, getrennt zu ihren Autos gingen und nach Pöseldorf fuhren, wo sie wenig später den Käfer und den Golf parkten. Es war mild draußen, eine angenehm warme Nacht. Bei Betreten der Schankwirtschaft roch Max, dass Nicole „Coco“ nachgelegt hatte. Hm, immer wieder ein betörender Duft, dachte er. Das Lokal war proppenvoll und rauchgeschwängert. Lautes Stimmengewirr und Gelächter drang an ihre Ohren. Der Alkohol hatte schon für gute Stimmung gesorgt. Die Wirtin Doro kam ihnen entgegen und begrüßte Max überschwänglich. „Hallo, lässt du dich auch mal wieder sehen?“

„Ja, leider zu selten, kaum Zeit, meine Liebe.“, sagte Max.

„Ich hab da hinten noch ein schönes Plätzchen für dich und deine Freundin. Da seid Ihr relativ ungestört“, sagte Doro, deutete mit dem Zeigefinger in die hintere rechte Ecke des Lokals und blinzelte Max zu. „Bring uns, bitte, zwei Gläser von deinem leckeren Rotwein, dem guten,

du weißt schon“, sagte Max, „und eine Kleinigkeit zu essen, aber nur etwas, das nicht so schwer im Magen liegt!“

„Ja, mach ich, die Kellnerin bedient euch gleich. Ich muss mal wieder an den Stammtisch, ihr beiden Turteltäubchen“, erwiderte Doro und ging zu einem voll besetzten Tisch. Die Stammgäste amüsierten sich prächtig, einige Männer erzählten Altherrenwitze und die gesamte Meute bog sich vor Lachen. Am Nachbartisch saßen zwei Pärchen, die schon ziemlich angeschickert waren. Während die beiden hübschen Mädels herumalberten und sich immer wieder mit Weißwein zuprosteten, war dem Gespräch der Bacardi-Cola trinkenden Männer zu entnehmen, dass zumindest der eine von beiden eine florierende Kfz-Werkstatt in Hamburg-Altona betrieb. Die Ohren von Max wurden immer länger, als der Typ mit seiner hübschen, schwarz gefärbten Minipli und den auffälligen Ohrsteckern in etwas leiserem Ton zu seinem Kumpel sagte:

„Das läuft ganz gut in letzter Zeit! Ich hab durch Flüsterpropaganda schon einige Kunden vom Kiez, die sich von ihren Schlitten die Tachowelle aushängen lassen, damit sie nicht so viel Kilometer auf dem Zähler haben. Anders ist es nicht möglich, den Tacho schlafen zu legen. Sie kriegen von mir eine offizielle Rechnung mit der Autonummer und dem manipulierten Tachostand für eine Inspektion, die nicht durchgeführt worden ist.“

„Aha“, dachte Max, „schon wieder so ein Drecksack, der krumme Geschäfte macht!“

Nicole unterbrach sein Unbehagen: „Max, wie siehst du die Sache mit Berg, nachdem er aus dem Knast geflüchtet ist und dessen Bordell wir gerade geschlossen haben?“ Die Kellnerin kam mit den Getränken und zwei kleinen Tellern mit jeweils zwölf Scampi mittlerer Größe und einem grünen Salat. Dazu reichte sie einen kleinen Brotkorb.

Je länger Max über Nicoles Frage nachdachte, desto klarer wurde seine Meinung: „Tja, Berg kann seine Zelte auf dem Hamburger Kiez wohl abbrechen, seine Reputation ist durch die Schließung seines Puffs und sein extrem auffälliges kriminelles Verhalten dahin. Er ist nun jemand, der nichts mehr zu verlieren hat. Das größte Problem der meisten Luden ist, dass ihnen Werte wie Respekt, Empathie und die Bereitschaft fehlen, Regeln einzuhalten. Regeln sind die Grundpfeiler des menschlichen Zusammenlebens. Nicht zu verwechseln mit den Regeln des Kiezes, die sie sich nach ihrem Gusto selbst auferlegen; natürlich stets zu ihrem Vorteil. Die wichtigen Milieu-Leute lächeln nur noch mitleidig, wenn sie seinen Namen hören.

Der Mann aus Augsburg hat hoch gepokert, aber verloren. Er hätte sich besser den Gepflogenheiten hier anpassen sollen. Es hat an Tipps von seinen Kumpanen und unserer Seite nicht gemangelt, aber er hat sich immer beratungsresistent verhalten. Für die Provinz war er ein bisschen zu schlau, aber hier im pulsierenden St. Pauli nicht schlau genug. Allein schon die vielen Einsätze der Peterwagen in dem Bordell! Ständig waren Beischlafdiebstähle und Betrugsdelikte auf sexueller Basis an der

Tagesordnung, auch immer wieder Prügeleien zwischen den Wirtschaftern und den Freiern. Das sieht man sich eine Zeit lang an und dann reicht es. Es ist direkt eine Aufforderung zum Reagieren für die Polizei. Soll er doch nach seiner Knastzeit wieder nach Augsburg gehen, hier hat er kein Land mehr in Sicht. Eventuell weisen wir ihm noch eine Anstiftung zum Mord nach.

Es liegt die Vermutung nahe, dass er jemanden beauftragte, die Mielke umzubringen, um die Dreihunderttausend kassieren zu können. Für den Fall würde er lebenslang bekommen."

Eine analytische Bewertung der Straftaten durch das Lagezentrum der Kriminalpolizei war zu dem Ergebnis gekommen, dass Berg momentan die Top eins unter den Kriminellen des Rotlichtmilieus war, und man wollte ihm die ganze Aufmerksamkeit im Kampf gegen das Verbrechen widmen. Berg sah sich als Silberrücken, als Obmann und Präses unter den Alphatieren des Rotlichtmilieus; zumindest kamen die verdeckten Ermittler zu dem Ergebnis. Seine Stammtruppe war ein Kader der besonderen Art. Man konnte sie auch als eine auf Krawall gebürstete verschworene Gemeinschaft bezeichnen, deren Priorität einzig und allein darin bestand, ihre Traber bis aufs Letzte auszubeuten und auszuquetschen.

Berg und seine Gefolgsleute pflegten eine Kultur der Gesetzlosigkeit. Verbotenes Glücksspiel, Erpressung, Menschen-, Drogen- und Waffenhandel sowie Prostitution waren hauptsächlich das Metier der Geräuschlosen Kaufleute. Stets pflügten sie mehrmals quer durch das Strafgesetzbuch und zurück.

Alle Kriminalisten der Fachdienststelle hatten endgültig beschlossen, solche Schädlinge der Gesellschaft wirksam zu bekämpfen. Auf lange Sicht gesehen, waren die Hanseatischen Vermieter von weiblichen Geschlechtsteilen die notorischen Loser, keinesfalls jedoch Chorknaben…

Die beiden Paare am Nachbartisch zahlten und verließen die Kultkneipe.

„Ich komme gleich wieder, folge denen mal unauffällig nach draußen“, flüsterte Max. In etwa achtzig Metern Entfernung sah er die zwei Pärchen in einen silbernen Mercedes 500 SEL einsteigen. Der Kfz-Fuzzy setzte sich ans Steuer, der andere Mann daneben, hinten saßen die Frauen. Alle vier waren albern und lachten. Sie fuhren davon. Max notierte sich das Kennzeichen: HH-WL 783. „So“, grinste er. „Du bist auf meiner Prioritätenliste, mein Freund. Dir wird das Lachen schon noch vergehen!“

Max kam wieder an den Tisch zu Nicole: „Dieser Snack zu später Stunde war nicht schlecht oder gibt’s sonst noch was?“, fragte er sie, die einen abgespannten Eindruck machte und müde abwinkte. „Gut, dann lass uns den Tag beenden“, sagte er und winkte der Kellnerin. Sie zahlten und verließen das Lokal.

„Nicole, ich wünsche dir eine gute Nacht!“

„Danke, dir auch“, kam es gähnend zurück.

Um 1:35 Uhr fiel Max erschöpft ins Bett, hing aber seinen Gedanken eine Weile nach. Seit langem schon konnte Max keine Nacht mehr durchschlafen. Egal, wann er sich hinlegte, wachte er stets viel zu früh mit dickem Kopf auf. Er hatte es aufgegeben zu zählen, wie häufig er sich von der einen auf die andere Seite gewälzt hatte. Und Nicole …?

Kapitel 23

Ein neuer Tag bricht an: Donnerstag, 7. August, 6:30 Uhr:

Als der Wecker sich gemeldet hatte, setzte sich Max mühsam auf die Bettkante. Seine Augen hielt er für einen Moment geschlossen, sie brannten immer noch von dem starken Tabakqualm bei Doro. Er schaltete das Radio ein. Unter der Dusche hörte er den Moderator die Tagesnachrichten sprechen. Der Kühlschrank gab wieder sein Standard-Frühstück her. Entgegen seinen allgemeinen Gepflogenheiten griff Max sich heute eine weiße Jeans und ein rosafarbenes Polohemd, dazu eine hellbraune Wildlederjacke und Slipper in derselben Farbe.

Um 8:10 Uhr betrat er das Amtsgebäude und wurde von dem Wachhabenden der Frühschicht, Udo Polski, begrüßt. „Mann, was hast du für kleine Augen?“, erwiderte Max. „Ja, Mist“, antwortete Polski, „die Frühwoche schafft mich noch.“

„Udo, bevor ich‘s vergesse, ich brauch aus der Asservatenkammer die goldene Cartier-Damen-Uhr. Was gibt‘s sonst Neues, Udo?“

„Tja, dein kleiner Heiermann-Lude Ludwig Mayr mit Ypsilon ohne E heißt in Wirklichkeit Anton Pohlmann und ist am 17. April 1940 in Ludwigsburg geboren. Die letzte Meldeanschrift war Augsburg, Zimmergasse 12.

Er ist im Januar mit der Susanne Koll in München erkennungsdienstlich behandelt worden. Beide wurden wegen Einmiete-Betrugs in einem Fünfsterne-Hotel festgenommen. Die hatten dort drei Wochen gewohnt und keinen Pfennig auf der Naht gehabt.

Er ist eindeutig durch die ihm damals abgenommenen Fingerabdrücke identifiziert.“ Polski ergänzte: „Der bleibt im Bau, weil er von der Staatsanwaltschaft Wiesbaden per Haftbefehl seit dem zweiten Januar überörtlich ausgeschrieben ist. Pohlmann ist entwichener Strafgefangener, weil er nach einem Urlaub auf Ehrenwort nicht wieder in die Strafanstalt zurückkehrte. Er hat noch 412 Tage Reststrafe wegen schweren Raubes zu verbüßen. Hier hast du das Fernschreiben, das uns soeben übermittelt wurde.“

Max nahm es an sich, der Verwahrbuchführer reichte ihm die Cartier-Uhr vom Falkensteiner Ufer und anschließend machte er sich in sein Büro auf.

Polski rief ihm nach: „Die Verwahrhäftlinge, also die sechs Frauen und der Typ aus Wilhelmsburg, sind noch nicht hier!“ – „Gut, gut, ruf an, wenn sie hier eintreffen! Was von Emil Berg gehört?“ –

„Nee, still ruht der See!“

Max ging dem ätzenden Geruch des Holzbodenpflegemittels nach in die zweite Etage, als er Hans rufen hörte: „Pünktlichkeit ist eine Zier, doch weiter kommt man ohne ihr, ha, ha!“

Dieser Typ, der faulste und schwächste der Dienststelle, aber dafür das größte Maul! Mal sehen, ob wir ihn bei nächster Gelegenheit auswechseln können. Das werden wir ihm dann als bedeutenden Baustein seiner Karriere verkaufen, dachte Max. Er öffnete einen Fensterflügel und sah nach seinen Fischen im Aquarium, so viel Zeit muss sein.

Er entdeckte auf einmal nach erster Schätzung mindestens zehn kleine Gurami-Babys und eine schlanke Gurami-Mama. Die kleinen rosa Pünktchen flitzten hin und her und der Gurami-Vater schwamm auf seine Frau zu und beide berührten sich mit ihren runden Mäulern. Es sah so aus, als wenn es sich um einen Liebesbeweis handelte und sie sich küssten. Aber nein, war es nicht, es war eher ein Kräftemessen, wie Zoologen festgestellt hatten. Welch eine Liebe ..., eine wahre Freude, dachte Max und drehte seinen Bürostuhl in Richtung Aquarium, bevor er sich setzte. Mindestens fünf Minuten hielt er Blickkontakt zu den Fischen, stellte den Sauerstoffzufluss im Becken noch etwas kräftiger ein, bevor er durch das Klingeln des Telefons in die Realität gebeamt wurde.

„Rechtsanwalt Hüttenqualm, Wilfried Hüttenqualm", tönte es aus dem Hörer. „Herr Herbst, ich hörte, dass Sie Frau Ilonka Harmsen bei sich haben. Ich habe ihre Vertretung übernommen. Wann können wir uns bei Ihnen treffen?"

„Guten Morgen, Herr Hüttenqualm, soviel Zeit muss sein!"

„Ja, ja..., was ist denn nun?"

„Kommen Sie um fünfzehn Uhr vorbei. Vorher kann ich Ihnen nicht dienen!"

„Aber, heute ist Freitag und Wochenende!"

„Ich muss Sie verbessern, Herr Rechtsanwalt, mein Kalender zeigt erst Donnerstag."

„Oh ja, na ..., dann komm ich um drei zu Ihnen. Wiederhören!"

Max legte auf und sah einen Stapel Zeitungen liegen. Nee, keine Zeit, beschloss er, ging schnell in die Küche und holte sich einen Becher Kaffee. Der abgehalfterte Hüttenqualm! Mit seinen fast 70 Jahren flitzt dieser alte Puffschleicher immer noch in seinem alten abgewetzten, dunkelblauen, knieumspielenden Trenchcoat und seiner schwarzen, fleckigen Leinenhose mit mexikanischer Rundbügel-Falte hier rum und setzt sich fast täglich in den Nachtstunden zu denselben Prostituierten in die Zellen, wenn diese wieder einmal wegen Betruges auf sexueller Basis oder Beischlafdiebstahls festgenommen wurden! Da fiel sein Blick auf die Asservate, die Beweismittel, die Hans und Werner gestern im Hause Konoppes beschlagnahmt hatten. Es waren der Baseballschläger, der dringend zur Kriminaltechnischen Untersuchungsstelle musste, und diverse Papierunterlagen. Weiterhin eine Quittung des Juweliers mit dem Zertifikat der Damen-Cartier-Armbanduhr. Er verglich die Individualnummer, die im Zertifikat und auf der Rechnung vermerkt waren, mit der Nummer auf der Uhr, die der Polizeihund am Falkensteiner Ufer gefunden hatte. Ja, super, sie ist es! Mal sehen, ob die Konoppes nachher in Erklärungsnot kommt!

Max griff zum Hörer, wählte und hörte, wie eine freundliche Frauenstimme sagte: „Universitätsklinik Eppendorf, guten Morgen, was wünschen Sie?“ „Guten Morgen, Kripo St. Pauli, ich möchte mit der Augenklinik verbunden werden!“ – „Einen Moment bitte, ich verbinde!“ – „Hallo, hier Schwester Bärbel!“

„Guten Morgen Schwester, Herbst, Kripo St. Pauli, liegt Corinna Mielke bei Ihnen?“ „Na, das kann ja jeder sagen, geben Sie mir Ihre Telefonnummer. Ich rufe Sie dann sofort zurück, vorher erteile ich keine Auskunft.“

„Okay, mein Telefon hat die Rufnummer 41118516. Ich erwarte Ihren Anruf, Wiederhören!“ Max hatte kaum den Hörer aufgelegt, als es klingelte. „Herbst, Kripo!“

„Hier UKE, Schwester Bärbel. Ja, Herr Herbst, Frau Mielke liegt hier auf meiner Station und Doktor Keller steht gerade neben mir, ich übergebe mal!“

„Guten Morgen, Doktor Keller, wie geht es ihr?“

„Wir konnten das Auge von Frau Mielke leider nicht mehr retten, es war bereits ausgelaufen, bevor sie hier eintraf. Es ist wirklich tragisch, so eine junge hübsche Frau! In Lebensgefahr ist sie aber nicht mehr“, berichtete der Arzt.

„Greifen Sie mal ordentlich durch in St. Pauli. Ich habe langsam keine Lust mehr, meine von dort kommenden Patienten ständig in die Kühlfächer schieben zu müssen.“

Max ignorierte den frustrierenden Kommentar: „Hm, ja, danke für die Auskunft, Doktor Keller. Ihren schriftlichen Bericht werde ich für die Strafakte anfordern, und verschweigen Sie, bitte, weiterhin allen Personen, die eine Auskunft wollen, dass sie bei Ihnen ist. Ich werde jetzt die Eltern informieren und denen als Parole das Wort „Stoppel- Hopser“ nennen. Notieren Sie das auch für Ihr Personal. Bei Nennung dieses Losungswortes können Sie den Eltern telefonisch Auskunft erteilen. Danke für das Gespräch, Doktor Keller. Wiederhören!“

So, nun ist der Bock fett! Es ist jctzt kcinc gefährliche, sondern eine schwere Körperverletzung mit verschärfter Strafandrohung. Durch den Verlust des Sehvermögens eines Auges wird das Delikt zu einem Verbrechen. Mädels, zieht euch warm an, dachte Max.

Die Eltern von Corinna Mielke werde ich nicht verständigen, das kann Nicole am Abend machen.

Er wählte eine Telefonnummer und hörte eine weibliche Stimme, die sagte: „Straßenverkehrsamt Hamburg,

Zulassungsstelle!“ – „Hier Kripo, Herbst, geben Sie mir bitte die Details für das Kennzeichen HH-WL 783.“ „Einen Moment bitte!

Das ist ein Mercedes 500 SEL, zugelassen auf eine Firma, Autohaus Andreas Waltemathe in Hamburg 50, Schauenburger Straße.“

Um 8:55 Uhr trat Nicole, tack, tack, tack, mit roten High Heels ins Büro „Hallo, alter Kämpfer, wie geht es dir?“, fragte sie etwas matt. – „Wahrscheinlich nicht viel besser als dir. Ich brauch bald mal eine Schlafkur, wenn es so weiter geht!“, antwortete Max. Nicole trug eine hautenge blaue Jeans, dazu eine hellblaue Bluse und einen weißen Blazer. Die Bluse hätte sie im Dienst ein Knopfloch höher knöpfen können, damit die Spitzen des schwarzen BH nicht so hervor lugen würden. Nachdem sie mit dem Aktenberg in der einen und einem Becher Kaffee in der anderen Hand erneut in das Büro trat, informierte er sie über die neuen Erkenntnisse. „Oh, und Babys haben wir auch noch bekommen“, sagte Max und wies auf das Aquarium.

„Gratuliere dir zu deinem Nachwuchs. Ich werde gegen sechzehn Uhr versuchen, die Eltern von Corinna Mielke zu erreichen. “

Max schaltete einen Moment das Radio ein, um sich durch Ablenkung auf die bevorstehenden Vernehmungen vorzubereiten. Es war der Song „Sugar Baby Love“ von den Rubbetes, den er zu hören bekam.

ermitteln, weil sie nicht weiß, wer welcher Knacki ist. Eine Kollektivstrafe gibt es ja nicht. Ich habe schon das MEK beauftragt, die drei Burschen für uns einzusacken. Es dürfte sich nach meiner Kenntnis nur um Stunden handeln, bis wir sie haben. Dann gehen sie als erstes „Klavier spielen“, also über den Erkennungsdienst mit Prints und Handflächenabdruck.

Laut Spurenkarten haben wir von diversen Tatorten beweissichere Fingerspuren. Dann ein Abgleich und – ruck zuck – haben wir sie im Sack. Denn man Tschüss, wir müssen weitermachen.“

„Viel Erfolg“, sagte Max, legte auf und informiert Nicole über die Einbruchsbeute aus der Wohnung Böhmert. Sie berichtete, dass Herr Biesterfeld erfreut war über den Anruf. „Er war sehr auskunftsfreudig!

Also, Benno Konoppes hat vor einem Jahr die Immobilie im möblierten Zustand gemietet. Die monatliche Kaltmiete beträgt 2500, die Benno bereits seit sechs Monaten säumig ist. Von der dreimonatigen Mietkaution von 7500, die üblicherweise bei Mietbeginn zu zahlen ist, hat er es durch Überredungskunst bis heute nur 900 angezahlt. Herr Biesterfeld hat über einen Rechtsanwalt vergebens versucht, die fristlose Kündigung formell zustellen zu lassen. Benno ist laut Biesterfeld nie zu erreichen. Ich habe ihn informiert, dass die Konoppes sich hier in polizeilichem Gewahrsam befinden und ihm den Tipp gegeben, durch Eilboten die Zustellung nach hier vorzunehmen, wo wir ihm bei seiner Vernehmung den Brief formell übergeben können. Herr Biesterfeld war begeistert und will das sofort veranlassen.“ Nicoles Telefon klingelte und nachdem sie einige Worte mit dem Teilnehmer gesprochen hatte, übergab sie Max den Hörer.

„Es ist der Kollege Schuster von der Drogenabteilung, er möchte dich sprechen!“

„Schuster, hallo Kollege Herbst! Nur zu deiner Info! Wir haben bis eben den von euch festgenommenen Wirtschafter aus dem Palais, Wolfgang Kunze, vernommen. Bei dem sichergestellten weißen Pulver handelt es sich um exakt 287 Gramm Heroin.

Kunze geht ganz schön die Düse. Ihm wurde von uns klargemacht, dass er bei solch einer Menge in U-Haft gehen wird, falls er nicht spürbar mit uns kooperiert. Anfangs tat er sich etwas schwer, aber dann nannte er uns den Großdealer, der das Heroin anschleppt und gewisse Kreise auf dem Kiez damit versorgt. Es ist exakt wieder derjenige, den wir schon mit seiner Mutter auf der Telefonüberwachung haben. Die wohnen beide in Niedersachsen, im Landkreis Harburg. Sie sind äußerst vorsichtig, was das Dealen von Betäubungsmitteln anbelangt. Die Überwachung steht erst seit Mitte letzter Woche. Wir haben aber schon einen Erfolg verbuchen können: In einem Telefonat, das ein Kumpel des Großdealers mit ihm führte, hatte dieser ihn gefragt, ob er den Schmuck aus dem Bruch in das Juweliergeschäft in Travemünde auch vernünftig gebunkert hätte, und der Großdealer antwortete, dass er die Sore bei sich auf dem Hinterhof in der Hundehütte versteckt hat. Da geht keiner bei, meinte der, weil davor sein scharfer Rottweiler Hasso an der Kette liegt. „Lass die Bullen kommen, da wagen die sich nicht ran“, hat er gesagt und gelacht. Laut Kunze ist seine Mutter die Verteilerin, die ständig die Dealer beliefert.

Die werden erstaunt sein, wenn wir dort aufschlagen. Nun wünsche ich noch einen vielversprechenden Dienst.

Tschüss“, sagte Schuster und beendete das Gespräch, bevor Max ihm antworten konnte.

Nicole hatte das Telefonat über die Lautsprecheranlage verfolgen können: „Max, ich erinnere mich, in den Wichtigen Ereignismeldungen über den Einbruch in das

Juweliergeschäft in Travemünde gelesen zu haben. Es sind da null Spuren vorhanden.

Die Beute besteht aus Halsketten, Uhren und Schmuck und soll einen Gesamtwert von 190 000 haben.

Der Bruch müsste vor etwa zwei Wochen stattgefunden haben, aber das kann man ja nachlesen.“

Max griff er zum Hörer und wählte eine Rufnummer. „Zemann, Staatsanwaltschaft Hamburg“, ertönte eine angenehm weiche Stimme. „Hallo, mein Engel, wie ist das Befinden?“ – „Gut, gut, aber mach bitte schnell! Ich muss rüber zum Landgericht, habe heute Sitzungstag und bin eh schon spät dran!“ –

„Im Schnellverfahren: Ich habe großes Verlangen nach dir, können wir uns heute Abend sehen bei mir?“ –

„Ja gerne, ich dachte schon, du meidest mich?“ –

„Aber nee, hab im Moment viel zu tun. Ich schätze mal, dass ich um zwanzig Uhr Zuhause sein kann. Du weißt ja, wo ich den Schlüssel gebunkert habe, draußen im Gebüsch, falls ich noch nicht da sein sollte.“ – „Okay, ich liebe dich, Tschüss“.

Nun hatte Nicole ein Problem: Max, was sollte das mit den drei Notar-Verträgen, die du aus dem Palais mitgenommen hast?“

„Ach so, ja, das ist eine übliche Masche diverser Ganoven, um vermeintlich einer Anklage wegen Zuhälterei entgehen zu können. Eine gewisse Riege der Luden geht häufig zum selben Notar in Hamburg-Eimsbüttel und schließt diese Art Verträge ab. Sie sind dabei immer mit ihrer jeweiligen Partie im Büro des Notars und stellen sie als Schuldnerin vor. Meistens geht es dabei um Beträge bis 100000. Der Notar setzt dann eine Art Darlehensvertrag auf, in dem sich die Prostituierte verpflichtet,

innerhalb von 48 Monaten in regelmäßigen Raten den angeblichen Darlehensbetrag zurückzuzahlen.

So ein Notar ist aus meiner Sicht eine zwielichtige Gestalt, denn die wissen doch genau, was gespielt wird! Aus Geldgier lassen sie sich auf solche Geschäfte ein. Moralisch gesehen eine glatte Sechs minus. Die Absicht der Zuhälter ist, diesen Wisch der Polizei oder dem Gericht vor die Nase zu halten, falls sie bei der Übergabe der Prostitutionseinnahmen ertappt werden. Dann soll es wie eine legale Ratenzahlung nach dem Schuldnervertrag aussehen. Sie sind so naiv und meinen, damit dem Verdacht dirigistischer Zuhälterei entgehen zu können. Bislang hat jedes Gericht dieses vermeintliche, scheinheilige Entlastungsbeweismittel abgeschmettert, also nicht als Beweis anerkannt. Außer Spesen nichts gewesen. Es ist also „ein untauglicher Versuch an einem tauglichen Objekt“ wie die Juristen sagen. Wir werden jedoch diese drei Verträge zu der Strafakte als Nachtrag der Staatsanwaltschaft für die bevorstehende Hauptverhandlung beim Landgericht schicken. Zwar ist das nicht unbedingt das beste Beweismittel für eine Verurteilung, jedoch ein Beweis für die niedere Gesinnung Bergs, und dürfte sich mit Sicherheit negativ bei der Strafzumessung auswirken. Hinzu kommt noch die Sache mit den

Lebensversicherungen. Berg hätte es mit seiner Raffinesse fast geschafft, dass sein Apparatschik, der Puff- Poussier er, „Braunschweiger-Willy“, die Frauen so manipulierte, dass Corinna Mielke beinahe ums Leben gekommen wäre. Er hätte sein Ziel wieder mal erreicht und erneut 300 000 von der Versicherung gezogen. Ich werde die Versicherung informieren, dass der Vertrag sittenwidrig ist, damit die ihn stornieren können. Der Hammer wäre, wenn wir eine Aussage bekommen würden, dass Berg jemanden anstiftete, die Mielke zu töten. Dann hätten wir ihn noch wegen Mordversuchs dran.“

Die Geschäftszimmer-Sekretärin Ines kam ins Büro und reichte Max den Festnahme-Bericht für Konoppes und dazu das Begleitschreiben für den Jaguar, der zur Fahrbereitschaft transportiert wurde.

„Max, die Papierlage wurde bereits laut Datum- und Uhrzeitstempel um 1:15 Uhr heute Morgen per Fernschreiber zur Dienststelle geschickt und wird im Laufe des Nachmittags im Original hier eintreffen.“ Ines machte auf dem Absatz kehrt und verließ das Büro. „Mann, hat die heute dunkle Augenringe, sieht ja richtig verheult aus“, dachte Max. Mit einem flüchtigen Blick auf das Begleitschreiben sah er, dass die Farbe des Jaguars Grünmetallic war. Der Kilometerstand betrug erst 30145 km, obwohl der Pkw bereits vier Jahre unter den Rädern hatte.

Um 10:05 Uhr teilte der Wachhabende Udo Polski Nicole mit, dass Konoppes soeben eingetroffen sei.

„Gut, ich geh nach unten und hol ihn rauf!“, sagte Max und bemerkte beim Hinausgehen, dass Nicole schon wieder mit ihrer Mutter telefonierte. Die beiden hatten scheinbar ein besonders gespanntes Verhältnis, zumindest war Nicole stets kurz angebunden, hörte häufig nur genervt zu, erhob öfter die Stimme und knallte meist bei Beendigung des Gesprächs den Hörer aufs Telefon. Aber was weiß ich, was sich da im Laufe der Jahre aufgestaut hat …, dachte Max.

Unten sah er Benno Konoppes auf der Hartholzbank vor dem Verwahrbuchführer sitzen. „Hallo Hansi“, rief Max. „Ich nehm ihn gleich mit nach oben.“ Hansi nickte und reichte ihm den Plastikbeutel mit den persönlichen Sachen Konoppes.

„So, Herr Konoppes, dann gehen Sie vor mir die Treppe rauf bis in den zweiten Stock! Ich folge Ihnen unauffällig!“

Konoppes wirkte müde und mürrisch. Er war ungekämmt und auf der Kopfplatte konnte man ein „Vogelnest“ erkennen. Er war von großer Gestalt und hatte eine athletische Figur. Die riesigen Koteletten ließen das Gesicht schmal wirken. Der fette Schnäuzer war seitlich an den Mundwinkeln vorbei bis zur Unterkante des Unterkiefers gewachsen und gab ihm ein martialisches Aussehen. In seiner hellbraunen Lederjacke mit reichlich Fransen an den Ärmeln, dazu der Bluejeans und den spitzen Stiefeln mit hohen Absätzen, wirkte er wie ein Westernheld zu John Waynes besten Zeiten. Der Mann war ohne Zweifel gefährlich und selbst im Polizeigebäude schnaubte er verächtlich durch die Nase und zeigte sich kampfbereit, indem er seine Schulterpartie mehrmals nach vorne schnellen ließ.

„Hoppla, ihr habt aber schöne Bräute hier“, schwadronierte er mit Blick auf Nicole. Max konterte sofort in scharfem Ton: „Sparen Sie sich Ihre frechen Kommentare für die Vernehmung auf, Herr Konoppes!“

Max wies ihm den ungepolsterten Stuhl vor seinem Schreibtisch zu, schweigend setzte sich Benno und sah Max erwartungsvoll an. Max hatte Bennos Stuhl nur einen Meter entfernt von sich platziert. Er wollte ihm so nah wie möglich sein.

„So, Benno…! Laut Aktenlage der Verkehrsstaffel hat man Sie gestern Abend bei der Festnahme darauf hingewiesen, dass der Grund für die Festnahme gemeinschaftliche schwere Körperverletzung zum Nachteil der Corinna Mielke ist.

Die übliche Prozedere kennen Sie ja bereits aus dem Effeff. Was bekomme ich zu hören?“

„Ja…, ich sag mal, was war. Ganz so heftig war es auch nicht!“

„Nun gut“, erwiderte Max, „dann fangen wir mal an. Ach ja, hier sind Ihre Papiere und Ihre persönlichen Sachen. Das vergoldete Dupont-Feuerzeug mit Ihren Initialen BK, der Kfz-Schlüssel mit dem schweren Jaguar-Anhänger, Ihr speckiger Personalausweis und Ihr relativ neuer Führerschein der Klasse drei. Beginnen wir mit der Vernehmung zur Person Benno. Die Richterschaft weiß ganz gerne schon nach Papierlage, über was für einen Menschen sie zu richten hat. Die Strafe soll ja individuell angemessen sein und Sie nicht unbedingt mit voller Härte treffen, nicht wahr? Sie können auch Entlastendes vorbringen, aber bitte keine Märchen erzählen! Also, wie war es damals? Sind Sie mit beiden Elternteilen aufgewachsen, welche Berufe hatten die Eltern, haben Sie noch Geschwister? Welche Schulbildung haben Sie, gab es ernsthafte Erkrankungen in der Familie. Welche Berufsvision hatten Sie, und welchen Beruf haben Sie erlernt oder ausgeübt?“

„Also“, stöhnte Benno: „Meine Eltern waren beide da. Wir haben in einer Zweizimmer-Wohnung gelebt. Ich habe keine Geschwister.

Die Bude war in Berlin-Kreuzberg in einem Hochhaus in der fünften Etage. Mein Alter war Frührentner, hatte auf einer kleinen Werft gearbeitet und einen Betriebsunfall erlitten. Da war er 36 Lenze. Er konnte nicht mehr mit dem Rücken.

Von da an lag er nur noch auf dem Sofa und hat gesoffen und ferngekiekt. Muttern ging als Putze Geld verdienen. Ansonsten haben wir von der Stütze gelebt, die Rente vom Alten war klein.

Er war ja noch nicht so alt, als das passierte. Gepennt haben wir alle drei im Schlafzimmer. Die Alten im Doppel- und ich im Einzelbett. Es war grausam, der Alte wollte immer nur rammeln, auch wenn Mutter spät nach Hause kam und völlig erschöpft abspannen wollte. Ich musste mir das Gestöhne immer mit anhören. Ich habe die Volksschule bis zur achten Klasse besucht, hatte dann keine Lust mehr, wär sowieso backen geblieben. Ich konnte machen, was ich wollte, habe nie eine Uhrzeit mitbekommen, und so hab ich mir schon mit zwölf mit meinen Kumpels rumgetrieben.“

„Was heißt rumgetrieben, Benno?“

„Na, zuerst haben wir auf Volksfesten die Leute beklaut und später sind wir einbrechen gegangen. Zuerst die Kioske, danach die Geschäfte und dann auch schon mal in Einzelhäuser in juten Gegenden. Ich war dann mehrere Male beim Jugendgericht, habe Auflagen bekommen, musste im Krankenhaus die Mülleimer leeren und den Garten harken. Da hab ich dann auch wieder geklaut. Die Patienten, wenn Sie verstehen.

Mit Achtzehn haben sie mir in den Knast gesteckt, wo ich zwei Jahre blieb. Ich wollte nichts geschenkt, hab alles bis zum letzten Tag abgerissen! Danach bin ich wieder zu meinen Kumpels und hab mir mit Ede im Puff rumgetrieben. Normal malochen wollt ich nicht, hab aber noch paarmal versucht zu kellnern, aber das war nichts für Papas Sohn. Ich bin ja Jahrgang 40, aber einen normalen Beruf hab ich nicht. Vor acht Jahren hab ich Rosa in Mannheim im Puff aufgerissen, als ich da uff Entdeckungsreise war.

Die Rosa mochte mir gleich leiden, war damals mit so einem Arsch zusammen, der sie immer vermachte*.

Den Typen hab ich mir vorgeknöpft, ihn windelweich gekloppt, saß deshalb auch ein Jahr im Knast. Rosa hat mir immer besucht, und als ich raus kam, haben wir sofort geheiratet und sind über Berlin nach Hamburg. Sie kam ja ursprünglich auch aus Berlin. Wir haben keine Kinder, verstehen uns gut. Meine Alten sind beide schon lange Jahre tot."

„Hatten Sie denn in jungen Jahren einmal einen Berufswunsch?", fragt Nicole dazwischen. „Ja, wenn das Zuhause nicht alles so aus dem Ruder gelaufen und ich normal zur Schule gegangen wär, vielleicht noch mit Nachhilfeunterricht, dann wär ich wie Ihr gern zur Schmiere gegangen. Beworben hatte ich mir, aber die haben mir nicht genommen, wohl wegen meiner Vorstrafen. So schlägt man sich eben durch. Es ist eben nicht alles planbar!" Ist klar, Benno, wenn man zu labil oder zu willensschwach ist oder keinen Schneid besitzt, dann ist es wohl so, dachte Max, ohne es auszusprechen.

* verprügelte

„Gibt es noch Strafen, die zur Bewährung ausgesetzt sind?“

„Nee, hab alles abgerissen!“

„Benno, Sie können all den Stress loswerden, wenn Sie nur den Weg der Wahrheit wählen.“

Hm, dachte Benno, soll ich schweigen oder dibbern? Wird es mir nützen? Und wenn ich dibbere, soll ich lügen? Ich bin unsicher, weiß es im Moment noch nicht. Mal sehen, wie es weiter läuft?

„Gut, Benno, dann kommen wir jetzt zur Sache! Wo haben Sie eigentlich wann die Fahrerlaubnis erworben?“

„Können Sie ja rauf kneistern, sehen Sie ja.“ „Hier, Nicole, prüfe, bitte, in der Sachfahndungskartei die Führerscheindaten und rufe bei der Führerscheinstelle an, ob und wann Herrn Konoppes eine Fahrerlaubnis erteilt wurde.“ Max sah, dass Benno unruhig auf seinem Stuhl von einer Arschbacke auf die andere wanderte. „Was ist denn Benno, ist Ihnen nicht wohl?“

„Doch, doch, mir ist nur auf einmal so warm, können Sie mal das Fenster aufmachen?“

Max erhob sich und stellte den rechten Fensterflügel in Kippstellung, in dem sich in diesem Moment das Sonnenlicht brach. „Ist gut so?“

„Hm, können Sie so lassen!“

Während Nicole telefonierte, klingelte das Telefon von Max und Udo Polski war am Apparat. „Max, deine sechs Damen sind retour, wir haben sie auf die Zellen verteilt.“

„Gut so, und, bitte, keine Kontakte untereinander!“

„Wir werden ihnen jetzt was zu beißen besorgen. Sie haben ja nach zwölf Stunden Arrest Anspruch auf Essen aus der Wachkasse“, sagte Polski. „Soll unser Mann auch was für den „Berliner-Benno“ besorgen?“

„Ja, bringt ihm einen halben Hahn und eine Cola mit, sonst fällt er uns noch vom Fleisch! Wir kümmern uns später um die Damen. Tschüss Udo!“

„Also Benno, wie war das da bei Ihnen Zuhause mit der Corinna Mielke? Verarschen Sie mich nicht! Wir haben schon eine Menge glaubhafte Fakten gesammelt und ebenfalls eine Aussage der Corinna Mielke, die jetzt auf dem linken Auge erblindet ist!“

„Was, das glaube ich nicht. Sie veräppeln mir“, gab Konoppes scheinbar entrüstet von sich.

„Wir sind hier weder auf einer Witzveranstaltung noch bei einer Quizsendung. Benno, nehmen Sie meine Bemerkungen ernst! Ich habe den Eindruck, dass es Ihnen schwerfällt, die Wahrheit auszusprechen, die Ihnen offensichtlich unangenehm ist, aber nur zu – ich erkenne, ob Sie lügen!“

„Ja?“ Benno schüttelte in einer Verlegenheitsgeste seinen Oberkörper mehrmals von rechts nach links.

„Die Ilonka, also die Partie vom ‚Bonsai‘, kam abends zu uns mit der Corinna. Das ist sowieso so ein Paar. Er einsfuffzig, sie einsachtzig. Wenn der bei der um Sechs anfängt, ist er um Zwölf noch nicht überall gewesen.

„Kommen Sie zur Sache, Benno!“

„Hm, gut. Wir hatten Besuch von Karina, Verena und Marianne. Irgendwie war die Corinna frech und machte

Rosa an. Da hat die Rosa sie vom Sessel geschubst. Da haben die alle nach Corinna getreten, als sie da lag!“

„Und wer hat Corinna den Baseballschläger durchs Gesicht gezogen?“

„Das, das weiß ich nicht, hab ich nicht gesehen, war ja auch mal in der Küche“, log Benno.

„Benno, so kommen wir nicht weiter. Sie lügen, wenn Sie die Lippen bewegen!“

„Ja, aber. Aber nicht doch, ich sage immer die Wahrheit“, stöhnte Benno entrüstet und flüsterte kaum hörbar: „Wenn es so weit ist …!“ Nicole mischte sich in das Gespräch ein: „Herr Konoppes, kommen wir doch zwischendurch einmal zu Ihrem Führerschein.

Ihr hübsches Foto ist es ja, aber alles andere ist gefälscht an diesem Dokument. Dieser Original-Führerschein-Vordruck wurde mit 30 anderen Dokumenten blanko aus dem Landratsamt in Gießen am 15. März bei einem Einbruch erbeutet. Die Individualnummern jedes einzelnen Dokuments sind in der Sachfahndung gespeichert. Außerdem ist der Originalstempel mit der Nummer 267 in Nienburg an der Weser bei einem Tresoraufbruch aus der Führerscheinstelle gestohlen worden. Das Verkehrsamt in Hamburg teilte mir mit, dass man Ihnen die Fahrerlaubnis für fünf Jahre entzogen hat, weil Sie mit 2,1 Promille einen Fußgänger überfahren und schwer verletzt haben, und dann Fahrerflucht begingen. Sie sind also theoretisch Deutschlands letzter Fußgänger, Herr Konoppes!“

„Hm, stimmt das wirklich alles so? Na, ja, denn ist das eben so. Ja, das ist ein Falscher“, knirschte Benno.

„Aus diesem Grund werden die Vorwürfe gegen Sie um Hehlerei und Urkundenfälschung erweitert! Der Führerschein ist sichergestellt, auf alle Fälle bleibt er hier!“

„Nee, nee, ist schon gut, könnt Ihr haben“, sagte Benno resignierend.

„Wer ist der Fälscher und von wem haben Sie die Pappe“, fragt ihn Max.

„Ist es besser, wenn ich das sage?“

„Mann, Mann, Mann, ja, auf alle Fälle!“

„Wo ist meine Rosa?“

„Die sitzt unten in der Zelle, denn nach Sachlage ist Ihre Frau die Haupttäterin.“

„Na gut, dann sag ich nichts mehr“, erwiderte Benno mit mauligem Gesicht. Nicoles Telefon klingelte, es war wiederum Udo Polski, der Wachhabende von unten.

„Hier war eben ein Bote und hat einen Brief für Konoppes abgegeben.“

„Ich weiß, ich hole ihn sofort!“, sagte sie, ging nach unten und kam mit dem Brief der Anwaltskanzlei Meier & Söhne zurück. „Hier, Herr Konoppes, soll ich Ihnen aushändigen, bestätigen Sie auf dem Anschreiben den Empfang!“

„Was ist das?“

„Hier, unterschreiben Sie den Vordruck, dann können Sie in aller Ruhe Ihre Neugierde befriedigen und den Brief lesen.“ Konoppes unterschrieb die Empfangsbestätigung, riss den Brief auf und nahm zur Kenntnis, dass er die fristlose Kündigung für die Anmietung des Hauses in Rissen in Händen hatte. „Was soll das denn?“, rief er wütend, zerknüllte den Brief und warf ihn in die nächste Ecke. „Nicole, schick, bitte, die Empfangsbestätigung an die Anwaltskanzlei.“, sagte Max.

„Okay, erwiderte sie, „ich geh eben nach unten, der Stafetten-Fahrer kommt jeden Moment, um die Post abzuholen“, und schon war sie auf dem Weg ins Treppenhaus, das in die unteren Etagen führte.

„Kann ich jetzt gehen?“ fragte Benno.

„ Nee, noch lange nicht! Wer ist der Fälscher des Führerscheins und von wem haben Sie ihn?“ „Kein Kommentar. Könnt ihn behalten, aber mehr gibt es nicht! Ich habe eine brillante Idee. Wir machen einen Deal: Ich gebe Ihnen zwei Riesen und Sie lassen mir gehen?“

Wenn ich an mein grausames Auto denke, diese schäbige Kiste, dachte Max. Oh, Mann …

„Nein, nein, nein, kommen Sie mir nicht mit dieser billigen Nummer, Benno!“

„Was heißt das – billig? Soll ich nachlegen?“

„Wir sind hier nicht auf einem orientalischen Basar oder in einer Bananenrepublik. Ich möchte solche Bemerkung nicht mehr hören! Sie befinden sich damit im strafbaren Bereich einer versuchten Bestechung. Seien Sie froh, dass wir beide im Moment allein sind, da will ich das nicht gehört haben, Herr Konoppes.“

Störrisch blieb Benno weiterhin bei seiner Absicht, sich aus der Nummer freizukaufen.

„Ich erhöhe uff das Doppelte! 4000, also vier Mille für nichts. Nur einmal diese blöde Akte verschwinden lassen oder umzuschreiben!“

Nicht schlecht, überlegte Max und wurde energischer: „Lassen Sie diese plumpen Versuche, mich kaufen zu wollen!“

Nicole betrat das Büro und Max schwieg, bis sie wieder an ihrem Schreibtisch saß.

Kapitel 24

Mittags, um 12:10 Uhr, Büro Max Herbst:

„Na gut, Benno, dann gehen wir eben gleich in Medias Res“, sagte Max und schlug mit der flachen Hand auf den Schreibtisch, blickte Konoppes direkt an und rollte mit seinem Stuhl nah an ihn heran. Er hatte beschlossen, mit einer harten, unmissverständlichen Frage direkt zur Sache zu kommen. Sie gab ihm Gelegenheit zu sehen, wie Benno auf den abrupten Themenwechsel reagieren würde:

„Es ist nicht mein Ziel, Sie fertigzumachen, sondern an die Wahrheit zu gelangen. Also, ich höre: Wo waren Sie am vergangenen Sonntag, 3. August?“

Die Frage traf Benno wie ein Keulenschlag, wie unter einer messerscharfen Guillotine liegend. Er wurde nervös, hatte seine Hände nicht mehr in der Gewalt und ließ sie deshalb unter seinen Oberschenkeln verschwinden. Schlagartig wurde ihm bewusst, dass er zu kämpfen hatte. Man sah ihm die Erschöpfung an. Eine dicke Schweißschicht überzog sein Gesicht, das er zu einer Grimasse verzog, als er sagte: „Ka…, ka, keine Ahnung.“

„Doch, doch!“, sagte Max und spielte virtuos auf dem Register seiner Verhörtaktik. Er erhob sich, ging im Raum auf und ab, sprach phasenweise leise mit Benno, wendete ihm den Rücken zu, um sich ihm anschließend wieder zuzuwenden. Mal sah er aus dem Fenster, dann ins Aquarium, dann wieder zu Benno. Der wurde sichtlich nervöser und rutschte auf seinem Stuhl hin und her.

Max setzte sich erneut unmittelbar vor Benno, blickte ihm starr in die Augen und raunte ihm zu:

„Sie waren in Mannheim und haben um 2:30 Uhr in der Früh auf dem Parkplatz der Diskothek „Crazy-Horse“ hinterrücks den „Mannheimer-Klaus“ erschossen! Nach der Tat wurde ein Jaguar Ihres Typs mit HH-Kennzeichen in rasender Fahrt vom Parkplatz flüchtend gesehen!“

Bennos Miene glich einem Zerrbild des Unbehagens. Sein Herz raste, die Atmung nahm rasant zu, das Blut schoss ihm in Arme und Beine, der Mund fühlte sich seltsam trocken an.

„Nein, das, das, äh, kann nicht sein! Ich habe, ich hatte…Ich war das nicht…!“, schrie „Berliner-Benno“, sprang vom Stuhl hoch, den er dabei umriss, stand wild gestikulierend mit puterrotem Kopf vor Max Herbst und begann im Raum hin und her zu rennen.

„Setzen Sie sich…, sonst gehen Sie sofort wieder in die Zelle! Und nun ist Schluss mit dem Theater!“ Benno stellte den umgekippten Stuhl auf und nahm wieder Platz. „Herr Herbst, ich möchte ein Glas Wasser, ich habe Durst“, krächzte er, während sich seine Schweißperlen auf der Stirn rasend schnell vermehrten.

„Nicole, bist du so nett?“

„Ja, ich geh schon“, antwortete sie missmutig und verschwand in Richtung Küche. Immer wenn es spannend wird, hab ich hier die Hilfsdienste zu erledigen. Wie soll ich dabei was lernen? , dachte sie und verließ schnaufend das Büro.

„Also…, ich hab mit der Mannheimer Sache nichts am Hut, kann aber sagen, von wem ich die Pappe hab“, meldete sich plötzlich Benno.

„Na, denn man los“, antwortete Max und wusste: Der will vom Thema ablenken. „Der Typ heißt Manne, fährt nen alten Oldsmobil in Gelb und hat seine Werkstatt in Bergedorf. Ich hab zwölfhundert Tacken für die Pappe rausgetan!“

„Curslacker Deich?“, fragte Max.

„Ja, sag ich doch, Curslacker Deich!“
„Nein…, haben Sie nicht gesagt, sagte ich. Aber wir kennen ja unsere Pappenheimer. Wollte nur mal Ihren Wahrheitsgehalt testen, Benno.“
„Das mit dem Mannheimer, das… war ich nicht, ganz bestimmt nicht, Herr Kommissar! Ich kann das beweisen. Hier!“ Mit einer flinken Handbewegung zog Benno aus seiner Jackeninnentasche einen gefalteten DIN A4-Bogen. „Mein Auto hat seit der Inspektion kaum Kilometer gefressen, vielleicht so hundert bis gestern Abend. Nach Mannheim und retour sind das ja mindestens ein Tausender!“ Benno strich den Bogen glatt und reichte ihn Max. Es war eine Rechnung vom Autohaus Andreas Waltemathe, Hamburg-Altona, Schauenburger Straße. Max las sie aufmerksam: Inspektion eines Jaguar Daimler XJ 12 mit dem Kennzeichen HH-BK 501 bei Kilometerstand 30 027 am 30.Juli, also letzte Woche. Ohne den Blick von der Rechnung zu lassen, tastete er nach rechts auf den Schreibtisch und griff sich das Begleitschreiben der Verkehrsstaffel. Bei dem Transport des Jaguars zur Fahrbereitschaft war ein abgelesener Kilometerstand von 30 145 festgestellt worden. Seit der Inspektion am Mittwoch, 30. Juli, also vier Tage vor dem Mord in Mannheim, wurde der Pkw bis zur Sicherstellung nur 118 Kilometer bewegt. Konnte das sein? Eher nicht.

Die Fahrstrecke vom Kiez bis zum Tatort betrug einfach 570 Kilometer, also insgesamt 1140 km ohne Umwege. Mein lieber Waltemathe, dachte Max, erhob sich und sagte: „Bin gleich zurück!"
Er ging ins Nachbarbüro und bat Werner, dessen Telefon benutzen zu dürfen.
„Hier KTU, Hansen", ertönte eine weibliche Stimme.
„Hier Max Herbst, Eva Hansen, ich grüße dich. Eva, ich habe einen Auftrag für Euren Techniker. Schick ihn doch bitte zur Fahrbereitschaft Ost.
Dort steht ein grüner Jaguar mit dem Kennzeichen HH-BK 501. Er soll sich die Tachowelle ansehen und auch auf minimalste Kratzspuren achten. Ich brauche das Ergebnis schnellstmöglich, den schriftlichen Auftrag bekommt Ihr gleich. Es ist wirklich wichtig."
Max betrat sein Büro, als Benno gerade das Glas Wasser leerte. Der stellte eine unerwartete Frage:
„Was habt Ihr mit meinem Kater gemacht, als Ihr das Haus durchsucht habt? Wenn Rosa auch hier ist, kann er nicht versorgt werden. Oder habt Ihr ihn ins Tierheim gebracht. An mein Alfred häng ich!"

„Weiß ich nichts drüber, aber einen Moment mal!" Max ging rüber zu Hans. „Habt ihr bei der Durchsuchung des Hauses Konoppes eine Katze gesehen?" Hans hörte auf zu tippen, sah hoch und antwortete: „Nee, Katze war da nicht, aber ein Katzenklo im Bad neben der Wanne!"
Max ging zurück und informierte Benno:

„Der Kater wurde von meinen Kollegen nicht gesehen, er scheint sich versteckt zu haben. Sie bleiben ja zumindest bis zur Vorführung beim Haftrichter in polizeilichem Gewahrsam, Ihre Rosa auch. Also, wenn Sie einverstanden sind, dann schicke ich jemanden vorbei, der den

Kater holt und ins Tierheim bringt, bis Sie in der Lage sein sollten, ihn wieder in Empfang zu nehmen.

„Ja, gut“, dankte Benno und rief: „Die Tauben brauchen Sie nicht zu versorgen, die sind im Freiflug, die können sich draußen ihr Futter suchen!“

Oh, das ist es, ging es Max durch den Kopf. Unser Nachbar hatte auch Brieftauben, als ich noch Jugendlicher war. Die Tauben schickte er in den Sommermonaten häufig im Wettbewerb mit anderen Vereinsmitgliedern auf Reisen. Vor Reiseantritt erhielten die Tauben zusätzlich zu ihrem Kenn-Ring auf das andere Bein einen kleinen Gummiring mit der gestempelten Mitgliedsnummer des Züchters übergestülpt. Nach Eintreffen des Vogels im heimischen Schlag wurde dieser Gummiring sofort entfernt und von einer Stempeluhr mit Datum und Zeit versehen. Dann gab man diese Ringe beim Vereinsvorstand ab und hoffte, dass die eigene Taube die schnellste war. Bingo, der in der Mannheimer Akte auf Blatt 14 fotografierte Gummiring war so ein Brieftaubenring! Aber im Moment wollte er Benno darauf noch nicht ansprechen.

„Benno, ich glaube, dass Sie etwas Bedenkzeit benötigen, oder möchten Sie lieber einen Anwalt haben?“

„Nein, den brauche ich nicht, ich habe die Wahrheit gesagt und im Übrigen habe ich ja auch ein Alibi wegen der Mannheimer Sache, den Beleg haben Sie ja in Händen.

„Wir haben jetzt 10:30 Uhr. Sie gehen jetzt in eine Zelle, essen Ihr Hähnchen und wir unterhalten uns später weiter. Vielleicht kommt dann eine andere Wahrheit dabei heraus. So hat es im Moment keinen Zweck. Nicole, bringe bitte Herrn Konoppes nach unten!“, sagte Max und nahm als bedeutungsloses Ablenkungsmanöver eine andere Akte zur Hand.

Benno fühlte sich wie gelähmt. Seit Tagen hatte er keinen Schlaf gefunden, weil er ständig wegen jeder Kleinigkeit von einer Braut zur anderen flitzen musste. Jede nervte und bildete sich ein, seine Hauptfrau zu sein.

Aber wer sollte den harten Job sonst übernehmen? Und dann noch die Mannheimer Scheiße im Nacken. Schweigend ging er vor Nicole nach unten dem Zellentrakt entgegen. Er war doch ein ruheloser Mensch und nur in Bewegung glücklich. Benno musste einen Plan entwickeln. Bloß wie?

Kapitel 25

Um 12:55 Uhr:

Die Frauen brennen mir zwar unter den Nägeln, aber Konoppes ist im Moment wichtiger. Da tut sich etwas ganz gewaltig. Man sollte immer Prioritäten setzen. Die hohe Kunst ist aber, die richtigen auszuwählen, dachte Max. Nachdem Nicole zurück war, bat er sie, ein Auto aus dem Fuhrpark zu besorgen. „Wir fahren jetzt zuerst nach Altona in die Schauenburger Straße zum Autohaus Waltemathe, dann zum Blankeneser Polizeirevier, holen den Schlüssel für Bennos Bude und kümmern uns anschließend um den Kater“, sagte Max.

Sie fuhren Richtung Altona, als er sie am Nobistor bat, kurz anzuhalten. „Bin gleich zurück“, rief Max, als er in die Karstadt-Filiale ging. Ein paar Minuten später saß er wieder im Auto.

„Was hast du denn da in der Tüte?“ – „Hab mir bloß schnell ein neues Aftershave gekauft.“ Sie braucht ja nicht zu wissen, dass er eben 120 für eine Flasche „Coco“ von Chanel ausgegeben hatte. Für Christin – oder hätte ich den Betrag lieber für ein neues Auto sparen sollen?, überlegte er.

„So, so, Aftershave“, sagte Nicole und fuhr schmunzelnd zur Polizeiwache Blankenese, wo sie den Schlüsselbund für das Haus Konoppes in Empfang nahmen. Beim Betreten des Grundstücks bemerkten sie hinter dem mit Efeu bewachsenen Haus einen großen verwitterten Holzschuppen, der wohl als Taubenschlag diente. Vor dem Ein-und Ausflug befand sich seitlich eine Voliere für die Vögel. „Nicole“, fiel es Max in diesem Moment ein,

„wir wollten doch ursprünglich erst zum Autohaus und dann hierher. Bei unserer Rederei ist uns das wohl entgangen, aber da müssen wir dringend hin!“ Sie öffneten die Haustür, betraten den Flur und hatte plötzlich den strengen Geruch von Katzen-Fäkalien in der Nase. „Miez, Miez, Miez“ rief Nicole, aber nichts rührte sich. „Der Mause-Kater wird sich versteckt haben“. Während Nicole unter das Sofa und hinter die Sessel schaute, ging Max ins Badezimmer, wo sich neben der Badewanne ein Katzenklo aus grauem Plastikmaterial befand. Das Oberteil war relativ hoch und mit einem kleinen Einstieg für die Katze versehen. Max sah in die Höhle und konnte hinten an der Rückwand einen rot-gelben, ziemlich großen Farbtupfer erkennen: Kater Alfred! Max griff nach ihm und spürte einen heftigen Schmerz: Alfred hatte ihm den linken Handrücken zerkratzt. Und als er vor Schreck und Schmerz den Arm nach oben riss, stieß er gegen das Dach, das sich von der Wanne löste und gegen die Badewanne knallte.

Max wunderte sich, wie schwer es sich angefühlt hatte, da rannte Alfred miauend aus dem Raum. Max öffnete das Spiegelschränkchen, entdeckte eine kleine Flasche mit Jod-Tinktur und goss sich den halben Inhalt über seine Hand. Als die Schmerzen etwas nachließen, wandte er seinen Blick zum Katzenklo. Was war das denn da? Unter dem Dach des Plastikoberteiles war ein in braunes Packpapier gewickelter Gegenstand mit transparentem Klebeband befestigt. Max kniete sich hin, starrte das Päckchen an und dachte: Deshalb war das Dach so schwer! Aber nun bloß keinen Fehler machen.

„Nicole, hol, bitte, die Polaroid aus dem Einsatzkoffer im Auto und fotografier das hier mal!“

Nicole schoss zwei Aufnahmen, sie kontrollierten, ob sie klar und deutlich waren und Max löste das Päckchen vom Dach des Katzenklos. Packten es auf den Wohnzimmertisch aus – und sahen eine silberfarbene Pistole des Herstellers Colt aus den USA, Kaliber 45. Der Lauf war ungewöhnlich lang und an der Rohrmündung mit einem Schraubgewinde versehen. Im Griff befand sich ein Stangenmagazin, das sieben Patronen aufnehmen konnte. Max löste den Verschluss und nahm das Magazin aus dem Griffstück. „Es sind noch vier Patronen vorhanden", sagte er zu Nicole. „Mann, ich fresse 'nen Besen, wenn das nicht der Ballermann ist, mit dem der „Mannheimer-Klaus" erschossen wurde. Hätte der blöde Kater mich nicht gekratzt, wäre nie aufgefallen, dass die Pistole in seinem Klo klebt. Dieses Kaliber haut den stärksten Bären um." Die Waffe war alt, machte aber einen gepflegten Eindruck und Max legte sie wieder in das Packpapier.

„Komm mit zu dem Holzschuppen, Nicole, mal sehen, was uns die Tauben zu bieten haben." Max löste die wackelige Türsicherung. Sie betraten den Futterraum, der sich vor zwei getrennten Schlägen befand und in jedem gurrten etwa 50 Brieftauben, nach Geschlechtern getrennt: in der linken Hälfte die Täuber, in der rechten die Täubinnen. Die Ausflüge waren mit einer Zeitschaltuhr geregelt. Der Einflug für die Täuber stand offen und ein kräftiger blauer Vogel landete in diesem Moment auf dem Anflugbrett, watschelte in den Schlag und flog auf eine Sitzgelegenheit an der Wand, wo er kurzatmig verharrte. Das linke Bein der Brieftaube sah dick aus. In diesem Moment flog ein weißer Täuber in den Schlag und auch er hatte ein dickes linkes Bein, weil irgendetwas darum gewickelt war. Max ergriff den Blauen und löste eine Art Verband aus weißem Papier von seinem

Kapitel 26

Immer noch Donnerstag, etwa 14:40 Uhr:

In der Schauenburger Straße parkte Nicole den Dienstwagen auf dem Betriebshof des Autohauses Andreas Waltemathe. Beide gingen sie zielstrebig in Richtung Annahmebüro, wo sie durch das Fenster eine der Blondinen sahen, die in der vergangenen Nacht in den Alt Pöseldorfer-Bierstuben und anschließend im Fond des 500 er Mercedes gesessen hatte, dessen Halter Waltemathe war. Diese schlanke Frau war etwa 30 Jahre alt und wirkte wie einem Geschenkkarton für Barbie-Puppen entsprungen.

„Da, Nicole“, sagte Max. „Die rechts parkenden Schlitten und der Lamborghini auf der Hebebühne sind alle aus St. Pauli und gehören Luden. Waltemathe scheint starken Zulauf vom Kiez zu haben.“ Da hörten sie einen lauten Pfiff aus Richtung der parkenden Autos und den überbordenden Ruf „Schmiere!“ Aber zu sehen war niemand. Sie betraten das Büro mit einem freundlichen „Guten Morgen, Kripo St. Pauli, Herbst. Das hier ist Frau Dewitz. Wir möchten Herrn Waltemathe sprechen!“

„Worum geht es?“

„Ist er anwesend, dann holen Sie ihn bitte!“, antwortete Max, der keine Lust auf eine Konversation mit Blondie hatte, die ihn für einen Moment mit kaltem, interessenlosem Blick stumm ansah, bevor sie ungern entgegnete: „Einen Moment, ich hole meinen Mann.“ Sie verließ das Büro mit nach vorn vibrierender Wirbelsäule und Max hörte sie rufen: „Andy, kommst du mal!“

Kurze Zeit später stand Waltemathe vor den beiden Ermittlern. Er war um die 40, trug einen fetten Schnäuzer, der wohl schwarz gefärbt war, dazu eine schwarzgefärbte Minipli, lange Koteletten und um den Hals eine prollige Panzergliederkette in gelbem Gold.

„Kripo!“, sagte er zur Begrüßung. „Was kann ich für Sie tun? Aber ... – Moment mal, kennen wir uns irgendwie?“

„Ja, kann man sagen. Sie waren unsere Tischnachbarn letzte Nacht in den Alt Pöseldorfer-Bierstuben.“

„Ja, erinnere ich mich. Was gibt‘s für Probleme?“ Große Probleme, grinste Max innerlich.

„Wir sollten uns setzen. Meine Frau kann hierbleiben, wir haben keine Geheimnisse voreinander, nicht Schnittchen?“

„Nun, also… Herr Waltemathe. Sie waren vergangene Nacht in dem Lokal so unvorsichtig und haben Ihrem Kumpel erzählt, dass Ihre Hauptkundschaft aus dem St. Pauli-Milieu stammt und Sie denen auf Wunsch die Tachowelle vom Kilometerzähler entfernen. Anschließend würden Sie eine fingierte Rechnung für eine Inspektion mit Datum und Kilometerstand ausstellen und später nach Bedarf die Welle wieder anschließen.“ Waltemathe wurde puterrot und fuhr sich mit der rechten Hand immer wieder über den Hinterkopf.

„Wir möchten Sie hier jetzt zu diesen handwerklichen Transaktionen vernehmen. Grundsätzlich befinden Sie sich mit dieser Handlungsweise noch nicht im Betrugsbereich. Sie haben nur die straflose Vorbereitungshandlung für den späteren Kriminellen vorgenommen, also den kriminellen Nährboden gelegt. Ich ermahne Sie, zu dem von mir geschilderten, konkreten Sachverhalt die

Wahrheit zu sagen. Sollte das nicht der Fall sein, könnte man die Handwerkskammer informieren und den Zivilfahndern Ihres örtlichen Polizeireviers einen Tipp geben, in Zukunft mal ein intensiveres Auge auf Ihre Werkstatt zu werfen. Nicht zu vergessen, die Steuerfahndung", sagte Max in ruhigem, sachlichen, Ton. „Und ich kann noch einen nachlegen. Sollten Sie sich weigern auszusagen, oder wenn ich feststelle, dass Sie lügen, so brechen wir die Vernehmung sofort ab und veranlassen, dass Sie von der Staatsanwaltschaft zwecks Zeugenvernehmung vorgeladen werden. Sollten Sie dann der Vorladung nicht Folge leisten, so können Sie zwangsweise vorgeführt werden, also …– ich höre!"

„Das ist ja Erpressung, du sagst nichts", keifte plötzlich Waltemathes Schnittchen. „Sei still, das entscheide immer noch ich!", fauchte ihr Gatte zurück.

„Also, Herr Herbst, worum geht's?" Offensichtlich wollte er etwas Zeit gewinnen, da er ahnte, dass es um seine Existenz ging.

„Herr Waltemathe, bevor Sie sich jetzt krampfhaft was ausdenken, erzählen Sie doch einfach die Wahrheit, und zwar nicht Ihre, sondern die, mit der wir alle etwas anfangen können. Sagt Ihnen der „Berliner-Benno" etwas?"

„Hm, ja, der heißt wohl Konopka oder so!"

„Genau", erwiderte Max, „oder so, nämlich Konoppes! Benno Konoppes ist festgenommen und hat uns heute Morgen eine Rechnung von Ihnen, datiert auf den 30. Juli, also vergangene Woche, vorgelegt. Die Rechnung weist einen Tachostand von 30027 Kilometern auf, bei Sicherstellung sahen wir 30145 Kilometer. Bis zu seiner Festnahme will er nur 118 Kilometer gefahren sein, was wir stark bezweifeln.

Der Jaguar befindet sich in unserer Verwahrung und wird momentan von einem Sachverständigen untersucht. Ich gehe davon aus, dass Sie die Tachowelle abgehängt haben. Entweder ist sie noch abgeschraubt, das Ergebnis erhalten wir heute Mittag, oder Benno war zwischenzeitlich bei Ihnen und hat sie wieder anschließen lassen. So, Sie sind am Zug!“, sagte Max mit scharfem Unterton und sah, dass die blonde Schnitte den Kopf verneinend von links nach rechts drehte und höhnisch grinste.

„Erna, mach dich vom Acker“, brüllte Waltemathe und sie verließ sofort das Büro. Dann sagte er: „Ja, Herr Herbst, das stimmt, was Sie sagen. Aber machen Sie nie einen Fehler?“

„Das steht hier nicht zur Debatte. Also, Herr Waltemathe!“

Da kamen gequälte Laute aus Waltemathes Mund: „Am 30. Juli hab ich auf seinen Wunsch hin die Tachowelle abgeschraubt und ihm mit dem an diesem Tag ausgewiesenen Kilometerstand eine Rechnung über eine Inspektion ausgestellt, obwohl die nicht stattfand. Am Dienstag, also vorgestern, am 5. August, war Benno wieder hier und hat mich gebeten, die Tachowelle wieder zu verschrauben. Hab ich gemacht. Die Jungs löhnen immer fünf Scheine für solche Gefälligkeit. Wie soll ich denn sonst auch klarkommen, die Unkosten fressen mich auf, meine zwei Gesellen muss ich bezahlen und leben will man schließlich auch. Meine Keule ist auch nicht gerade preiswert zu halten!“

Es wundert mich schon, dachte Max. Immer wieder sind es die Kosten bei solchen Leuten, die diese als Rechtfertigungsgrund nennen, um solche oder kriminellere Handlungen zu entschuldigen. Nicht akzeptiert!

Sie sind alle Großverzehrer, die sich ihre Annehmlichkeiten finanziell nicht leisten können, und wenn sie es trotzdem mit hohem Risiko tun, so haben sie die unangenehmen Konsequenzen zu tragen. Das sind nun mal die Spielregeln des Lebens.

„Nun, Herr Waltemathe, wir sind uns also einig? Wenn Frau Dewitz Ihre Schreibmaschine benutzen darf, dann hauen wir Ihre Vernehmung glcich in die Tasten und Sie müssen deswegen nicht erst zu uns ins Büro.“

„Ja, gerne, machen Sie nur“, sagte Waltemathe. „Möchten Sie einen Kaffee oder ein anderes Getränk?“

„Nein, danke, unser Bedarf ist vorerst gedeckt“, entgegnete Max. Um 15:40 Uhr war die Vernehmung beendet und Waltemathe unterschricb das Protokoll. „So, Herr Waltemathe, das war's! Halten Sie den Ball in Zukunft etwas flacher und in Lokalen sollten Sie in Zukunft vielleicht etwas leiser reden oder darauf achten, wer neben Ihnen sitzt...“

„Vielen Dank Herr Herbst. Wenn Sie mal Probleme mit Ihrem Auto haben, sind Sie jederzeit willkommen. Ich habe auch immer günstige Gebrauchtwagen hier, denken Sie an mich!“

Die Ermittler fuhren zur Dienststelle, während Kater Alfred auf dem Rücksitz in seinem Katzenkorb kläglich miaute. „Hat doch gut geklappt“, frohlockte Nicole. „Alles in trockenen Tüchern!

„Bis auf Emil Berg. Wo der sich wohl verborgen hält, oder sitzt er schon warm und trocken im Zellentrakt?“, flüsterte Max kaum hörbar für Nicole.

Sie schaltete das Radio ein und sie hörten den Hit „When will I see you again“ von den Three Degrees. „

Wenn wir an der Dienststelle sind, kannst du „Berliner-Benno“ seinen Kater zeigen und danach bring ihn nach unten in den Wachraum. Die Kollegen sollen das Tierheim anrufen; und nun gib Gas!“, brummelte Max, der sich beeilen wollte, so sehr es ihm möglich war, denn die zerkratzte Hand schien von Minute zu Minute steifer zu werden…

Kapitel 27

Donnerstag, 7. August:

Punkt 16 Uhr betraten sie ihr Dienstgebäude. Herbst hielt den Aktenkoffer in der Hand, Nicole den Katzenkorb. Der Wachraum war nicht besetzt. Sie gingen auf das Treppenhaus zu, als Max aus dem hinteren Raum Udo Polski rufen hörte: „Max, komm doch mal!" –

„Geh schon hoch!", sagt Max zu Nicole. „Stell zwei Becher Kaffee parat und wirf einen Blick auf meine Babys. Ich komme mit „Berliner-Benno" nach. Ach, kannst dem auch einen Becher hinstellen!" Max ging in das Büro des Wachhabenden.

„Was gibt's Udo? Wir waren übrigens sehr erfolgreich. „Berliner-Benno" ist jetzt fällig. Wir können ihm den Mord an „Mannheimer-Klaus" nachweisen. Ein guter Tag, besser wäre allerdings noch, wenn du mir mitteilst, dass Emil Berg unten in einer Zelle auf uns wartet!"

Polski schwieg einen Moment. „Du, Max, wo und wie soll ich anfangen? Setz dich erst mal!" Max nahm Platz und Polski druckste herum, bis er die drei schlimmstmöglichen Worte ausstieß:

„Benno ist weg!"

„Wie? Wie Benno ist weg…?", fragte Max und richtete sich in seinem Stuhl auf. „Wir hatten ihn im Beobachtungsraum sein Hähnchen essen lassen und als er es fast vertilgt hatte, fiel er plötzlich vom Stuhl und lag krampfend am Boden. Er schien keine Luft mehr zu bekommen, alles deutete darauf hin, dass er wohl einen Knochen in die Luftröhre bekommen hatte. Weil er nur noch röchelte, habe ich einen Rettungswagen angefordert und ihn unter Bewachung eines Peterwagens ins Hafenkrankenhaus transportieren lassen. Die Kollegen waren wohl einen Moment unachtsam, jedenfalls ist er aus der Aufnahmestation geflüchtet. Er ist einfach weg, wir wissen nicht, wo er ist."

„Das ist ja eine tolle Nummer", reagierte Max kopfschüttelnd, während sich Polski verteidigte: „Max, es war wirklich die sinnvollste Entscheidung, den Rettungswagen zu rufen. Die Anforderung eines Notarztes hätte länger gedauert und im Übrigen konnte ich ja nicht ahnen, dass der Typ nur markiert!"

Max Herbst stand auf und ging nach oben in sein Büro. Mist, Berg ist immer noch auf der Flucht, jetzt auch noch „Berliner-Benno". Einfach blamabel, ein gefundenes Fressen für die Presse …

Kapitel 28

Donnerstag, 7. August, vormittags, gegen 10:30 Uhr.

Fünfeinhalb Stunden bevor Polski Max Herbst über die Flucht informiert hatte, parkte der Rettungswagen mit „Berliner-Benno“ vor dem Haupteingang des Hafenkrankenhauses. Der Fahrer schaltete Blaulicht und Martinshorn aus und rannte mit dem Beifahrer ans Heck, riss die zweiflügeligen Türen auf und zog „Berliner-Benno“ auf der Trage raus. Der neben Benno sitzende Polizeimeister Strufe erhob sich und sprang nach draußen, wo er sich neben Benno positionierte, der von den Rettungssanitätern in die Aufnahme getragen wurde. Im selben Moment traf ein Peterwagen mit zwei Beamten ein, die ebenfalls zur Bewachung des Zuhälters abgestellt worden waren. Sie folgten den Sanitätern ins Gebäude. Benno krächzte und röchelte, sein Gesicht war bläulich rot gefärbt, der Brustkorb hob und senkte sich krampfartig. „Schnell, schnell, schnell, der verreckt uns sonst!“, rief einer der Sanitäter. Sie setzen die Trage mit Benno in einem Behandlungsraum neben dem OP ab und gingen ins Büro, um die Formalitäten zu erledigen. Polizeimeister Strufe suchte die Krankenschwester, die für die Aufnahme der Notfallpatienten zuständig war. Die beiden Beamten aus dem Peterwagen warfen einen flüchtigen Blick auf Benno, wurden nervös, weil immer noch keine ärztliche Hilfe kam und liefen den Flur entlang, um nach Krankenhauspersonal zu suchen. Die Notfallaufnahmestation war nicht besetzt.

Ah, dachte Benno, während er sein rechtes Auge öffnete. Reune, reune, keiner da, die Gelegenheit ist günstig.

Nun mal hoch, alter Recke. Bin ja immer noch ein Meister im rum filmen. Benno sprang von der Trage, checkte den Flur, und als er niemanden sah, spurtete er nach draußen. Da nicht, oh, … und da auch nicht, Mist, ärgerte er sich – sowohl im Rettungswagen als auch im Peterwagen fehlten die Schlüssel. Hätte gut gepasst, mit Lalü-Lala vom Hof. Dann eben zu Fuß, bloß schnell weg von hier.

Er rannte den Hang hinunter zur Helgoländer Allee und verschwand auf der anderen Fahrbahnseite im dichten Gestrüpp am Bismarck-Denkmal. Nachdem er wieder zu Atem gekommen war, ging er Richtung Landungsbrücken und ohne Fahrschein auf den U-Bahnhof. Mit dem nächsten Zug fuhr er Richtung Hamburg-Harburg, stieg aus, schwang sich auf ein an ein Geländer angelehntes Kinderfahrrad und radelte in die Harburger Chaussee, wo er beim Heiermann-Luden Arno Geier klingelte, der ihm die Tür öffnete.

„Hallo Benno, was machst du denn hier? Hat doch bestimmt einen Grund?“ Worauf Benno stöhnte: „Ja, ich muss mir erst einmal verstecken, die Schmiere sucht mir!“

„Setz dich, aber lange kannst du nicht bleiben. Meine Ex und unsere beiden Kinder kommen heute zu Besuch. Die Bude ist zu klein und du weißt ja, meine Alte.“

„Lass das, Arno! Ich bleib eine Weile hier und frag dann Wolle Kaufmann, ob ich zu ihm kommen kann. Ist das okay? Rück mal seine Telefonnummer raus.“

Benno pflanzte sich auf das durchgelegene Sofa, dessen Sprungfedern ein quietschendes Geräusch von sich gaben. Seine Augen sahen müde und gestresst aus. Er benötigte dringend Entspannung, die er sich bei Arno Geier nicht holen konnte. Er musste weg. Ein fetter Haufen Probleme, dachte er, als Arno ihm eine Halbliterflasche Weizenbier reichte, dessen Inhalt er ohne abzusetzen die Kehle hinunter schüttete. Es war schon eine gewisse Angst und Verzweiflung bei Benno vorhanden. Wie sollte er es schaffen, diesem Dilemma entrinnen zu können? Scheiß Quadratur des Kreises.

Mit einem kräftigen Rülpser verabschiedete er sich von Arno und verließ dessen Wohnung…

Kapitel 29

Nachmittags, 16:15 Uhr:

Nicole saß an ihrem Arbeitsplatz. Auf dem Schreibtisch standen drei Becher dampfenden Kaffees. Neben ihr miaute Alfred in seinem Katzenkorb und Max setzte sich mit einem lauten Stoßseufzer. Sein Handrücken brannte höllisch.

Nicole sah Max erwartungsvoll an und der informierte sie über sein Gespräch mit Polski.

„Um Gottes willen! Das ist ja an Peinlichkeit nicht zu überbieten. Das bringst du aber den Mannheimern selbst bei. Ich übernehme schon Mutter Mielke um siebzehn Uhr.“ –

„Denke daran, dass du den Eltern das vereinbarte Losungswort „Stoppel-Hopser“ mitteilst, damit sie telefonische Auskunft erhalten können!“, sagte Max. Sie notierte sich die Parole auf ihre Schreibtischunterlage. „Und check, bitte, zuerst die 45-er in der Sachfahndung.“ war Max` Kommentar. „Geht los!“, sagte sie und wählte die Rufnummer der Datenstation. Während Max in das Aquarium starrte und nachdachte, teilte Nicole ihm das Ergebnis mit:

„Hör zu, du abwesender Geselle! Die Pistole stammt aus einem US- Depot in Heidelberg. Am 30. September letzten Jahres war dort ein Einbruch in ein Waffenmagazin.“

„Wenn du deinen Kaffee getrunken hast bring bitte sofort den nervigen Alfred nach unten.

Fehlt nur noch, dass er sich meine Babys aus dem Aquarium angelt! Mann, oh Mann!“ Es lief alles so geschmeidig und dann so etwas!“

Da klingelte sein Telefon. „Herbst hier.“ – „Bin ich mit der Kripo verbunden?“, fragte eine forsche männliche Stimme. „Harmsen, Peter Harmsen, ist meine Frau Ilonka immer noch bei euch?“

„Ja, Herr Harmsen, die bleibt wohl auch noch länger hier bei der Nummer, die sie abgezogen hat!“

„Was heißt das denn, die hat überhaupt nichts gemacht, die haltet Ihr doch widerrechtlich fest, ihr Spaken. Aber um drei kommt unser Anwalt, Herr Hüttenqualm. Der kann anschließend gleich noch eine Dienstaufsichtsbeschwerde gegen euch von mir aufnehmen. Du wirst nicht mehr befördert, dafür sorg` ich schon“, brüllte „Nasen-Peter“ in den Hörer, bevor er abrupt auflegte.

Erneut klingelte Max´ Telefon. „KTU, Möller. Moin, Kollege Herbst, du scheinst ja bei unserer Eva einen Stein im Brett zu haben, so wie die sich bei meinem Vorgesetzten für dich ins Zeug gelegt hat! Aber zum Thema: Ich habe mir den Jaguar gründlich von unten angesehen und festgestellt, dass die Tachowelle ordnungsgemäß angeschlossen ist. Dabei fiel mir auf, dass sich Kratzspuren eines Werkzeuges in Höhe des Schraubverschlusses der Welle befinden. Die Spuren sind relativ neu. Du bekommst ein Gutachten mit Lichtbildmappe von mir. Tschüss!“

„Danke für die schnelle Arbeit, Kollege Möller.“ Max wählte die Rufnummer der Mordkommission in Mannheim. „Huber, Mordkommission Mannheim, was wünschen Sie?“

„Hallo Kollege Huber, Herbst, Kripo Hamburg. Ich möchte den Sachbearbeiter sprechen, der den Mordfall des „Mannheimer-Klaus“ bearbeitet.“

„Einen Moment, ich verbinde!“

„Angermeyer, Kripo Mannheim. Guten Tag, Kollege Herbst, was gibt es?“

„Kollege Angermeyer, ich habe hier in St. Pauli eines Ihrer Amtshilfeersuchen bearbeitet und bin zu folgendem Ergebnis gekommen:

Der Halter des grünmetallic-farbenen Jaguars XJ 12 mit dem Kennzeichen HH-BK 501 scheint Ihr Täter zu sein! Dieser Mann, der Zuhälter Benno Konoppes, hat die Tat bestritten und meinte, dass er zur Tatzeit nicht in Mannheim war. Er legte als Beweis die Rechnung einer Kfz-Werkstatt vier Tage vor dem Mord mit Datum und Kilometerstand vor. Nachdem er gestern Abend aus anderen Gründen hier festgenommen wurde, wies der Wegstreckenzähler seit dem Werkstattbesuch lediglich 118 Kilometer mehr auf. Bis zu Ihnen und nach hier zurück sind es aber 1140 Kilometer. Nach dieser Berechnung hätte der Pkw also zur Tatzeit nicht am Tatort in Mannheim gewesen sein können. Wir haben ihm dieses Alibi durch eine Zeugenaussage und ein Sachverständigengutachten widerlegt. Die Tachowelle war abgeschraubt worden, so dass die Kilometer nicht gezählt wurden Der Tacho schlief die gesamte Zeit. Weiterhin habe ich eine Pistole vom Kaliber 45 mit vier Patronen im Stabmagazin in einem Versteck im Haus des Konoppes gefunden und sichergestellt. Dazu kommen noch zweiundsechzig Patronen desselben Kalibers und ein passender Schalldämpfer. Die Pistole stammt aus einem Einbruch in das Waffendepot einer US-Einheit in Heidelberg.

30 Tauben-Gummiringe mit der Individualnummer des Züchters Konoppes, von denen ja einer am Tatort gefunden wurde, lagen dort auch herum.

Es ist dieselbe Züchternummer, die in Ihrer Akte Blatt 14 zu sehen ist. Eine Kotprobe aus dem Taubenschlag habe ich ebenfalls sichergestellt und werde sie dem Veterinäramt in Hamburg zwecks Untersuchung zur Verfügung stellen. Das Ergebnis bekommen Sie nachgereicht!

„Berliner-Benno“ hat wohl seine Tauben als Kuriere im Drogenhandel eingesetzt. Können Sie alles später in der Akte lesen. Der Vorgang wird hier in Hamburg von der Drogenabteilung separat bearbeitet.“

„Super, erste Sahne, Kollege Herbst, der Fall scheint geklärt. Im Übrigen wurde die hier sichergestellte Kotprobe bereits analysiert. Es ist Taubenkot, das Tier hat einen starken Salmonellenbefall. Es ist die Art „Kopenhagen“, die häufig in solchen Tierstämmen vorkommt. Ich übersende Ihnen heute noch per Fernschreiben die relevantesten Auszüge aus der Mordakte, die Sie dann dem Haftrichter vorlegen können, damit er einen Haftbefehl wegen Mordes ausstellt. „Mannheimer-Klaus“ ist heimtückisch hinterrücks erschossen worden. Er war ahnungslos und hatte deshalb keine Möglichkeit der Gegenwehr. Das Tatbestandsmerkmal Heimtücke reicht in diesem Fall aus, um von einem Mord ausgehen zu können.“

„Sie brauchen sich nicht so zu beeilen, Kollege Angermeyer. Der „Berliner-Benno“, wie er genannt wird, ist den Kollegen leider entkommen. Eine peinliche Sache, aber nicht zu ändern. Sie werden es detailliert als Aktenvermerk zur Kenntnis nehmen können. Ich werde jetzt sofort diverse Einsatzkräfte zur Ergreifung des Konoppes einsetzen. Senden Sie, bitte, trotzdem eine Kopie Ihrer Akte per Eilboten nach hier!

„Mein Gott, was seid Ihr da oben für Amateure?“

„Es ist, wie es ist, ich werde aber mein Möglichstes tun, um seiner habhaft zu werden. Gruß nach Mannheim und Tschüss von der Küste!“

Max legte schnell auf, um sich weitere Kommentare des Mannheimer Kollegen zu ersparen. Nicole betrat das Büro und erwähnte, dass der Wagen des Tierheims unterwegs sei, um Alfred abzuholen. „Puh“, stöhnte Max.

„Ich habe gerade dem Mannheimer Kollegen verklickert, dass Benno geflüchtet ist, der war nicht gerade begeistert. In den nächsten Jahrzehnten wird der wohl immer wieder bei passender Gelegenheit in seinem Kollegenkreis vermelden, wie professionell die Hamburger Polizei arbeitet. Aber, der Fauxpas lässt sich leider nicht rückgängig machen. Ruf, bitte, beim Veterinäramt an und teile denen mit, dass mit Antrag eine Kotprobe zu ihnen unterwegs ist. Und noch etwas: Telefonier mit den Zivilfahndern in Blankenese. Sie sollen rund um die Uhr das Haus von Konoppes observieren. Bei Sichtung ist er festzunehmen, aber Vorsicht, Schusswaffe! Der hat sich mit Sicherheit wieder einen Ballermann beschafft, wenn er nicht schon von Haus aus zwei besessen hat. Und sie sollen sich beim LKA die neuen Lichtbilder des flüchtigen Emil Berg beschaffen, der ebenfalls dort auftauchen könnte.“

Nicoles Telefon klingelte und nach einem kurzen Gespräch legte sie den Hörer auf. „Es war die KTU. Die Blutanhaftungen an dem bei Konoppes sichergestellten Baseballschläger stammen einwandfrei von Corinna Mielke. Die Fingerabdrücke sind von Rosa Konoppes. Der Bericht folgt.

Ach so, und im Übrigen habe ich von der Einsatzzentrale im Präsidium erfahren, dass es ihnen gelang, die

Telefonleitung der anonymen Anruferin zu klinken, die den Notruf für Corinna Mielke über 110 meldete", sagte Nicole.

„Na und, von welchem Apparat wurde das Telefonat geführt?", fragte Max.

„Es ist der Anschluss der Kneipe ‚Gretel und Alfons' in der Großen Freiheit, schräg gegenüber vom Nebeneingang des „Eros-Center", erwiderte Nicole. „Da wollen wir doch mal schauen, ob sich jemand an die Person erinnern kann, die das Gespräch führte. Wird aber wohl schwierig werden, weil die dort im Flur zu den Toiletten einen Münzapparat an der Wand haben, den jeder ohne zu fragen benutzen kann. Die Spur wird sich wohl totlaufen, aber sie sollte verfolgt werden", schlug Max vor und griff zum Telefon.

„MEK Hamburg."

„Hallo, hier Herbst, Kripo St. Pauli, Moin! Haben Sie adhoc noch einen Observationstrupp frei? Es ist eine Eilsache von höchster Bedeutung! Heute Mittag ist ein Zuhälter, der des Mordes dringend verdächtig ist, aus dem Polizeigewahrsam geflüchtet. Eine peinliche Sache, wir brauchen ihn unverzüglich wieder unter Verschluss!"

„Einen Moment, bitte. Ja, können wir annehmen, gib die Personalien!"

„Gut, ich faxe Ihnen gleich einen Sachstandbericht in Kurzform mit den Personendaten. Die Lichtbilder besorgen Sie sich, bitte, selbst im Polizeipräsidium. Ich ruf dort an und geb sie frei. Sehen Sie seine Akte durch und checken Sie, bei wem er unter Umständen untergekrochen sein könnte. Sollten Sie eine heiße Kontaktadresse haben, melden Sie sich, bitte, dann beantragen wir eine Telefonüberwachung der Kontaktpersonen. Weiterhin bitte ich um Beschaffung der neuen ED-Fotos von dem aus der U-Haft geflüchteten Luden Emil Berg, der zu Konoppes Kontakt aufnehmen könnte. Der hat aber nicht Priorität, die hat der wegen Mordes gesuchte, flüchtige Konoppes.“, sagte Max und beendete das Gespräch.

„Nicole, komplettiere bitte die Akte Konoppes. Der Haftbefehl soll auf Mittäterschaft zur schweren Körperverletzung, Vergehen nach dem Waffengesetz, Fahren ohne Fahrerlaubnis, Urkundenfälschung und Vergehen nach dem BTM-Gesetz lauten. Haftgrund ist Fluchtgefahr wegen der Höhe der zu erwartenden Strafe. Außerdem ist Benno ja bereits flüchtig und hält sich verborgen. Die Wohnsitzsituation haben wir geprüft, die Bude wird morgen vom Vermieter geräumt und mit einem neuen Türschloss versehen, somit haben die Konoppes keinen Wohnsitz mehr. Weiterhin weise auf den Mord von „Mannheimer-Klaus“ hin. Ich fahr jetzt ins Hafenkrankenhaus, mein linker Handrücken spannt etwas. Onkel Doktor soll ihn sich mal ansehen.“ –

„Ja, dein Wille sei mir Befehl“, erwiderte sie.

Um achtzehn Uhr war er aus dem Krankenhaus zurück. „Was ist nun mit den Frauen?“, fragte Nicole.

„Geht gleich los, ich möchte eben noch einen Kaffee trinken. Es wird wieder nichts mit einem Feierabend zu normaler Zeit werden. Stell dich darauf ein!“ Er warf einen flüchtigen Blick auf den Aktenberg und dachte, der wird auch nicht weniger!

Hat man erst einmal solch ein Ding am Wickel wie diese Woche, liegt alles andere auf Eis. Aber, wie hieß es so schön?

Akten sind keine Hasen, die laufen nicht weg. Lösung? „Nicole, wenn es deine Zeit erlaubt, nimm dir mal die ersten zehn Akten der anderen Fälle vom Stapel. Ich habe sie bereits nach Prioritäten geordnet."

Als die Kaffeebecher leer waren, gab er ihr einen Fingerzeig und beide gingen nach unten zum Verwahrbuchführer, der sie in den Zellentrakt begleitete.

„Wir werden jetzt den Damen Tina Martens, Karina Dietz, Verena Sauer und Marianne Born einen Besuch abstatten. Das sind die Pflegeleichtesten. Ilonka Harmsen und Rosa Konoppes ignorieren wir erst mal, die kommen zuletzt dran. Die beiden führen wir sowieso dem Amtsgericht zu, damit der Haftrichter die Möglichkeit hat, einen Haftbefehl auszustellen."

Die schwere Tür der ersten der sieben Zellen wurde geöffnet, von der Mitte der Raumdecke schien ein kaltes Neonlicht in den Raum und das einzige Mobiliar bestand aus einer massiven harten Holzpritsche, die fest mit dem Mauersockel verbunden war. Auf der Innenseite des Türblattes war teilweise die Lackfarbe abgeplatzt und in großen Lettern stand da in krakeliger Schrift: Fuck you! , Ali was here, Scheiß-Bullen, Nazi-Schweine und anderes zu lesen. Tina Martens erhob sich von der harten Holzpritsche und sah die drei Beamten mit verschlafenen Augen an. „Eine Frechheit", tönte sie. „Da will man nur mal einen Autoschlüssel abholen und wird gleich verhaftet!"

„Ruhig Blut, Frau Martens", erwiderte Max. „Wir wollen prüfen, ob Sie zu einer Aussage bereit sind. Sie sind nicht festgenommen worden, weil Sie einen Autoschlüssel in

Empfang nehmen wollten. Sie wissen doch genau, was man Ihnen vorwirft, nämlich gemeinschaftliche schwere Körperverletzung zum Nachteil Ihrer ehemaligen Kollegin Corinna Mielke. Wollen Sie nun dazu Stellung nehmen oder nicht?“

„Überleg ich mir. Könnte ich dann gehen?“

„Weiß ich jetzt noch nicht“, erwiderte Max. „Aber Sie bekommen einen Moment Bedenkzeit und können ja klingeln, wenn Sie soweit sind!“ Max schloss die Zellentür, der Kellermeister verriegelte sie mit dem oberen und unteren Schubriegel, dann noch mittig mit einem überdimensionalen Buntbartschlüssel endgültig, während Tina Martens verdutzt im Raum stand.

„Die ist ja ganz schön widerspenstig“, sagte Max zu Nicole. „Wird wohl mit der Karina Dietz nicht anders sein. Sind eben beides Partien von „Braunschweiger-Willy“. Die schmollen noch, weil er in U-Haft gegangen ist und halten wohl zur Stange. Wir sind die Bösen. Nun zur Nächsten! Nehmen wir die Dietz!“

„Hallo, Frau Dietz!“ Karina Dietz lag auf der hölzernen Pritsche, nach rechts mit dem Gesicht zur Wand gedreht. Langsam wendete sie den Kopf Richtung Zellentür und sah Max gelangweilt an. Mensch, dachte er, die sieht ganz schön kaputt aus, um Jahre gealtert. Was es so ausmacht, wenn man als 33-jährige Frau in diesem Gewerbe nicht regelmäßig in den Schminktopf fällt. Vielleicht muss man das auch entschuldigen, sie ist ja bereits seit gestern Abend in polizeilichem Gewahrsam. Max sah ihre schwarzen Fingerkuppen, die von der Tinte beim Erkennungsdienst stammten. „Frau Dietz, wie sieht es mit einer Aussage aus, sind Sie dazu bereit oder nicht?“ Karina Dietz setzte sich auf und erwiderte empört:

keiner Schuld bewusst…„So, Nicole, jetzt besuchen wir Verena Sauer!

Die Sauer und die Marianne Born haben jeweils einen Zuhälter, die zur zweiten oder sogar dritten Kategorie auf dem Kiez gehören. Es könnte möglich sein, dass wir sie deshalb zu einer wahrheitsgemäßen Aussage bringen können. Darüber hinaus sind beide bislang noch nicht kriminalpolizeilich aufgefallen. Mann…, es ist schon 19:05 Uhr!“

Als der Verwahrbuchführer die Zelle 2 geöffnet hatte, sahen sie Verena Sauer kerzengerade im Türrahmen stehen. Sie musste sich sofort bei dem Schließgeräusch dort positioniert haben.

„Hallo, Frau Sauer, wir möchten Sie gerne zu dem Vorfall von gestern Abend mit Corinna Mielke vernehmen“, sagte Max in das hübsche Gesicht. „Ja, wenn Sie meinen, dann komm ich wenigstens hier aus dieser grausamen Zelle raus!“, hörten sie die Dirne leise sagen. „Okay, dann schließen wir Sie nochmal ein und holen Sie gleich zur Vernehmung“, sagte Max. Mensch, dachte er, dieses aparte, hübsche junge Ding, was tut es sich nur an?

In Zelle drei sahen sie Marianne Born auf dem Hartholzbett sitzen, den Kopf teilnahmslos gesenkt. „Hallo, Frau Born“, sprach Nicole sie an, fasste sie sanft an die rechte Schulter und sprach beruhigend auf sie ein. Nach einer Weile hob die Born den Kopf und blickte mit flehenden Augen zu Nicole. Max erkannte, dass sie weinte. Dabei war die 23-jährige Prostituierte eine maskuline Erscheinung und hatte die Statur einer ständig mit Anabolika gefütterten Kugelstoßerin der DDR. Auffällig waren ihre dicken Schinkenarme und der Specknacken. Ihr Schultergürtel und die Bizeps waren eindrucksvoller als bei so manchem Amateurboxer im Sparringraum der „Ritze“, der Schankwirtschaft mit dem Boxkeller auf der Reeperbahn, dem Epizentrum der Zuhälter der ersten Garnitur. Aber wie so häufig bei Frauen dieser Statur – harte Schale, - weicher Kern.

„Möchten Sie aussagen?“

„Hm, ja, können wir mal versuchen“, antwortete Marianne Born leise mit Blick auf den Fußboden gerichtet. „Einen Moment noch, dann holen wir Sie hier raus“, sagte Max dem Kellermeister, worauf dieser die Zellentür wieder schloss.

Kapitel 30

Abends, 19:10 Uhr, Büro Max Herbst:

„Wir nehmen die Verena Sauer mit nach oben zur Vernehmung“, sagte Max zu Nicole und dem Kellermeister. Nicole holte sie ins Büro. Das zarte 19-jährige Geschöpf setzte sich auf den Vernehmungsstuhl und bat um eine Zigarette und etwas zu trinken. Verena Sauer wirkte auf Max zerbrechlich wie eine Puppe. Ihr Gesicht zeigte warme weiche Züge, es war die zarteste Vollendung. Auffällig waren ihre hohen Wangenknochen, klar umrissen durch eine seidige Haut, die durch die Aufregung ein ganz schwaches Rot zeigte. Die Nase war fein und geradlinig. Die vollen Lippen feucht. Ihre Augen wirkten geheimnisvoll und zeigten je nach Lichteinfall ständig wechselnde Farben; mal Blau, dann wieder Grau oder Grün.

Nicole holte ein Glas Wasser, einen Becher Kaffee und eine Packung Ernte 23-Zigaretten, stellte die Getränke vor die Dirne auf den Schreibtisch und legte die Zigaretten dazu. Max öffnete eine Schublade, entnahm ein Feuerzeug und reichte es mit offener Flamme Verena Sauer, die bereits eine Zigarette zwischen den Lippen hielt.

Gierig sog sie an der Lulle und blies den Rauch durch ihre zarten Nasenflügel. Ihre Stimme klang rauchig, warm und stets leise.

„Ja, Herr Herbst, ich werde Ihnen wahrheitsgemäß antworten, fangen Sie an.“

„Wenn wir erkennen, dass Sie hier die Wahrheit sagen, so können wir einen Deal eingehen.

Wir werden Sie nach der Vernehmung entlassen und nicht dem Haftrichter zuführen, aber, wie gesagt...!“, entgegnete Max. Er vermutete, dass Verena Sauer lediglich eine Randfigur bei diesem Tathergang war.

„Frau Sauer, als erstes möchten wir Sie zur Person vernehmen, das Gericht möchte eine Art Lebenslauf von Ihnen lesen.“

„Ja, gut, also…, ich bin 19 Jahre alt. Mein Vater ist niedergelassener Internist, meine Mutter ist im selben Haus als Heilpraktikerin tätig. Finanzielle Schwierigkeiten hatten wir nie. Es war immer genug Geld für die Annehmlichkeiten des Lebens vorhanden. Vor zwei Jahren hatte ich keinen Bock mehr auf Schule und habe das Gymnasium mit einem Realschul-Abschluss verlassen. Ich begann eine Lehre als Einzelhandelskauffrau in einer großen Drogerie-Kette. Im zweiten Lehrjahr habe ich die Lehre geschmissen, weil der Abteilungsleiter ständig wie ein geiler Hund hinter mir her war. Ich gab ihm deutlich zu verstehen, dass ich ihn anzeigen würde. Er wurde aber immer frecher und schikanierte mich mit einer Beharrlichkeit, dass ich zwei Tage nach meinem 18. Geburtstag den Lehrvertrag gekündigt habe. Zu dem Zeitpunkt hatte ich Mike kennengelernt.“

„Ist es der Mike, der hier ständig nachts mit einem weißen Porsche seine Runden dreht?“, fragte Max.

„Ja, und mittlerweile bringt er seinem Porsche mehr Gefühle entgegen als mir! Damals hatte er sich gleich als Held bewiesen, lauerte dem Geschäftsführer auf dem Parkplatz auf und verprügelte ihn. Mike passierte nichts, der Geschäftsführer hat ihn vor lauter Schiss nicht angezeigt, obwohl Mike ihn richtig aufgemischt hatte. Mike kümmerte sich dann sehr um mich.

Ich war ja arbeitslos und meinen Eltern hatte ich nichts von den Vorfällen erzählt. Sie warfen mir vor, dass ich nur rumgammeln würde. Es hat sie eh nicht besonders interessiert, was ich mache, und wie es mir geht. So passierte es dann ... – Mike schleppte mich mit ins Eros-Center und überredete mich, für ihn anzuschaffen. Wir wollten in absehbarer Zeit in München eine Boutique eröffnen, wenn ich genug angeschafft hätte. Ich habe mich auch deshalb breitschlagen lassen, weil ich Probleme mit dem frühen Aufstehen und der Pünktlichkeit habe.

Das war nie mein Ding, die Nächte sind schon interessanter, obwohl ich das nicht für sehr lange machen möchte. Wegen meines zarten Körperbaus war ich besonders interessant für die Freier auf dem Kontakthof. Was mich allerdings nervt, sind ihre blöden Bemerkungen: „Deine schönen großen Brüste machen mich närrisch. Deine Brustwarzenhöfe – herrlich, wie Radkappen.“ Sowas mag ich nicht, das ist für mich Fleischbeschauung. Ich bin der Star unter den Kolleginnen auf dem Kiez. Mein Mike weiß schon, was er an mir hat.“

„Weiter, Frau Sauer!“

„Mike war immer mit meinen Einnahmen zufrieden. Es ist wohl meine laszive Art, eben meine Aura, die meine Freier begehren. Ich wecke in ihnen ihre schlechten, verborgenen Seiten. Die stehen alle auf mich. Die Kerle meinen, dass ich einen „Körper wie die Sünde“ habe, und wenn schon, ist das ein Fehler?“ Verena Sauer blickte ins Leere, für einen Moment war Schweigen. Sie atmete schwer, bevor sie fortfuhr. „Das ist eben mein Kapital. Sie brauchen mich nur zu sehen und schon klingelt die Kasse.

Ich entwickle mich zur perfekten Schauspielerin. Mal bin ich vulgär, dann wieder verspielt oder knallhart. Ich gebe mich mädchenhaft, tue ängstlich, vorlaut oder dominant."

„Aha!", sagte Nicole.

„Was heißt aha? Viele Männer wollen doch außerehelichen Sex, scheuen aber den Aufwand einer Affäre. Ich mache hinterher keinen Stress und bei mir muss sich kein Mann fremdschämen. Es ist doch nur diese Scheiß Doppelmoral, die alles so kompliziert macht. Bevor ich bei Emil anfing, war ich nach dem Eros-Center als Stiefelfrau in der Herbertstraße, hab da meine Gäste mit Stromstößen gequält, sie am Galgen aufgehängt und ihnen nägelbespickte Penis-Korsagen umgebunden. Gelegentlich spannte ich sie auf eine Streckbank oder habe sie auf einen Nagelbock gesetzt und mit der Lederpeitsche gezüchtigt. Mein Studio sah wie eine mittelalterliche Folterkammer aus. Wenn sie vor mir winseln und betteln konnten, waren sie alle hocherfreut."

Max konnte nicht mehr an sich halten: „So schön, so intelligent, so schlagfertig, Frau Sauer. Wer so in sich verliebt ist, der könnte sich durchaus selbst heiraten. Ich nenne es Narzissmus in höchster Potenz und Sie, Frau Sauer?"

„Herr Herbst, ich habe die Welt da draußen nicht gestaltet und kann sie für Sie auch nicht in Ordnung bringen. Ich nutze die Lücke nur aus", erwiderte sie und zog dabei ihre Augenbrauen nach oben. „So, nun wissen Sie alles von mir, Herr Herbst."

„Noch nicht ganz! Sind Sie vorbestraft?"

„Nein, bin ich nicht!"

„Gut, dann kommen wir zur Sache. Was war gestern Abend im Haus von „Berliner-Benno“ los?“

„Also, ich war nachmittags im Salon, als da so ’n Berber reinkam und meinte, er solle sich zwei Scheine abholen, weil Emil Berg ihn im Knast beauftragt hätte, eine Meldung zu überbringen.“

„Was war das für eine Meldung?“

„Dass er wegen Corinna im Knast gelandet sei. „ Braunschweiger-Willy“ hat dann mit „Berliner-Benno“ und „Nasen-Peter“ gedibbert*. Ich hab das genau gehört, weil ich hinter der Tür stand. *sprechen, palavern

Willy meinte, dass man Corinna dazu bringen müsste, nicht gegen Emil Berg auszusagen oder wenn sie es schon tat, ihre Aussage zu widerrufen. „Nasen-Peter“ mischte sich ein und sagte zu Willy, dass Ilonka dafür sorgen würde, Corinna vor das Bordellgericht von Emil zu bringen. Benno sagte daraufhin, dass man die Angelegenheit bei ihm Zuhause in Rissen erledigen könnte. Emil soll zu ihm gesagt haben, dass die Corinna sowieso langsam überfällig sei.“

„Wer behauptete das?“

„Benno. Dabei machte er eine Bewegung mit ausgestreckter Hand waagerecht am Hals vorbei, was ich so gedeutet habe, dass man ihr die Kehle durchschneiden soll!“

„Wissen Sie etwas über eine Lebensversicherung?“

„Nein, hab ich nichts von gehört.“

„Und was passierte dann?“, fragte Nicole.

„Na ja, Benno und Peter haben uns alle zu Benno und Rosa nach Hause gefahren, wo wir auf Ilonka und Corinna gewartet haben. Es muss so nach acht Uhr gewesen sein, als Ilonka mit Corinna kam.

Corinna sah leichenblass aus. Ihr linkes Auge war ein Mini-Kürbis, nur eben grün und blau. Sie war sehr schwach und stöhnte. Bevor sie endgültig in die Knie sackte, stieß Ilonka sie in einen Sessel im Wohnzimmer."

„Wo waren Benno und Peter zu diesem Zeitpunkt?"

„Peter war weggefahren. Benno war mit uns Frauen im Wohnzimmer bei Corinna." „Was passierte dann?", fragte Max, während sich Verena Sauer die nächste Zigarette anzündete und Nicole zum Fenster ging, um es zu öffnen.

„Rosa hat dann sofort mit ihrer schrillen, kreischenden Stimme die Corinna angebrüllt, was ihr eingefallen sei, unseren ganzen Salon durch ihre Aussage in Verruf zu bringen. Die war so in Rage, dass ihr rechts und links von den Mundwinkeln weißes Zeug runter lief. Benno schrie uns an, dass wir nicht auf einem Taubstummen-Kongress seien und endlich Leben zeigen sollten. Immer wieder brüllte er: „Kommt endlich in die Hufe! Wir standen fast alle wie gelähmt rum und ich fand es widerlich, wie die mit Corinna umgingen. Die stöhnte nur noch schwach und schien starke Schmerzen zu haben. Die anderen fingen an und dann hab ich auch mitgemacht. Wir schrien Corinna an und machten ihr heftigste Vorwürfe wegen ihrer Aussage, und dass Emil in den Knast musste." Erneut zündete Verena Sauer sich eine Zigarette an. „Ilonka hat zwei-oder dreimal ziemlich heftig gegen den Hinterkopf von Corinna geschlagen. Corinna antwortete daraufhin schwach, dass sie keine Aussage bei der Schm…, äh, Polizei gemacht hätte.

Als sie das gerade gesagt hatte, reichte Benno Rosa einen Baseballschläger, den sie sofort und unter Beifall der anderen Frauen Corinna quer über das Gesicht schlug. Sie wurde ohnmächtig und das linke Auge blutete stark."

„Wie ging es weiter?"

„Streichen Sie alles! Wenn rauskommt, dass ich diese Aussage mache, habe ich das gleiche Schicksal zu erwarten wie Corinna. Eine gute Frau macht doch stets, was ihr Mann ihr befiehlt, oder? Ich bin ein spätes Mädchen, hatte keine Erfahrung mit Männern und dann kam Mike.

Ich war eben naiv und plötzlich war ich schwanger. Mike wollte, dass ich den Fötus abtreibe. Habe ich dann auch aus Liebe zu ihm getan."

„Was soll der plötzliche Umschwung, Frau Sauer. Verlieren Sie jetzt nicht die Nerven! Nur wer das Schweigen bricht, nimmt den Tätern die Macht, anders ist es nicht möglich! Wenn Sie möchten, helfen wir Ihnen, aus dem Milieu herauszukommen! Wir kaufen Ihnen eine Fahrkarte zu Ihren Eltern in den Odenwald. Dort können Sie sich neu orientieren und zu der Gerichtsverhandlung erhalten sie von uns Begleitschutz."

„Ja, würden Sie das wirklich tun?"

„Selbstverständlich, es ist Ihre Entscheidung. Ich gebe Ihnen mein Ehrenwort! Lächeln Sie, Frau Sauer, das macht Sie sympathischer und befreit von Sie von negativen Gedanken!"

„Kann ich noch einen Kaffee haben?" Max verließ für einen Moment mit dem leeren Kaffeebecher das Büro. Einen Augenblick wollte er Luft holen. „Lass die beiden Frauen mal für einen Zeitsprung allein", dachte er, „kann nie schaden."

Nach einer Weile ging er zurück in das immer mehr von einer blauen Tabakwolke durchzogene Büro. Verena Sauer hatte sich soeben eine neue Zigarette angezündet. Meine armen Fische, dachte Max, während er zum Fenster ging und einen weiteren Flügel öffnete. „Können wir weitermachen, Frau Sauer…?“

„Ja, okay! Also, obwohl ich immer fleißig war, hat Mike mich doch enttäuscht. Ich sehe ihn immer seltener. Der kommt nur einmal die Woche und holt sich im Emil & Konsorten die Umschläge mit der Krumme ab. Ich glaube, ich bin nur noch seine Zweit-oder Dritt-Partie. Anfangs dachte ich, es sei vorübergehend, aber mir wurde sehr bald bewusst, dass es für immer sein würde. Ja, Frühling war gestern, jetzt ist Eiszeit angesagt, aber, was soll‘s.“

„Bitte, weiter zu dem eigentlichen Sachverhalt um Corinna Mielke, Frau Sauer!“

„Rosa war wohl etwas erschrocken, als sie sah, dass Corinna bewusstlos war. Benno und Ilonka haben Corinna auf den Boden gelegt und Tina hat ihren Brustkorb abgehorcht, ob sie noch lebt. Corinna stöhnte einige Male schwach. Rosa und Ilonka gingen in die Küche und kamen mit zwei großen Scheren zurück, mit denen sie Corinna alle Haare abgeschnitten haben. Aber so rücksichtslos, dass sie mehrmals in die Kopfhaut schnitten. Der ganze Kopf sah blutig aus. Benno hat dann aus seinem Vogelhaus eine Einkaufstüte voller Taubenfedern geholt. Ein widerlicher Typ, dieser Rohling! Wie kann jemand mit so einem verlangsamten Denktempo ein derartiges Ansehen im Milieu erreichen? Corinna war nur noch am Stöhnen, Röcheln und Würgen. Benno hat dann gesagt: „Entsorgt sie, raus hier aus meinem Haus!“

Das hat er genau so gesagt. Benno, Ilonka und Rosa haben Corinna dann in der Dunkelheit unten an der Elbe in den Sand getragen. Sie haben sie ins Gebüsch geschmissen wie Abfall. Benno hatte sie unter den Armen gepackt. Die beiden Frauen hielten jeweils ein Bein. Wir anderen mussten alle mitkommen, Benno hatte es angeordnet. Er blieb als Letzter mit seiner Tüte in der Hand.

Aber ich habe nicht gesehen, dass er sie mit irgendwas übergoss und die Federn auf ihr verteilte. Eigentlich haben wir anderen alle nichts getan, wir waren nur dabei, ich hatte aber Angst zu widersprechen. Dann fuhren wir zur Nachtschicht in den Salon.

Rosa zickte da noch rum, weil sie ihre Armbanduhr verloren hatte und nicht wusste, wo das passiert war. Mir tut das alles leid, die arme Corinna.

Sie ist doch so eine Nette! Mehr weiß ich nicht und mehr möchte ich auch nicht sagen."

„Okay, Frau Sauer, dann unterschreiben Sie, bitte, bei Frau Dewitz das Protokoll! Sie gehen nochmal in Ihre Zelle, und wenn wir mit den Vernehmungen durch sind, können wir prüfen, ob Sie wahrheitsgemäß ausgesagt haben. Dann entscheiden wir, ob wir von der angebotenen Möglichkeit Gebrauch machen können und Sie entlassen. Wenn Sie die Wahrheit gesagt haben, sind wir im Wort. Die Entscheidung fällt noch heute! Guten Tag!"

„Frau Dewitz, bringen Sie bitte Frau Sauer nach unten in die Zelle und anschließend Marianne Born mit nach oben!" In gewissen Momenten sprach Max Nicole nicht mit Vornamen an, sondern nannte sie beim Zunamen. Verena Sauer erhob sich und sah Max erwartungsvoll an: „Darf ich mit meinen Eltern im Odenwald telefonieren?" – „Nein, jetzt noch nicht.

Wir müssen uns erst mal einen Gesamtüberblick verschaffen, danach dürfen Sie mit ihren Eltern sprechen!"

Um 21:15 Uhr hob Max nach dem Klingelzeichen den Telefonhörer hoch: „Herbst, was gibt's?" – „Hallo, Max, hier Ronald, Ronald Fegebank. Der Staranwalt Hüttenqualm ist hier! Er will zu dir." – „Wir haben im Moment noch zu tun. Du kannst ihm anbieten, dass er sich bis zur Vernehmung zu der Ilonka Harmsen in die Zelle setzen kann. Dort können sie die Köpfe zusammenstecken und schon mal ein Lügengebäude stricken, Tschüss."

Während Max einen kurzen Blick auf seinen Fischnachwuchs warf, betrat Nicole mit Marianne Born den Raum. „Einen Kaffee?", fragte Nicole. „Ja, gerne, und haben Sie eine Zigarette für mich?" – „Nehmen Sie die Packung, die vor Ihnen liegt. Schränken Sie das Rauchen aber, bitte, etwas ein, ich bin passionierter Nichtraucher."

„Werde mich bemühen!" Nicole stellte ihr einen Becher Kaffee hin, den diese hastig schlürfte. Sie zitterte am gesamten Körper und schluchzte. „Fangen Sie schon an, Herr Herbst! Einen Anwalt will ich nicht, hab eh nichts gemacht und den müsste ich selbst bezahlen, also spare ich mir das!" „Gut, wenn Sie hier wahrheitsgemäß aussagen, haben Sie die besten Chancen, heute noch dieses Haus als freier Mensch zu verlassen! Nicole, hast du die Blätter eingespannt, bist du soweit?

Frau Born, zuerst möchten wir Sie zur Person vernehmen, damit sich das Gericht ein konkretes Bild von Ihnen machen kann."

„Gut, ich bin 23 und habe bis zum 18. Lebensjahr bei meinen Eltern in Hamburg-Hamm gelebt. Wir hatten eine Vierzimmerwohnung in einem Hochhaus. Mein fünf Jahre älterer Bruder wohnte auch noch da.

Mein Vater ist Hafenarbeiter, meine Mutter arbeitet in einem Supermarkt an der Kasse. Ich war über Jahre die Gefangene meines Vaters, jedenfalls fühlte ich mich so. Schon früh, mit zwölf, hat mein Vater mir immer nachgestellt, wenn Mama nicht zu Hause war.

„Wie nachgestellt?“, fragte Nicole.

„Na ja…, er wollte immer kontrollieren, ob ich mich auch reinlich halte und verlangte ständig, dass ich mich im Bad ausziehe, um das prüfen zu können. Er war dabei so streng und drohte mir mit Hausarrest, wenn ich das nicht machen würde, und so gab ich nach.

Er fummelte an mir herum, wenn ich mich ausgezogen hatte.

Nach einiger Zeit musste ich ihn oral befriedigen und dann hat er mit mir geschlafen. Das war mindestens 50 Mal im Laufe der Zeit. Er drohte, mich ins Ausland zu verschleppen, wenn ich irgendjemandem was davon erzählen würde. Ich mochte mich damals nicht mehr, litt sehr unter den Umständen. Meine Mutter wusste nichts davon. Mein Kopfkino spielt heute noch verrückt. Zwei Monate vor meinem Achtzehnten habe ich mich meinem Bruder anvertraut, der ohne meine Zustimmung eine Anzeige bei der Polizei machte. Die haben meinen Vater dann sofort festgenommen und nun sitzt er schon gut fünf Jahre in Bremen-Oslebshausen im Knast. Nächstes Jahr kommt er raus. Mit Achtzehn habe ich die elterliche Wohnung verlassen, weil meine Mutter mir ständig Vorwürfe machte. Sie meinte, dass ich schuld sei, dass Papa jetzt im Knast sitzt. Ich habe das einfach nicht mehr ausgehalten, bin von Zuhause weg und habe Hannes in einer Disko kennengelernt. Für den schaff ich nun an. An jenem verhängnisvollen Tag verließ mich das bisschen

Glück, das man braucht. Ich fand es bis heute nicht mehr. Auch ich…, ich habe doch auch ein Recht auf Glück.

Herr Herbst…, wenigstens einmal, nur einmal im Leben oder nicht?“

„Hm, ja, natürlich. Sie sind ja noch jung, das wird schon irgendwann passieren.“ Einen Moment war Schweigen im Raum, bis Nicole Marianne Born fragte, ob sie noch Kontakt zu ihrer Mutter und dem Bruder habe, was sie verneinte. „Das ist schon eine harte Nummer“, sagte Max zu der Prostituierten, der jetzt Tränen über die Wangen liefen. „Sind Sie vorbestraft?“ – „Einmal, ’ne Geldstrafe, ich soll einen Freier beklaut haben. Ist aber längst erledigt, schon lange her.“

„Kommen wir zur Sache! Was war im Hause Konoppes?“

„Also, „Berliner-Benno“ und „Nasen-Peter“ haben uns in das Haus von Benno gefahren. Die beiden haben gesagt, dass dort ein Exempel an Corinna statuiert werden soll, weil sie eine Verräterin sei und Emil deswegen im Knast sitzt. Das Gesetz in unserem Salon ist so, dass Emil als Bordellpächter das Sagen hat. Sein Vertreter ist „Braunschweiger-Willy“. Die sind sich immer einig wie Siamesische Zwillinge. Der nächste in der Hierarchie ist Benno. Peter ist eigentlich nur ein Mitläufer, den keiner ernst nimmt. Der kräht nur rum, aber keinen interessiert es, was er sagt. Seine wunde Stelle ist, wenn ihn jemand „Bonsai“ oder „Giftzwerg“ nennt, dann kann der schon mal ausrasten. Die Jungs von den anderen Frauen haben nichts zu sagen. Sie haben nur ihre Frauen da hingestellt. Gegen acht waren wir im Haus von Benno. Sie waren alle da: Rosa, Tina, Karina, Verena, Benno und Peter. Kurz nach uns kamen Ilonka und Corinna. Corinna sah schlecht aus, sie konnte kaum ohne Hilfe gehen.

Das Auge war total zu, hühnereigroß und grün und blau angelaufen. Ilonka hat sie in einen Sessel geschubst, bevor sie umfallen konnte. Dann haute ihr Ilonka drei -oder viermal gegen den Hinterkopf. Die Schläge waren schon kräftig, Corinnas Kopf flog nach vorn und hinten. Wir haben sie dann alle angeschrien, dass sie eine Lampenbraut ist und Emil durch ihr Verschulden in den Knast kam. Die Stimmung war sehr aggressiv. Plötzlich hatte Benno einen Baseballschläger in der Hand, den er Rosa reichte und die hat sofort völlig hysterisch auf Corinna eingeschlagen."

„Was heißt eingeschlagen?" „Na, einen kräftigen Hieb quer durchs Gesicht.

Die Hauptwucht bekam das schlimme Auge ab. Es spritzte sofort Blut aus dem Auge auf den Sessel."

„Wo war „Nasen-Peter?"

„Der war sofort wieder gefahren, als er uns bei Benno abgeliefert hatte. Corinna war inzwischen bewusstlos und rührte sich nicht mehr. Ilonka und Rosa haben dann mit Scheren Corinnas Haare abgeschnitten. Die haben das so grob gemacht, dass sie mehrmals die Kopfhaut verletzt haben. Der ganze Kopf war rot von Blut, die linke Gesichtshälfte ebenfalls. Die war kaum noch zu erkennen. Benno hatte Federn aus dem Taubenschlag geholt. Mir war schleierhaft, was er damit machen wollte. Ich hatte Angst, dass Corinna tot war. War sie aber nicht, sie atmete noch schwach. Nachdem es dunkel geworden war, haben Benno, Rosa und Ilonka sie an den Strand getragen und ins Gebüsch geworfen. Dann holte Benno aus dem Schuppen einen Eimer mit sowas wie Teer, pinselte Corinna damit ein und schüttete die Taubenfedern auf sie.

Das habe ich gerade noch sehen können, es war ja schon dunkel und ich war die letzte, die zum Haus ging."

„Gab es noch irgendwas Besonderes bei Rosa?"

„Hm, ja, ihre teure Cartier-Uhr war weg. Sie nervte deshalb ständig."

„Frau Born, erinnern Sie sich! Ich hatte Ihnen gesagt, dass Corinna auf dem linken Auge erblindet ist, es war nicht zu retten!"

„Ja, hab ich mir schon gedacht, so wie das aussah und dann dieser Schlag mit dem Holzknüppel ...".

„Nun", sagte Max, „damit befinden wir uns im Bereich eines Verbrechens." „Aber Herr Herbst, ich habe doch nichts gemacht!

Wir sollten ihr doch alle nur Angst machen. Ich habe sie wirklich nicht angefasst, das ist die Wahrheit", stammelte

Marianne Born und biss sich auf die Unterlippe. „Am Ende aller Vernehmungen werten wir den Sachverhalt aus, und wenn wir zu dem Ergebnis kommen, dass Sie die Wahrheit gesagt haben, könnten Sie unter Umständen mit einem Jahr Freiheitsstrafe davon kommen."

„Das würde ich akzeptieren. In dem Salon kann ich sowieso nicht mehr arbeiten, weil er geschlossen ist. Kann ich nun gehen?"

„Nein, noch nicht, erst wenn wir hier fertig sind. Jetzt gehen Sie zurück in Ihre Zelle. Wir melden uns, wenn es soweit ist! Ach, haben Sie mal etwas über eine Lebensversicherung gehört?"

„Nein, wieso denn?"

„Wissen Sie, wo Emil Berg sich versteckt hält?"

„Nein, ehrlich nicht!“ Marianne Born unterschrieb bei Nicole das Vernehmungsprotokoll und da hörte Max ihren letzten leisen, aber Hoffnung machenden Kommentar: „Ich habe mittlerweile solch einen Hass auf alle Zuhälter, dass ich ihnen am liebsten einzeln den Hals umdrehen möchte. Widerliches Pack und arbeitsscheues Gesindel!“

Kapitel 31

Donnerstagnacht,7. August, 22:15 Uhr, Polizeistation:

Fünf Minuten später stand Nicole mit der drogerieblonden Ilonka Harmsen und Rechtsanwalt Hüttenqualm im Raum. Nicole reichte Max einen kleinen Spickzettel auf dem vermerkt war, dass die beiden Partien von „Braunschweiger-Willy", Tina Martens und Karina Dietz, zu keiner Aussage bereit seien.

„So, Frau Harmsen, Sie nehmen, bitte, dort Platz und Herr Hüttenqualm neben Ihnen", sagte Max. „Was wollen Sie denn von Frau Harmsen?", fragte Hüttenqualm ungeduldig. „Sie wissen schon, dass Sie Frau Harmsen bereits seit gestern hier festhalten. Ich hoffe, Sie sind sich der Verantwortung bewusst, Herr Herbst.", war der scheinbar sorgenvolle Kommentar des Advokaten.

„Herr Hüttenqualm, darüber brauchen Sie sich Ihren Kopf nicht zu zerbrechen! Das schaffe ich schon allein", erwiderte Max, als der Anwalt eine grüne Packung Eckstein-Zigaretten aus seiner Jackentasche nestelte und der Harmsen anbot. „Nein, nein, das lassen wir jetzt mal, sonst haben wir hier bald einen Raum, der Ihrem Namen ähnelt, Herr Hüttenqualm!" Missmutig steckte der Anwalt die Zigaretten wieder in die Tasche.

„So kommen wir ja nicht weiter, Herr Herbst!", stöhnte er. „Was heißt das, Herr Hüttenqualm?

Ist die Sachverhalts-Aufklärung davon abhängig, ob man rauchen darf oder nicht? Immerhin werfe ich Ihrer Mandantin Mittäterschaft zur schweren Körperverletzung vor. Sie ist um Haaresbreite an einem Tötungsdelikt vorbei geschrammt. Hätte der Fußgänger Frau Mielke nicht entdeckt und sofort ärztliche Hilfe herbei gerufen, wäre Frau Mielke gestorben!"

„Hätte, hätte, hätte…! Ist sie aber nicht, Herr Herbst, ist sie nicht!", rief der Anwalt. Ilonka Harmsen nickte eifrig. „Hören Sie auf, die Sache zu verharmlosen! Ihre Mandantin hat in erheblichem Maße dazu beigetragen, dass Frau Mielke jetzt auf dem linken Auge erblindet ist. Dabei handelt es sich nicht mehr um Beihilfe, sondern einwandfrei um Mittäterschaft. Frau Harmsen ist durch diverse Zeugenaussagen des Delikts überführt. Sie könnte noch Punkte sammeln, indem sie geständig ist und Reue zeigt. Vielleicht lässt sich die Große Strafkammer ja davon einlullen, Herr Hüttenqualm."

„So wie Frau Harmsen mir den Sachverhalt geschildert hat, war es total anders", erwiderte Hüttenqualm. „Sie haben sich da wohl was zusammengedichtet. Das kennt man ja von Ihnen, Herr Herbst. Kollegen von mir haben auch schon erwähnt, dass Sie vom Ehrgeiz zerfressen sind!" Nervös trommelte er mit vier vom Rauchen gelbbraun verfärbten Fingern seiner Rechten auf die Schreibtischplatte.

„Was sollen diese unsachlichen Nebenkriegsschauplätze, Herr Hüttenqualm? Das Vorgespräch zur Vernehmung ist beendet, bitte, verlassen Sie mein Büro. Gehen Sie einfach auf die andere Seite der Tür und fassen Sie die Türklinke an!", ordnete Max an. „Auf dieser Ebene kommen wir nicht zusammen, Herr Rechtsanwalt! Nicole, Frau Harmsen möchte in ihre Zelle zurück, bring sie in den Keller!"

„Sie können mich nicht einfach aus dem Büro weisen, ich werde mich über Sie beschweren!", lamentierte der Advokat. „Oh doch, Herr Hüttenqualm, das kann ich. Sie haben kein Anwesenheitsrecht bei einer Vernehmung und ich entscheide, dass die Vernehmung in Ihrem Beisein nicht stattfinden wird!“

„Nun gut, dann wird Frau Harmsen auch nichts sagen“, sagte Hüttenqualm mit verächtlicher Miene. „Habe ich mit gerechnet“, erwiderte Max. „Sie hätte wahrscheinlich eh gelogen, wie Sie das ja schon angedeutet haben. Macht auch nichts. Sie hat heute noch Gelegenheit, vor dem Haftrichter die Wahrheit sagen zu dürfen. Ich habe sowieso keine Lust, hier Lügengeschichten zu Protokoll zu bringen, dazu ist mir meine Zeit zu schade. Wir werden Frau Harmsen mit Haftbefehlsanregung der Haftabteilung zuführen.

Wiedersehen, Herr Hüttenqualm.“ Mit ausgestrecktem Arm wies Max auf die Bürotür: „Da, Herr Hüttenqualm, über den Weg ist es möglich, dieses Haus zu verlassen!“ Der Rechtsanwalt erhob sich mit einem Schulterzucken und flüsterte Ilonka Harmsen zu: „Keine Angst, ich bin beim Haftprüfungstermin dabei und hole Sie heute noch raus! Herbst, Sie hören noch von mir!“ Wütend verschwand er in Richtung Treppenhaus…

Max sah auf den Fußboden vor den Stuhl, auf dem Hüttenqualm gesessen hatte. Tabakkrümel und zerbröseltes Zigarettenpapier. Eigentlich hätte ich ihm Eimer und Schaufel reichen sollen, um den Dreck wegzukehren. Und wieso gibt es unter den Rechtsanwälten immer wieder bezahlte Lügner für hoffnungslose Fälle?

Kapitel 32

Um 23:05 Uhr betrat Nicole mit Rosa Konoppes das Büro. Die Prostituierte trug eine bestickte Bluse in der ihre Brüste hingen wie Birnen in einem zu engen Sack. Der knappe Rock, der sich um ihr mächtiges Gesäß spannte, sah aus wie eine zweite Haut und bei jedem Schritt konnte man ihre Arschfalte sehen. Ihr Outfit, dazu ihre ordinäre, auffällige Motorik ließen keinen Zweifel daran, dass sie ein typisches Rotlichtluder der unteren Kategorie war. Diese kleine 35-jährige Kampfmaschine mit der hochtoupierten Bienenkorbfrisur trat selbstbewusst auf Max zu.

„Herr Herbst, was soll das hier, ich habe nichts getan. Ich sage immer die Wahrheit, bestimmt, Herr Herbst." Dabei ging sie in die Knie und ergriff mit beiden Händen den linken Arm von Max.

„Nicht so hastig, Frau Konoppes!", erwiderte der und löste mit festem Griff ihre Hände von seinem Arm. „Ihnen ist bekannt, dass Ihr Mann derselben Straftat beschuldigt wird, nämlich schwerer Körperverletzung."

„Nee, weiß ich nichts von!"

„Nun nehmen Sie erst mal Platz, Frau Konoppes. Dort, da, ist noch warm, da hat eben Ilonka Harmsen gesessen!"

Unruhig setzte sich Rosa Konoppes auf die harte Sitzgelegenheit. Plötzlich nahm sie eine aufreizende Position ein, indem sie sich breitbeinig vor Max setzte, worauf der überaus kurze Minirock noch weiter nach oben geschoben wurde und man sah, dass sie keinen Slip trug. „Ich möchte eine rauchen!" „Da, nehmen Sie die Packung vor Ihnen, sind noch zwei drin!

Außerdem hätte ich nichts dagegen, wenn Sie sich etwas manierlicher hinsetzen würden", sagte Max mit Blick auf ihren Bären. Die Konoppes setzt sich abrupt kerzengerade mit der schnippischen Bemerkung: „Sie brauchen ja nicht so zu kieken!"

„Nicole, bist du soweit?" – Nein, ich müsste mal eben ...!" – „Nein, jetzt nicht!", erwiderte Max.

„Na gut, dann mach mal los!"

„Frau Konoppes, Sie brauchen Ihren Ehemann nicht zu belasten, können also die Aussage verweigern, was seinen Part betrifft. Sie hatten sich ja bereit erklärt, hier ohne Anwalt aussagen zu wollen. Wir möchten Sie zuerst zur Person vernehmen. Wo kommen Sie her, wer sind oder waren Ihre Eltern, welche Schulbildung haben Sie? Haben Sie eine berufliche Qualifikation?"

„Da sag ich nichts zu! Das geht euch nichts an! Ihr kennt meinen Namen, habt meinen Ausweis gesehen, das reicht", erregte sich Rosa Konoppes. „Außerdem – ich habe nie nichts getan! Was Benno betrifft, dazu kann ich nichts sagen, sehe ihn ja nicht immer!"

„Sie werden erheblich belastet, Frau Konoppes. „ Wir haben diverse Zeugenaussagen, dass Sie in Ihrem Haus in Beisein von Benno und fünf anderen Frauen Ihres Bordells die Corinna Mielke mit einem Baseballschläger derart brutal verletzt haben, dass sie auf dem linken Auge erblindet ist. Was sagen Sie dazu?"

„Das..., das ist alles erstunken und erlogen, wer behauptet so was? Ich habe so ein Ding nie in der Hand gehabt!" „Sie lügen, Frau Konoppes. Sie sind durch Zeugen überführt und außerdem haben wir Ihre Fingerabdrücke sichern können."

„Nee, nee, das kann nicht sein, da, das, das … ist manipuliert! Ich kenne sowas!“

„Frau Konoppes, Sie lügen, sobald Sie die Lippen bewegen. Seien Sie geständig, dann können Sie das Strafmaß eventuell reduzieren.“

„Nee, ich war das nicht…, das war die Ilonka!“

„Ach, und wo haben Sie Ihre Armbanduhr gelassen?“ Max ging zum Fenster und blickte auf die obere Etage des gegenüberliegenden Hotels „STEIN“ in der Davidstraße. Er verfolgte einen Plan mit minimaler Erfolgsaussicht: Max würde jetzt so lange schweigend aus dem Fenster sehen, bis sie nervös wurde und antworte, was er hören wollte. Nach einigen Minuten sagte Rosa Konoppes: „Ich habe keine!“

„Und woher stammt dann der helle Hautstreifen an Ihrem linken Handgelenk?“

„Weiß ich auch nicht!“, erwiderte Rosa frech, ließ aber steigende Nervosität erkennen. Max erkannte eine aufkommende, unterdrückte Wut. „Was ist das hier, was soll das darstellen?“, zischte sie.

„Sie erzählen uns hier Döntjes, Frau Konoppes“, erwiderte Max betont leise.

„Werden Sie mal nicht frech, Herr Herbst! Ich habe noch nie gelogen! Ich sage immer die Wahrheit“, schrie Rosa jetzt.

„Noch einmal zu dem Baseballschläger! Ihre Fingerabdrücke sind einzigartig und befinden sich darauf, Frau Konoppes, da gibt es nichts zu deuteln.“ Zögerlich antwortete die Prostituierte mit einem Argument, das wie vorbereitet wirkte: „Na ja, angefasst hab ich den mal, aber mehr hab ich mit dem nichts am Hut!“

„Oder doch nur einmal zugeschlagen und aus Versehen ein bisschen stärker, Frau Konoppes

„Hm…, nee, nee, das war ich nicht.“

„Ihre Armbanduhr hat der Polizeihund am Ablageort von Corinna Mielke im Sand gefunden. Hier ist sie!“ Max zog die Schreibtischschublade auf und legte die Cartier auf den Schreibtisch. „Das ist nicht meine Uhr!“, rief Rosa sofort.

„Schon wieder gelogen, Frau Konoppes! Bei der Hausdurchsuchung bei Ihnen in Rissen haben die Kollegen die Expertise der Uhr und den Kaufbeleg auf Ihren Namen gefunden. Hier sind die Unterlagen!“ Max zog erneut die Schublade auf und klatschte die beiden Belege vor Rosa Konoppes auf den Schreibtisch.

„Ja, da, das war mal meine Uhr! Ich habe sie der Ilonka verkauft.“ Rosa stand plötzlich auf uns stellte sich vor Max. „Setzen Sie sich sofort wieder, Frau Konoppes“, befahl ihr Max und betrachtete sie wie ein seltenes Insekt: „Wie kann man nur so penetrant lügen. Sie sind sich wohl nicht bewusst, wie sich in Ihrem Verhalten Ihre hohe kriminelle Energie wiederspiegelt. Das wird sich mit Sicherheit auf Ihr Strafmaß auswirken, das sich im oberen Bereich befinden sollte. Sie sind ja völlig beratungsresistent und zeigen keinerlei Reue. Immerhin ist diese hübsche junge Frau, die am Beginn ihres Lebens steht, jetzt dank Ihrer Handlungsweise entstellt und auf dem linken Auge blind.“ „Tss, tss, was habe ich damit zu tun? Nichts!“, antwortete Rosa trotzig. „War das alles, ich möchte jetzt gehen, habe ja einen festen Wohnsitz!“

„Nein, Frau Konoppes. Sie gehen nicht! Erstens haben Sie keinen festen Wohnsitz mehr, weil Ihr Vermieter morgen das Haus wegen einer fristlosen Kündigung mit einem Gerichtsvollzieher räumen wird, und zweitens hätte ich Sie auch trotz eines festen Wohnsitzes wegen der Höhe der zu erwartenden Strafe dem Haftrichter vorgeführt, damit dieser einen Haftbefehl wegen Fluchtgefahr ausstellen kann. Ich prognostiziere, dass Sie für fünf bis sechs Jahre verschüttet gehen werden.“

“Tss, tss, und wo ist mein Benno?”, kam die trotzige Frage der Dirne. Ich könnt` ihr eine Ohrfeige geben, durchzuckte es Max, aber den Gefallen tu ich ihr nicht.

„Ja, das würden wir auch gern wissen, sagen Sie es uns“, mischte sich Nicole ein und nahm ihre Finger von den Tasten der Schreibmaschine. „Pah, das sage ich ganz bestimmt nicht!“, prustete es aus Rosa heraus.

„Frau Konoppes, Sie sind eine notorische Lügnerin und es ist einfach schamlos, wie Sie zusätzlich noch Ihre Schuld auf andere verladen. Haben Sie überhaupt kein Ehrgefühl mehr, was sind Sie nur für eine asoziale Person? Mir fehlen die Worte“, antwortete Max, aber Rosa grinste nur frech mit ihren abgewetzten Schneidezähnen. „Abführen, Nicole, bring sie möglichst schnell aus meinem Sichtfeld“, bat Max mit einer spontanen Armbewegung in Richtung Bürotür. „Sie müssen hier noch unterschreiben“, sagte Nicole zur Konoppes.

„Nee, mach ich nicht! Ich muss gar nichts, wie oft soll ich das noch sagen?“

„Dann nicht“, sagte Max.

„Sie werden noch von meinem Anwalt hören, ziehen Sie sich warm an, Wachtmeister Herbst!“

Max schüttelte nur mitleidig den Kopf und drehte sich zu seinem Aquarium um. Ein Baby schwamm leblos an der Wasseroberfläche. Er nahm den Fisch mit einem kleinen Kescher aus dem Becken und dachte: Bestimmt verendet, weil die hier gequalmt haben wie die Schlote. Es war bereits 23:50 Uhr. Max wartete auf Nicole, die nach fünf Minuten ins Büro trat. „Max, was war das denn? Weshalb durfte ich vor der Vernehmung das Büro nicht verlassen? Ich hatte ein dringendes Bedürfnis zu erledigen."

„Ja, mag sein, aber ich bleibe mit so einer Beschuldigten nicht allein im Büro. Die ist unberechenbar, behauptet später noch, dass ich ihr an die Brüste gegrapscht hätte, während deiner Abwesenheit. Da nehm ich eher in Kauf, dass du in die Hose pinkelst. Lass mich jetzt, bitte, die Akte für die Damen Rosa Konoppes, Ilonka Harmsen, Tina Martens und Karina Dietz fertig machen. Geh nach unten, sorg für die Entlassung der Marianne Born und bring anschließend die Verena Sauer mit nach oben. Die darf in einem anderen Büro in deiner Gegenwart mit ihren Eltern telefonieren und anschließend bringst du sie zu mir. Dann telefonier mit den Eltern von Corinna Mielke." Hoffentlich klingelt nun nicht noch das Telefon und die haben „Berliner-Benno" gegriffen, dachte Max. Ich habe heute keine Lust mehr. Darüber hinaus würde mir dann Christin die Rote Karte zeigen. Erst nochmal einen Pott Kaffee aufsetzen und den Wachraum anrufen: „Hallo, Fiete, hier Max, sorg, bitte, dafür, dass unverzüglich die Rosa Konoppes, Ilonka Harmsen, Tina Martens und Karina Dietz ins Untersuchungsgefängnis gefahren werden. Alle Frauen sind getrennt zu transportieren, damit keine Absprachen stattfinden können."

„Ja, okay, geht los, Max", erwiderte Fiete Meyer und Max haute in die Tasten der Schreibmaschine.

Um 00:20 Uhr hatte er die Strafakte fertig. Nicole kam mit Verena Sauer ins Büro und Max teilte ihr mit, dass er sofort zum Amtsgericht fahren müsse, um die Akte abzugeben. „Setzt euch, ich bin in einer knappen Stunde zurück!“ Bevor Nicole antworten konnte, hatte Max den Raum bereits verlassen und fuhr zügig zum Strafjustizgebäude, wurde von einem dunkelgrauen, am Straßenrand geparkten VW-Bully mit einem mobilen Blitzer bei 99 km/h im Holstenwall geblitzt und fluchte: „Scheiße, hier sind nur 50 erlaubt, auch das noch!“

Haftrichter Braun kam ihm auf dem Gerichtsflur mit lustloser Miene entgegen. Wie sagte mal eine Zeugin: Beamter, das klingt ja wie lebendig begraben! „Geben Sie schon her“, sprach Braun ihn an. „Guten Abend, Herr Braun“, antwortete Max.“ – „ Ja, Tach! Sie können gleich die Akte Benno Konoppes mitnehmen, der Haftbefehl liegt drin!“

Max folgte Braun in dessen Geschäftszimmer, wo mit saurer Miene Frau Müller stand, die ihm wortlos die Akte Benno Konoppes reichte. In kühlem Ton informierte Max die Beiden, dass er noch etwa eine Stunde an der Dienststelle erreichbar sein würde, falls noch Fragen bestünden. Dann verließ er das Büro.

„So, ihr beiden Hübschen, wie ist der Sachstand“, fragte er, zurück im Büro. „Frau Sauer hat mit ihrer Mutter telefoniert. Sie freuen sich sehr, dass ihre Tochter nach Hause kommt. Die Mutter bat mich, Verena das Geld für die Fahrkarte vorzuschießen, sie wird den Betrag anschließend nach hier überweisen, Verena ist mittellos.“

„Ja, machen wir! Hast du dich schon erkundigt, wann ein Zug fährt?“ – „Hab ich, um 1:45 Uhr fährt ein D-Zug auf Gleis 8. Die Fahrkarte kostet 120.“

„Gut“, antwortete Max, zog sein Portemonnaie aus der rechten Gesäßtasche seiner weißen Jeans und reichte Verena Sauer einen Hunderter und einen Fünfziger. „Damit Sie noch was im Zug haben.“

Sie nahm dankbar die beiden Banknoten, bot ihm eine Quittung an, auf die er verzichtete, aber er notierte auf einem kleinen Zettel seine Bankverbindung und überreichte ihn ihr. „Können Sie ja überweisen, wenn Sie Zuhause sind! Und noch etwas: Wenn Sie einen Wohnungswechsel vornehmen, informieren Sie mich oder die Dienststelle.“

„Nicole, frage doch mal nach, ob die Zivilfahnder frei sind, die könnten Frau Sauer zum Zug bringen und bis zur Abfahrt des Zuges warten. Wir wollen gegen alle Eventualitäten gefeit sein“, sagte Max, „nicht, dass irgendein Lude sie noch weggreift.“ „Hab ich schon gemacht, der Fänger ist bereits da. „Beatle“ hat heute leider dienstfrei, bummelt Überstunden ab. Der Fänger ist mit seinem Ersatzmann „Muschi“ im Dienst. Ich warte solange hier mit Frau Sauer und mach dann Feierabend.“

„Ja, okay, danke. Hier, du kannst dir ja nochmal die Akte Konoppes ansehen, es ist ein interessantes rotes Papier* drin. Du weißt schon!“

1:10 Uhr. „Ich spann ab. Tschüss, Nicole, bis morgen“, sagte Max. „Und auf Nimmerwiedersehen, Frau Sauer. Alles Gute!“ Unten in dem Wachraum erkundigte er sich noch nach dem Bordellbesitzer Emil Berg.

„Nee, nichts gehört, tut sich nichts!“ –

„Scheiße, wo steckt der Kerl bloß?“

*Der Vordruck des Haftbefehls

Kapitel 33

Freitagmorgen, 1.10 Uhr:

Max bestieg seinen Käfer und fuhr mit einer kräftigen Qualmwolke am Spielbudenplatz in die Taubenstraße zur Esso-Tankstelle Schütze, weil die Tanknadel bereits auf Reserve zeigte. Er parkte rechts an der Zapfsäule 2. Vor ihm stand ein goldfarbener 500 SL mit Pagodendach und dem Kennzeichen HH-PH 500. Während er den Käfer betankte, sah er aus dem Shop einen kleinen Mann kommen, der auf den SL zuging. Der Mann fiel sofort durch seine hellblond gefärbte Brisk-Tolle und die riesigen Koteletten auf. Watschelnd kam er näher und nun konnte Max seine überdimensionale Knollennase in dem durch Akne vernarbten Gesicht, seine Rattenaugen und die schmalen Lippen erkennen. Das Männchen schielte mit dem linken Auge, war mit einer blauen Jeans und kniehohen Westernstiefeln bekleidet, dazu trug es eine dunkelbraune Wildlederjacke im Trapper-Stil zu einem bunt gemustertem Hemd und Seidenschal, obwohl hochsommerliche Temperaturen herrschten: „Nasen-Peter“! Der wollte gerade in den SL steigen, als Max ihn bremste: „Hallo Herr Harmsen, warten Sie einen Augenblick!“

„Was willst du?“, erwiderte „Nasen-Peter“ und sah Max aggressiv an. „Herbst, Kripo! Sie waren es doch, der heute so nett mit mir am Telefon geplauscht hat. Möchte Ihnen nur mitteilen, dass Ihre Frau Ilonka in diesem Moment vor dem Haftrichter sitzt. Und achten Sie in den nächsten Tagen auf Ihre Post, Herr Harmsen.

Ich werde Sie in derselben Sache vorladen. Grüßen Sie Ihren Spitzenanwalt Herrn Hüttenqualm von mir!“

„Du wirst noch an mich denken, du Schmiermichel!“, brüllte „Nasen-Peter“, ballte eine Hand zur Faust, stieg in den SL und fuhr mit quietschenden Reifen davon.

Naja, hab ihn wohl etwas provoziert. Ein Verrückter? Nein, eher verhaltensoriginell! Wieder einen Feind mehr, sinnierte Max auf dem Weg zur Kasse. So, jetzt nach Hause, ich freu mich riesig auf Christin, die wird schon auf mich warten. Endlich Feierabend, verrückt, und das nach Mitternacht!

Kapitel 34

Zwanzig Minuten später, Hamburg-Rotherbaum:

Um 1:30 Uhr fuhr Max in seine Tiefgarage, nahm die Parfümerie-Tüte vom Beifahrersitz, verließ die Garage und suchte vor der Treppenhaustür links im Gebüsch nahe der Hausmauer nach dem Ersatzschlüssel. Er stellte fest, dass er nicht mehr da lag. Oh, Madam ist noch vor Ort, freute sich Max, öffnete die Wohnungstür und hörte dezente Musik: Eine seiner Langspielplatten, Stevie Wonder mit seinem Hit „You are the Sunshine of my Life“, und sah Christin Zemann im Türrahmen des Wohnzimmers. Sie hatte eines seiner Oberhemden angezogen und war gerade dabei, die Ärmel hochzukrempeln und endlich ins Bett zu gehen. Ihre dunkelbraunen Augen schimmerten im Schein der dezenten Wohnzimmerbeleuchtung. Eine Aura umgab diese Frau. Max ging wortlos auf sie zu und als er auf Tuchfühlung war, streckte Christin ihre Arme nach ihm. Sie schmiegte sich an ihn und er atmete den Duft ihres Parfums, „Coco“ von Chanel.

Sie küssten sich zärtlich, Max griff unter das Hemd und spürte, dass ihr Slip fehlte. „Hallo, Liebster“, hauchte sie in sein Ohr. „Du konntest ja noch nie pünktlich sein. Komm, lass uns ins Bett springen. Eine Mütze Schlaf konnte ich außerdem noch gut gebrauchen. Der heutige Tag wird anstrengend.“

„Nein, ich muss erst mal unter die Dusche, den ganzen Alltagsstress abspülen. Es war wirklich ein sehr anstrengender Tag. Aber was duftet da so aus der Küche?“ – „Ich habe uns zwei Steaks mit grünem Salat gemacht.“ –

„Klasse, bin gleich wieder da!“ Später, auf dem Sofa, prosteten sie einander zu mit Champagner, genossen die lauschige Musik und saßen für eine Weile schweigend da. Man müsste die Zeit anhalten können, um mehr von diesen Glücksmomenten genießen zu können, dachte er. Max legte sich in Christins Schoß, sie streichelte ihn zärtlich, bis er einschlief. Wenig später schliefen sie beide unbequem auf dem viel zu engen Sofa. Sie waren entspannt und glücklich, bis der Morgen sie mit ersten Sonnenstrahlen weckte und sie vor dem Aufstehen noch heftigen Sex hatten.

Kapitel 35

Freitag, 8. August, Hamburg-Ochsenzoll, sieben Uhr.

„Emil, du musst nun aber gehen! Du hattest mir versprochen, dass du heute Morgen verschwindest, bevor mein Männe Albert von der Kur nach Hause kommt. Du weißt doch, er kennt mein Vorleben nicht." –

„Ja, Bibi, mach ich! Ich danke dir, dass du mir Klamotten gekauft und am Telefon ordentlich Gas gegeben hast. Du hast wirklich ein geiles Talent. Schaffst es immer wieder mit deiner Überredungskunst die Soliden einzulullen. Wäre gern dabei gewesen, als du rausgefunden hast, dass die Lampenbraut Corinna auf der Augenstation liegt." – „Warte, Emilchen, ich hole dir noch einen Halben, hast ja im Moment eh keinen Strom." Als Bibi im Schlafzimmer verschwand, kramte Berg aus der Besteckschublade im Küchenschrank ein Brotmesser mit scharf geschliffener Klinge und steckte es in seine neue Blousonjacke.

„Ciao, mein Bibilein, danke für alles und halt die Schnauze! Wir sind eine große Familie. Ich urteile nicht, sondern nehme jeden von euch so auf, wie er ist. Wir sind einfach nur tough, eben die verschworene Gemeinschaft", log Emil. „Wenn du mal wieder klamm bist und deine Haushaltskasse auffüllen möchtest, melde dich stiekum bei mir. Für eine wie dich hab ich immer Platz, mein Täubchen. Du bist trotz deines halben Jahrhunderts immer noch lecker. Außen knusprig und innen saftig, du alte Schnecke. Die Freier stehen auf dich!"

Mit diesen Worten verließ der flüchtige Bordellbesitzer das Mehrfamilienhaus und ging am frühen Freitagmorgen zur U-Bahn-Station Ochsenzoll, um zum Eppendorfer

Baum zu fahren. Auf dem Bahnhof Ochsenzoll löste Berg einen Fahrschein, um bei einer eventuellen Kontrolle nicht auf sich aufmerksam zu machen, bestieg die nächste einfahrende U-Bahn und suchte sich ein leeres Abteil mit einem Sitz am Fenster, um den Bahnsteig beobachten zu können. Wenn die Bullen kommen, lass ich mich nicht verhaften, die kriegen das Messer zu spüren, schwor er sich. Nach etwa zwanzig Minuten Fahrzeit hörte er über Lautsprecher: „Nächste Haltestelle Eppendorfer Baum!" Zügig verließ er das Bahnhofsgelände und lief zur Martinistraße, wo sich die Universitätsklinik Eppendorf befindet. Berg ging mit abgewandtem Gesicht am Pförtner vorbei auf das riesige Areal. Rechts oder links rum? Mann, die vielen Hinweisschilder, wo ist die Scheiß Augenklinik? Zurück und den Pförtner fragen? Nee, mach ich nicht, vielleicht hat der schon ein Fahndungsfoto vorliegen. Immer ruhig Blut. Scheiß-Situation, bin ziemlich nervös. Berg griff in die Blousonjacke und umklammerte den Schaft des Küchenmessers. Sein Adrenalin-Spiegel stieg schon wieder. Er bekam plötzlich Kopfschmerzen und fühlte sich wirr im Kopf. Da entdeckte er Hinweisschilder zur Augenklinik und fasste so etwas wie einen Plan: Er wollte Corinna Mielke ein Kissen aufs Gesicht drücken, bis ihr die Augen aus dem Schädel springen. Danach würde er unverzüglich die Platte putzen und wieder mal um 300 000 Tacken reicher sein. Zu Recht, denn wer hatte ihm die Scheiße eingebrockt? Ja, natürlich, da gab's noch den Typen von der Schmiere. Herbst von der Sitte. Den würde er als nächsten aufmischen. Jetzt müsste er sich nur noch einen weißen Kittel schnappen, um wie ein Doktor auszusehen, wenn er durch die Flure der Klinik latschen würde. Noch mit diesem Gedanken beschäftigt, ging Berg auf den Haupteingang der Augenklinik zu. Eh, da parkt ja die Gurke von der Torte, die mir vor ein paar Minuten so verdächtig vorgekommen war, als sie an mir vorbeifuhr, dachte Berg mit Blick auf den Pkw, der unmittelbar vor dem Haupteingang parkte.

„He, was soll die Scheiße!“, knurrte der Geräuschlose Kaufmann Berg, als er einen kalten, harten Metallgegenstand an seiner Wirbelsäule spürte.

„Mein Freund, nun bist du fällig!“, hörte Berg die Person hinter ihm flüstern. „Herr göttlicher Zuhälter, deine Stunde ist gekommen.“

Wer Strafe verdient; und er hatte sie verdient. Edelmütig, grandios, unverwechselbar, einmaliger Charmeur mit Charisma. Sonnyboy, Spielernatur, König des Lasters. Diese Attribute sagten sie ihm nach – einfach ekelhaft. Was ist das für eine Klientel, die solche Charaktereigenschaften beweihräuchert? So dachte die Person, die dem Hanseatischen Vermieter von weiblichen Geschlechtsteilen das Metall in den Rücken drückte. Berg schwitzte und fror zugleich und schloss nicht aus, dass es sich um eine Schusswaffe handelte, die ihm das Unbehagen bereitete.

„Auch wenn eure Kategorie Mensch grundsätzlich keine Befehle akzeptiert, hier hast du dich jetzt zu fügen, sonst drück ich ab!“, hörte Berg hinter seinem Rücken.

Sie spürte wieder den Stich in ihrer Brust. Seit Tagen hatte sie diesen Schmerz und sie wusste auch weshalb. Aber nun tröstete sie sich damit, dass sie dem Ziel immer näher kam und demnächst von dieser selbst auferlegten Bürde befreit sein würde. Wer war die Person, deren Stimme weiblich klang?

Berg konnte nicht wissen, dass soeben die Büchse der Pandora für ihn geöffnet worden war…

Kapitel 36

Freitagmorgen, 5:30 Uhr. Hamburg-Rotherbaum, Max´ Wohnung:

Anderthalb Stunden, bevor Berg sich von Bibi verabschiedet hatte: Mit verspannter Muskulatur erwachten sie, setzen sich auf Stühle in der Essecke und besannen sich einen Moment. Wie auf Kommando standen sie auf und machten Fitnessübungen, um ihre Körper geschmeidig zu bekommen. Christin ging ins Bad, während Max endlich den Plattenspieler ausschaltete und Kaffee kochte.

Na ja, dann haben wir heute etwas mehr Vorlauf bis zum Dienst, dachte er. Max sah zum Telefon, das aber keinen Laut von sich gab. Er nahm eine Banane aus der Obstschale, einen Joghurt, die Quittenmarmelade und einen Becher Müsli aus dem Kühlschrank, kochte vier weiche Eier und toastete für Christin zwei Scheiben Weizenbrot. Er füllte zwei Gläser mit Orangensaft und stellte das Frühstück auf den Esstisch. Da kam Christin frisch gestylt aus dem Bad, trug eine hautenge schwarze Leinenhose mit Bundfalten, dazu eine weiße, hochgeschlossene Bluse mit kurzen Ärmeln. Ihren sandfarbenen Blazer legte sie über eine Stuhllehne. Die Haare hatte sie mit einer Schleife in derselben Farbe im Nacken zusammengebunden. Sie genossen den frühen Tag und die angenehme Morgensonne, die durch die geöffnete Balkontür in das Wohnzimmer schien. Sie sahen sich schweigend an, bis Christin sagte: „Frühstücken, mein Lieber! Und dann setzt du mich, bitte, am Strafjustizgebäude ab.

Ich habe heute erneut Sitzungstag, weil sich ein Kollege gestern krank gemeldet hat."

„Es ist doch erst 6:45 Uhr. Der Tag wird schön, die Sonne steht bald hoch. Setz dich doch noch eine Weile nach draußen, bis ich soweit bin."

„Gute Idee", erwiderte Christin und nahm auf dem Balkon in einem bequemen Korbsessel Platz, während Max den Tisch abräumte, sich ankleidete und nachdachte. Ich habe ein unbestimmbares, unangenehmes Gefühl. Wo wohl die beiden Kraken Emil Berg und „Berliner-Benno" stecken? Verdammt nochmal, die muss man doch mit unseren Mitteln greifen können! „Komm, meine Liebe, wir müssen!" Christin öffnete die Augen, erhob sich und ging in das Wohnzimmer. Beide nahmen ihre Arbeitsunterlagen und verließen die Wohnung. Vor dem Strafjustizgebäude stoppte Max den Käfer, sie beugte sich zu ihm hinüber und gab ihm einen zärtlichen Kuss mit der Bemerkung:

„Können wir bei Gelegenheit wiederholen, aber bitte nicht wieder so spät, Max!", war der leicht säuselnde, aber dennoch mahnende Kommentar von Staatsanwältin Christin Zemann.

Kapitel 37

Derselbe Freitag, 8:05 Uhr, Polizeistation St. Pauli:

Auf dem Weg in sein Büro fragte Max den Wachhabenden Udo Polski, ob es Neuigkeiten gab, was dieser verneinte. „Nichts von Berg und Konoppes gehört?“ – „Nein, Max, hab ich doch gesagt. Ich kann die auch nicht herbeizaubern!“

Im Büro öffnete Max automatisch einen der Fensterflügel für einen Luftaustausch. Sein Blick fiel auf einen Stapel Tageszeitungen: drei von gestern und drei von heute. Die von gestern warf er in den Papierkorb. Hoppla, ein handschriftlicher Zettel lag daneben.

„Bin zum Haus der „Tausend Eier“ gefahren, um den Stadtstreicher Heinz ausfindig zu machen, den Berg im Knast beauftragt hatte, für ihn einen Botendienst zu erledigen. Gruß Nicole. PS.: Es handelt sich um die Unterkunft der Sozialbehörde, wo wohnungslose Männer kurzfristig nächtigen können. Das Heim befindet sich in der Nähe des Großneumarktes, hat mir der Wachhabende Polski gesagt.“

Max telefonierte unverzüglich mit Polski. „Wann hat meine Praktikantin heute Morgen das Haus verlassen?“ – „Die war schon früh hier, so um viertel vor Sieben, hat sich eins eurer Autos geschnappt und ist gegen Sieben vom Hof gedüst.“

Die küssenden Gurami waren wohlauf. Die Jungen machten sich prächtig, sie hatten schon deutlich an Körpervolumen gewonnen. Er streute einige Futterflocken ins Wasser.

Im Radio sang Abba den Ohrwurm „Waterloo“, während er in die Küche ging und sich einen Becher Kaffee holte. Wieder waren seine Gedanken bei „Berliner-Benno“ und Emil Berg. Es war einfach der Nachteil einer Großstadt, dass es dort zu viele Versteckmöglichkeiten gab. Auf dem Dorf hätte man die Ganoven längst gegriffen. Er wählte die Rufnummer des Amtsgerichts.

„Meyer, Amtsgericht Hamburg“, ertönte die weibliche Stimme. „Kripo St. Pauli, Herbst, guten Morgen, Frau Meyer.

Ich möchte das Ergebnis der Haftprüfungstermine für die vier Frauen erfahren, die wir zugeführt haben.“

„Einen Moment, bitte. So, für Rosa Konoppes und Ilonka Harmsen wurden Haftbefehle ausgestellt, sie befinden sich bereits in U-Haft. Tina Martens und Karina Dietz wurden mit Verschonungs-Beschluss verhaftet. „Welcher Haftrichter war tätig?“ – „ Herr Klatt.“ – „Danke für die Auskunft“, erwiderte Max und beendete das Gespräch mit dem Gedanken, Klatt nächste Woche anzurufen.

In einem Telefonat mit der Kriminalaktenhaltung ließ er sich die Akte Benno Konoppes vorlesen. Ihn interessierten hauptsächlich die namentlichen Kontakte, die Benno pflegte. Max erfuhr, dass er den Wirtschafter und Zuhälter Wolli Kaufmann zum Mittäter gehabt hatte, als beide vor drei Jahren eine Betrugsserie an diversen Kfz-Versicherungen begangen hatten, indem sie Verkehrsunfälle vortäuschten. Die Angestellte Mary Suba las die Anschrift von Kaufmann vor: Wellingsbütteler Weg. Telefon: 2529988. Weiterhin wurde Benno vor vier Jahren wegen gemeinschaftlicher Körperverletzung verurteilt. Damaliger Mittäter: Arno Geier, Harburger

Chausee, Telefonnummer: 3127756. „Mehr Kontaktpersonen sind nicht vorhanden“, sagte Frau Suba.

Max bedankte sich, legte eine Akte für „Berliner-Benno“ an und beantragte eine Telefon-Überwachung für die Nummern von Kaufmann und Geier. Bennos eigener Festnetzanschluss war nicht mehr aktuell. Der Zugang zu dem gemieteten Haus von Benno in Rissen war durch den Austausch der Profilschließzylinder versperrt. Das Haus wurde im Übrigen durch Zivilfahnder überwacht. Die Akte sollte Nicole gegen Mittag dem diensthabenden Staatsanwalt vorlegen und mit einem Beschluss des Amtsgerichts zurückkommen. Dann würden sofort die Fangschaltungen für beide Telefone installiert werden.

Während Max sich in einer weiteren Denkphase befand, stand der Fänger im Türrahmen. „Hei, Max, hast du einen Moment Zeit, ich möchte mal allein mit dir reden?“ –

„Hm, eigentlich nicht, aber wenn du schon extra nach oben kommst, scheint es ja wohl nicht ganz unbedeutend zu sein.“ – „Das Gespräch anschließend zu werten, überlasse ich dir!“ – „Na, dann setz dich! Kannst Nicoles Stuhl nehmen, die ist momentan außer Haus auf Ermittlungen.“

Der Fänger griff einen Kugelschreiber, der auf Nicoles Schreibtisch lag und kritzelte damit auf einem Schreibblock herum. Es waren weder Figuren, noch Schrift oder Zahlen zu erkennen, sondern nur senkrechte Striche. Mitunter sah der Zivilfahnder nicht einmal in Richtung der Hand, die den Kugelschreiber führte. Plötzlich legte er ihn beiseite und sah Max in die Augen.

„Also, Max…, vergangenen Dienstag hast du doch bis in die Nacht mit Nicole gearbeitet. Mein Partner und ich haben euch gesehen, als ihr das Restaurant von Cuneo verlassen habt. In derselben Nacht haben wir um 2:30 Uhr eine Personenkontrolle am Hamburger Berg in der Lesben-Disko „Camelot“ vorgenommen. Wenn es passt, gucken wir da so einmal die Woche nachts rein. Die Disko hat bei uns keine Priorität. Es gibt nie Ärger dort und die Frauen verhalten sich grundsätzlich unauffällig. Du kennst doch die Disko? Es ist die Immobilie auf derselben Seite, wo sich der „Goldener Handschuh“ befindet, und ein Stück weiter daneben ist das Hotel „Hongkong“, das von einer chinesischen Familie geführt wird.

Nach einem Smalltalk mit dem Türsteher sind wir auf der alten Holztreppe nach oben gegangen.

Die Bude war proppenvoll, obwohl es nur die Nacht von Dienstag auf Mittwoch war. Ich ging links um die Tanzfläche herum, mein Partner rechts, und wir hielten Ausschau nach gesuchten Personen, als mein Blick auf ein eng umschlungen tanzendes Pärchen fiel. Es waren zwei Frauen, was ja hier normal ist. Aber ich dachte, mich trifft der Schlag, als ich plötzlich deine Nicole sehe, die sich heftig mit der anderen Tusse küsste, wobei die Tusse fest in die linke Arschbacke von Nicole gegriffen hatte. Es war ein Casmus. Hab ich deutlich erkennen können. Irgendwo hab ich die auch schon einmal gesehen. Die waren so mit sich beschäftigt, dass sie die Welt um sich herum vergessen hatten. Ich befand mich fast auf derselben Höhe hinter dem Geländer, das die Tanzfläche abgrenzt. Aber sie nahmen keine Notiz von mir.“

„Was ist denn ein Casmus?“, fragte Max.

„Ein Casmus ist eine Lesbe, die den männlichen Part übernimmt. Sie trägt eine Männerfrisur, dazu männliche Kleidung und zeigt die Motorik eines Kerls. Gelegentlich sind es auch männliche Zuhälter.“

„Und weiter?"

„Das war`s. Wollte ich dir nur mitgeteilt haben. Kannst dir ja mal überlegen, ob das okay ist. Mein Partner und ich werden darüber schweigen.

Lass deine Fürsorgepflicht walten und Tschüss."

Der Fänger erhob sich und beim hastigen Verlassen des Büros stieß er im Türrahmen fast mit Nicole zusammen, die Max auffällig kurzatmig mitteilte: „So, Max, der Stadtstreicher heißt Heinz Duncker und ist am 11. April 1930 in Pirna geboren. Duncker wurde von mir angetroffen und ich habe ihn sofort im Büro des Heim-Verwalters vernommen. Es ist so, wie wir bereits gehört haben. Emil Berg hat ihn als Bote benutzt, Heinz erhielt im Bordell 200 für die Überbringung von Bergs Info. Duncker, dieses arme Schwein, ist in nächster Zeit schriftlich über das Sozialamt zu laden, wo er sich regelmäßig seine Stütze abholt. Eine andere Möglichkeit besteht nicht, ihn gerichtlich zu erreichen, weil er nur wenige Tage im ‚Haus der Tausend Eier' nächtigen darf."

„Okay. Hat das gestern Abend mit Verena Sauer geklappt?", fragte Max, als er flüchtig zur Wanduhr sah und feststellte, dass es bereits auf zwölf Uhr zuging.

„Ja, die Zivilfahnder haben sich ihrer angenommen und sind mit ihr zum Hauptbahnhof gefahren, wo sie pünktlich den D-Zug bestiegen hat. Die Kollegen warteten solange, bis der Zug den Bahnhof verlassen hatte. Es gab keine besonderen Vorkommnisse."

„Gut, und was spricht Familie Mielke in Oberhausen?"

„Gestern Nacht habe ich in Ruhe mit Muttern Mielke telefoniert. Sie ist am Boden zerstört. Wir haben fast eine Stunde lang gesprochen, mehrmals bekam sie

Weinkrämpfe. Sie sagte zu, heute mit ihrem Ehemann und Corinnas bester Freundin Liane, die zufällig bei dem Telefonat anwesend war, nach Hamburg zu fahren, um ihre Tochter zu besuchen und den weiteren Verlauf zu organisieren. Corinnas Eltern wollen solange in Hamburg bleiben, bis ihre Tochter nach ärztlichem Rat transportfähig ist und mit einem Rettungsdienst-Hubschrauber in ein Oberhausener Krankenhaus überführt werden kann."

„Hast du Frau Mielke die Parole genannt?"

„Ja, hab ich!"

„Hast du erzählt, dass Emil Berg auf der Flucht ist?" „

„Ist mir leider so rausgerutscht!"

„Hm, nicht so prickelnd. Rufe bitte im Krankenhaus an und erkundige dich nach ihrem Befinden. Ich möchte Gewissheit haben, dass alles in Ordnung ist. Und mach für Anfang September eine Notiz in meinem Terminkalender. Dann möchte ich mich bei Mutter Mielke über den Genesungsverlauf ihrer Tochter erkundigen." Max ging zu seinem Vorgesetzten und informierte ihn über den weiteren Verlauf seiner Maßnahmen. Es war kurz nach zwölf Uhr.

„Max, gib heute nicht so viel Gas, es ist Freitag, das Wochenende steht bevor, missbrauche nicht mehr so viele Kollegen. Du weißt, wie die darauf reagieren. Du machst dich nicht gerade beliebt damit", warnte Rolf Korz. Halte den Mund, dachte Max. Wenn unaufschiebbare Maßnahme zu treffen sind, um den größtmöglichen Erfolg erreichen zu können, dann muss man schon mal Flagge zeigen. Er erwiderte: „Ist schon recht, Rolf!" und verließ das Büro. „Im Krankenhaus ist alles klar", teilte ihm Nicole mit.

„Corinna Mielke erholt sich langsam, aber stetig. Ich habe mit dem Stationsarzt gesprochen und ihn darauf hingewiesen, dass ihre Eltern heute kommen. Ansonsten habe ich ihn eindringlich ermahnt, die Sicherheitsstufe noch beizubehalten.“ Während Nicole berichtete, hielt Max seinen Kopf gesenkt und den Arm hatte er auf den Schreibtisch gestützt. Nicole eine Lesbe?

„Hallo, Max, ist dir nicht gut, hörst du mir überhaupt zu?“

„Ja, ja! Zieh noch einen Kaffee, dann fahren wir zur Staatsanwaltschaft und geben die Akte für die Telefonüberwachung von Benno ab. Sollten wir ihn bis Montag nicht haben, werde ich bei der Staatsanwaltschaft um die Freigabe einer Presse-Info mit aktuellem Lichtbild für die Tagespresse bitten. Reicht das immer noch nicht, werde ich für nächsten Freitag um 20:15 Uhr einen Fahndungsaufruf in der XY-Sendung im ZDF veranlassen. Du kannst dann, falls du möchtest, ins Studio gehen und den Fall in Amtshilfe für Mannheim vortragen. Dann kann endlich einmal der Rest Deutschlands deine fotogene Seite kennenlernen“, grinste Max sie an.“

„Ja, vielleicht mache ich das“, sagte sie. „Aber dann muss ich vorher noch zum Frisör! Was meinst du, Max, welches Strafmaß haben Emil Berg, Willy Böhmert, Rosa Konoppes und Ilonka Harmsen zu erwarten?“

„Wenn wir Berg nachweisen können, dass er jemanden anstiftete, die Mielke zu töten, um die Lebensversicherungssumme zu kassieren, dann ist er wegen versuchten Mordes aus Habgier dran und er könnte acht bis zehn Jahre verschüttet gehen. Böhmert taxiere ich auf fünf Jahre Knast.

Die Konoppes könnte sogar noch ein Jahr länger einsitzen und die Harmsen mit Glück mit vier Jahren davon kommen. Die anderen vier Frauen werden unter Umständen zu jeweils einer Mindestfreiheitsstrafe von einem Jahr verurteilt. So, können wir dann? Vergiss die Akte Benno nicht!“

Sie verließen die Polizeistation und fuhren zum Strafjustizgebäude am Sievekingplatz. Max übergab dem diensthabenden Oberstaatsanwalt Rosenthal die Akte, informierte ihn noch kurz zwischen den Zeilen über den Sachverhalt und verwies auf den Akteninhalt mit dem zusätzlichen Hinweis, dass er sie sich gegen 13:30 Uhr abholen wolle.

Kapitel 38

Freitagvormittag, etwa neun Uhr, Bismarck-Denkmal:

Drei Stunden bevor Nicole Dewitz nach ihren Ermittlungen im „Haus der Tausend Eier“ an der Dienststelle eingetroffen war, fuhr ein kleiner blauer Pkw mit zwei Insassen den unbefestigten schmalen Weg durch stark belaubtes Gestrüpp bis vor das Bismarck-Denkmal in der Helgoländer Allee. Die Fahrerin hatte diesen Ort ausgewählt als bizarres Mahnmal, das einen Strudel von Ereignissen auslösen würde. Ein verlassener Ort, vergessen, ausradiert. Seit Jahrzehnten ungenutzt, aber beileibe nicht tot. War das, was sie unternehmen wollte, als unbesonnen- als von vornherein zum Scheitern verurteilt und möglicherweise gefahrbringend? Egal, sie musste ihren Plan verwirklichen- koste es, was es wolle. „Die Zeit ist reif für Vergeltung, mein Freund“, flüsterte die weibliche Person ihrem Beifahrer zu, der apathisch wahrnahm, dass eine Pistole auf ihn gerichtet war. Die Handgelenke des Mannes schmerzten, denn sie waren stramm auf den Rücken gefesselt. „Raus mit dir! Du begibst dich jetzt auf die Reise in dein Schicksal“, herrschte die Fahrerin den Mann an. Sie hatte eine Mission und wollte Gerechtigkeit, die es aber nie geben würde, wenn sie diese nicht selbst vollzog. Wer wollte, konnte es auch Rache nennen, aber das war ihr egal. Mit festem Griff hielt die Frau den Mann fest, während sie mit der Rechten den Pistolenlauf gegen seine Wirbelsäule drückte und ihn zum Sockel des Denkmals führte, wo sich im Kreis acht Eingänge befinden, die vor Jahren geschlossen wurden. Im Eingangsbereich hatte sich jedoch durch leichte Schräglage des Denkmals nach Osten ein kleiner Spalt gebildet, wo es möglich war, in den Katakomben Bismarcks zu verschwinden.

Der Mann stolperte benommen über eine sogenannte Gasschleuse in ein großes dunkles Kellergewölbe.

„Da hinlegen, sonst knall ich dich ab“, bekam der Mann zu hören, als sie neben einem gemauerten Sockel anhielten. „Gott hat einen Plan für jeden, aber er straft nicht, das hat er in diesem Fall mir überlassen. Du warst stets ein Meister des Davonkommens, aber das ist nun vorbei. Fahr zur Hölle, du widerliches Arschloch!“

Wie konnte ein Mensch nur so ohne Mitgefühl sein, so gewissenlos mit Frauen umgehen? Sie verstand es nicht. Der Mann fühlte sich wie gelähmt vor Angst, legte sich folgsam rücklings auf den Sockel. Erneut zog die Frau die Flasche mit der Ätherlösung aus der linken Hosentasche und entnahm der rechten ein Tuch...

Der Instinkt riet dem Mann, aufzustehen und zu flüchten. Die Taubheit, die er in Armen und Beinen spürte, hinderte ihn jedoch daran und machte jegliche Bewegung unmöglich. Seine Sinne erlaubten ihm lediglich noch, den leichten Modergeruch des Gewölbes wahrzunehmen. – Die Frau drückte ihm den Stofflappen mit der Ätherlösung solange auf das Gesicht, bis er bewusstlos wurde. Die Augäpfel hatten sich gelblich verfärbt. Sie fühlte seinen Puls, der schwächer wurde. Die Lippen waren auffällig blass, die Durchblutung anscheinend gestört. „So, mein Lieber. Das Leben soll für dich keine Reise mit dem Ziel sein, in einem attraktiven, gesunden Körper dahinzuscheiden. Dein Höllenritt beginnt nun, Schlachtfest ist angesagt! Der Tod ist eine Schwelle, die wir alle einmal überschreiten müssen und heute bist du dran“, flüsterte sie.

Sie löste die Fesseln des Mannes und entnahm ihrem Rucksack einen Overall, den sie sich überstreifte, einen 500 Gramm schweren Hammer, Stahlnägel und ein Filetmesser.

Dann begann sie in der Dunkelheit bei schwachem Restlicht, sah einmal noch ein Aufbäumen des Körpers und hörte seinen Schrei, der in dem Gewölbe ein überraschend kräftiges Echo produzierte. Sie zog eine Pistole und schoss auf die Herzgegend, worauf Hunderte von Fledermäusen aufgeschreckt durch den Raum flatterten.

Der Körper zuckte ein letztes Mal und gab dann kein Lebenszeichen mehr von sich. Die Dunkelheit ist der Freund der Mörder. Es ist ihnen leichter möglich zu flüchten. Die Frau warf einen letzten Blick auf ihr Opfer und verließ das Gewölbe. Die grelle Morgensonne ließ sie ihre Augenlider zusammenkneifen. Es war für sie das furiose Finale, auf das sie jahrelang gewartet hatte. Die Zielstrebigkeit mit ihrem Zorn hatte sie stets angespornt, weiterzumachen, obwohl sie täglich Höllenqualen erlitten hatte, wenn die Erinnerungen hoch kamen. Damit sollte nun Schluss sein. Albträume hatte sie zum Schluss keine mehr, eher Halbwachträume...

„Ruhe sanft, du mieser Hanseatischer Vermieter weiblicher Geschlechtsteile“, rief sie in die Totenkammer. Sie war doch auch mal ein junges Mädchen, das geliebt werden wollte. Jeder Mensch hatte es doch verdient, geliebt zu werden, weshalb sie nicht? , dachte die Mörderin, womit sie nicht sich meinte, sondern eine andere Person. Die Fledermäuse hatten sich mittlerweile wieder beruhigt und an ihre angestammten Plätze gehängt. Eine unheimliche Stille überfiel sie, als sie noch einmal inne hielt und in Richtung auf den entstellten Leichnam sah.

Die Stille inspirierte, in ihr fand sie, was sie nicht in Worte fassen konnte. „Bös Kind bekommt mehr, also!“

Ein Kinderreim? Nein, sie war kein böses Kind, das war der da, der dort auf dem Schafott lag…

Die Luft war rein, als sie aus dem Denkmal kam und zu dem Pkw ging. Das Leben bestand doch nur aus blöden Details.

Die hohe Kunst war es, sie einigermaßen zufriedenstellend ordnen zu können; und das war ihr gelungen. Aber Applaus konnte sie nicht erwarten. Nicht öffentlich. Sie startete den Polo und fuhr in Richtung Landungsbrücken davon. Dort setzte sie sich auf dem Ponton neben der Fischbude auf die weiße Bank und beobachtete das Treiben im Freihafen am anderen Elbufer bei Steinwerder. Die frische Seeluft, die ihr der leichte Südwest-Wind in die Nase trieb, holte sie sich gierig in die Lunge. Sie tat ihr gut. Sie war froh über das, was sie getan hatte. Mit der Bösartigkeit dieses Luden, seinem verdorbenen Charakter und dem geschmacklosen Humor war es nun endlich vorbei. Dankbarkeit über sich selbst empfand sie. Last auf dem Gewissen? Nein, damit hatte sie kein Problem, im Gegenteil.

Plötzlich stand ein ergrauter Hafenarbeiter mit Prinz-Heinrich-Mütze neben ihr. Sie erschrak, weil sie ihn nicht hatte kommen sehen.

„Moin, junge Frau. Iss was passiert?“, fragte er, ohne seine Meerschaumpfeife aus dem Mund zu nehmen. „Nein, nein, ich sitze nur etwas hier. Ist unbedeutend. Vielen Dank für Ihre Aufmerksamkeit.“

Nachdem sich der Mann entfernt hatte, öffnete sie den Rucksack, holte den blutverschmierten Overall und die

Kleidung, die sie Emil Berg ausgezogen hatte, und steckte sie in die Mülltonne neben der Fischbude.

Das Filetmesser, den Hammer und die restlichen Nägel warf sie ins Hafenbecken. Dann setzte sie sich in den blauen Polo und fuhr nach Eppendorf...

Kapitel 39

Freitagmittag, Reeperbahn:

Um 13:30 Uhr schwankte der ehemalige Fahrensmann, der betrunkene „Berber“ Alfie Kummerfeld, im Zickzack-Kurs laut singend auf die Polizeistation zu. Er wollte einen eigenartigen Vorfall nahe seiner Behausung am Bismarck-Denkmal melden. Alfie war an diesem warmen Sommertag gut drauf und sang und sang immer wieder:

„La Paloma ohe. Ein Wind weht von Süd und zieht mich hinaus auf See. Mein Kind, sei nicht traurig, ole. Nä, La Paloma, ohe. Wie blau ist das Meer?“, und kam zu der Ansicht: „Ha, ich bin noch blauer als das Meer, ha ha. La Paloma ohe oder ole. Scheißegal, ohe. Irgendwann winkt mir der Freiheit Glück, ohe.“

Alfie hatte ein mageres, totenkopfartiges Gesicht, das zerklüftet aussah. Die Augen blickten wässrig leer und ausgebrannt. Die Haare fielen in einer wirren verfilzten, fettigen Masse ungeordnet auf seine ausgemergelten Schultern. Kummerfeld roch wie ein ganzes Gespann Brauereipferde, als er die Polizeistation betrat. Als er sprach, sammelten sich Speichelbläschen in den Mundwinkeln. Der Wachtmeister am Tresen strafte ihn wegen seines trunkenen Zustandes mit Missachtung. Was ein Fehler war, denn Kummerfeld hatte ein blaues Auto mit einem eigenartigen Pärchen bemerkt, das im Sockel des Bismarck-Denkmals verschwand. Es hatte den einzigen Zugang in die Katakomben benutzt – so wie er, wenn er gelegentlich dort nächtigen wollte. Der „Berber“ hatte keine Ahnung von Automarken, das war auch nicht so von Bedeutung, fand er.

Aber, dass es blau war, das wusste er genau, und dafür wollte er von dem Bullen ernst genommen werden. Als der Wachtmeister ihn jedoch aufforderte, das Revier zu verlassen und wiederzukommen, wenn er nüchtern war, wurde Kummerfeld bockig: Dann eben nicht! Und verließ das Amtsgebäude.

Wie sollte das denn klappen, dachte er. Nüchtern? Ging ja gar nicht. Nie wieder wollte er eine Meldung machen, entschied er, als er in Richtung Hamburger Berg ging, um im Elbschloss-Keller einzukehren und darauf zu hoffen, dass jemand ihm einen ausgeben würde. Falls es dort nicht klappen sollte, so würde er nach gegenüber in den „Zum Goldenen Handschuh" ziehen. Der Kleinwüchsige Horsti und der Riese Tarzan, dieses Traumpaar würden seine Lage verstehen und ihm einen Drink spendieren. Er hatte doch auch schon mal eine Zweiliter-Jolle feinsten Rotweins von ihnen bekommen. Nur Fritz Honka, dieses Stinktier hatte immer einen Igel in der Tasche. Von ihm hatte er nicht einmal eine Astra-Knolle erhalten. Honka hatte ihn einmal im „Handschuh" auf übelste Weise zur Seite gestoßen. Ein Clubbesitzer eines Cabarets hatte sich von seinem trunkenen Kellner im Suff bei Vollmond in einem Einkaufswagen des naheliegenden Supermarktes in die Schankwirtschaft schieben lassen und dort unter lautem Gebrüll angekündigt: Hacky lässt es Bares regnen! Dann hatte Hacky fünf Rollen Hartgeld, Groschen und Fünfziger, aufgerissen und den Strom in die Menge geworfen. Just, in dem Moment, als auch Alfie sich nach dem Geld bückte, um so viel wie möglich zu ergattern, stieß ihn Fritz Honka zur Seite. Wegen diesem Arschloch war es Alfie Kummerfeld nur noch gelungen, drei Groschen und einen Fünfziger zu schnappen. Seit letztem Monat kommt Honka nicht mehr.

Die Bullen haben in verschütt gehen lassen. Er soll reichlich alte Bordsteinschwalben abgemurkst haben. Naja…

Der Berber nahm einen tiefen Zug am Stummel seines Zigarillos, bevor er ihn fallen ließ und darauf trat.

Alfie Kummerfeld war ein typischer „Berber“, andere nannten ihn Stadtstreicher oder Penner.

Die Berber bevorzugten die Küstennähe, den Hafen und die unübersichtliche Gegend um das Bismarck-Denkmal. Ihr Epizentrum war jedoch der Hamburger Berg, das Außenstehende als Bermuda-Dreieck bezeichneten, weil sich dort die Verschollenen sammelten. Dort traf er sich häufig mit „Einbein-Kurt“ und Schlecky, den sie alle nur den Verrückten Schlecky nannten, weil er mal eine vors Brett bekommen hatte. Seitdem hatte er keine Kopfschmerzen mehr. Es waren noch viele dieser Abgehängten vor Ort. Sie akzeptierten sich und mochten sich sogar. Herausragende Eigenschaft der wohnungslosen „Berber“ war ihr ständiger stechender Durst, der ihr Weggefährte bis zum bitteren Ende blieb. Es gelang ihnen nicht, dem Teufelskreis zu entkommen. Es war einfach ihr Los, bis man sie leblos in der Gosse oder sogar in der Pissrinne des „Zum Goldenen Handschuh“ fand, wie es später Horsti an einem Nachmittag beschert war. Er hatte einen Herzinfarkt erlitten und war schon tot, als seine 1,38 Meter der Länge nach in der Rinne ankamen …

Kapitel 40

Am frühen Nachmittag, Strafjustizgebäude- Landgericht Hamburg:

Unmittelbar nachdem Max die Strafakte mit dem Antrag zur Telefonüberwachung bei der Staatsanwaltschaft abgegeben hatte, stieg er zu Nicole in den Dienst-Pkw, wo sie auf ihn gewartet hatte.

„Ich hab großen Hunger und so 'n komisches Gefühl im Bauch, mal heiß, mal kalt, weiß nicht so recht", klagte sie. „Gut dann fahren wir zum Jungfernstieg und setzen uns an die Binnenalster. Dort schnappst du tief nach Luft. Wir essen eine Kleinigkeit und trinken einen kräftigen Espresso." –

„Können wir machen", erwiderte sie schlapp und reichte ihm den Kfz-Schlüssel. Fahr du!"

Vor dem „Alsterhaus" fand Max eine Parklücke und sie gingen in das gegenüberliegende Bistro mit Blick auf die Binnenalster. Das Wetter war super, um die 30 Grad im Schatten. Sie bestellten sie beide einen „Manta-Teller", also Riesen-Currywurst mit Pommes, dazu zwei Flaschen Selters. Nicole ohne, Max mit Kohlensäure.

„Vielleicht besuche ich übers Wochenende mal meine Eltern in Lüneburg", sagte Nicole. Da sahen sie, wie eine Politesse einen weißen Zettel an den Scheibenwischer ihres Dienst-Pkw heftete. Scheiße, dachte Max, ich habe vergessen, die Parkscheibe deutlich sichtbar ins Auto zu legen, wird wohl ein Strafmandat sein. Ruf ich am Montag mal an. Vielleicht ist da noch was zu machen.

„Max, kannst du eine Prognose stellen, wann wir ‚Berliner-Benno‘ erwischen?“

„Hm“, überlegte Max. „Benno dürfte schwer zu greifen sein, weil er ohne seinen Jaguar auf der Flucht ist.“ Max zahlte und dachte: Sollte ich sie wegen ihres Amüsements im „Camelot“ ansprechen? Nein, es ist momentan der falsche Zeitpunkt. Dazu braucht man auch die entsprechende Atmosphäre.

„Wir fahren jetzt zum Amtsgericht und holen den Beschluss in Sachen Konoppes ab, um sofort die Telefonüberwachung veranlassen zu können. Aber vielleicht läuft Benno sich ja fest und wir haben Montagmorgen eine positive Meldung. Die Telefonüberwachung von Emil Berg lassen wir erst mal, denn ein Mordversuch ist ihm im Moment noch nicht nachzuweisen.“

Mit dem Beschluss in Händen fuhren sie im immer stärker werdenden Verkehr zur Dienststelle. Bei Betreten des Büros leistete sich Max erst einmal einen Kontrollblick ins Aquarium, während Nicole in der Küche zwei Becher Kaffee holte. Max schob ihr die Akte mit dem Abhörbeschluss rüber und bat sie, unverzüglich ins Polizeipräsidium zu fahren, um die Leitungen installieren zu lassen.

„Ruf mich doch von dort an, eventuell kannst du gleich Feierabend machen. Du müsstest dann aber mit der U-Bahn bis Berliner Tor fahren, weil der Dienstwagen nicht dort stehen bleiben darf.“

„Nö, ich nehme lieber den Wagen und komme dann noch mal zurück!“

„Ganz wie du möchtest, aber du musst jetzt los, es ist eine Eilsache. Benno wird immerhin wegen Mordes gesucht und er ist brandgefährlich.

Nicht, dass er noch jemanden umlegt, dann kommen wir in Schwierigkeiten." Sie schnappte sich die Akte und verließ das Büro. Nach etwa zwei Minuten nahm Max ein Martinshorn wahr, das langsam schwächer wurde. Dieses Luder, dachte er, hat sie die Gelegenheit doch wahrgenommen und ist mit Blaulicht und Martinshorn zum Präsidium gebrettert und das bei dem dicken Feierabendverkehr. Es war bereits achtzehn Uhr. In einer halben Stunde wollte Max Feierabend machen und ins Wochenende verschwinden, endlich ausschlafen und relaxen. Er ging in das Büro seines Vorgesetzten, aber es war niemand da.

„Wo ist Herr Korz? Ich möchte ihn sprechen", fragte er die Sekretärin Ines. „Der ist um vier nach Hause, er hatte noch was vor. Der Bereitschaftsdienst hat bereits übernommen Max Herbst ging wieder in sein Büro, drehte den Stuhl und studierte sein Aquarium. Wirklich entspannend solch ein friedliches Szenario. Gegen 18:30 Uhr sah er immer noch gedankenverloren ins Fischbecken, als er Nicoles Schritte auf dem Flur hörte.

„Hei, hier bin ich", rief sie. „Hat alles geklappt, der Dauerdienst übernimmt sofort! Heute Nachmittag kam per Fernschreiben der Untersuchungsbericht des Veterinäramtes. Der sichergestellte Taubenkot aus dem Taubenschlag von Benno Konoppes weist die gleichen Krankheitssymptome auf wie die Probe aus Mannheim vom Tatort: Starker Salmonellen-Befall."

„So, das hätten wir!", sagte sie freudestrahlend, als sie das Dienstgebäude verließen. „Nach der vielen Arbeit könnte dieses Wochenende ein richtiges Goodie werden."

„Ihr habt es gut", hörte Max den Verwahrbuchführer Dieter Rabe rufen. „Ihr habt Wochenende, wir sind morgen Nacht schon wieder dran!"

Neunzehn Uhr war es inzwischen. „Warte mal einen Moment, Max“, rief der Erste Wachhabende Schlüter, als Max gerade die Tür geöffnet hatte und gehen wollte.

„Max, Wolter von Mord hat eben angerufen. Du möchtest ihn zurückrufen unter seiner privaten Telefonnummer. Ich habe ihm gesagt, dass ihr in der Vernehmung seid und er wollte deshalb nicht stören.“

Max verließ eilig den Wachraum, ging ins Büro von Korz und wählte die Rufnummer von Wolter.

„Gut, dass du dich meldest“, sagte Paul Wolter.

„Es geht um eine männliche Leiche, die von einem Stadtstreicher im Sockel des Bismarck-Denkmals entdeckt wurde. Mehr weiß ich momentan auch nicht. Das Opfer soll bestialisch hingerichtet worden sein. Könntest du dich noch eine Weile zur Verfügung halten? Du hast doch die Insider-Kenntnisse, auf die wir alle angewiesen sind.“

„Okay, Paul, mach ich, obwohl ich das Wort Wochenende schon fast nicht mehr fehlerfrei schreiben kann!“

„Mach ich mal wieder gut, alter Recke. Du weißt ja, jeder sieht sich zweimal im Leben“, erwiderte Hauptkommissar Paul Wolter. Max ging nachdenklich mit Nicole zurück ins Büro.

Kapitel 41

Freitagnacht, gegen 22:15Uhr, Büro Max Herbst:

Durch das Klingeln des Telefons wurde Max aus seinen Gedanken gerissen: „Schlüter von unten. Max, eben rief der Kriminaldauerdienst hier an, die haben vor fünfzehn Minuten einen Telefonkontakt geklinkt. Benno Konoppes hat bei Wolli Kaufmann im Wellingsbütteler Weg angerufen. Er will sich auf den Weg zu Kaufmann machen und hat ihn gefragt, ob er bei ihm nächtigen darf, was dieser bejahte. Der Kriminaldauerdienst hat sofort das MEK* verständigt, die sind schon unterwegs.“

„Super, danke für die Nachricht. Nicole, ich brauche jetzt einen starken Kaffee.“

*Mobile Einsatzkommando

Kapitel 42

Freitagnacht, um 22 Uhr, Hamburg-Ohlsdorf:

„Mal gucken, ob keiner guckt. Reune, reune. Hier am U-Bahnhof Ohlsdorf stehen auf dem großen Parkplatz doch immer schöne Schlitten. Nehme ich das Mercedes-Coupé? Nee, zu schwer zu knacken. Das kleine Dreieckfenster von dem roten Käfer da – ein Kinderspiel“, betätigte sich „Berliner-Benno“ als Autoknacker.

„ Geschafft!“ Rasch fuhr er vom Parkplatz in Richtung Wellingsbüttel, wo Wolli Kaufmann wohnte. Muss ja nicht direkt vor seinem Turm parken, fällt zu sehr auf. Der Knecht von diesem Gefährt wird sicherlich spätestens morgen früh die Karre vermissen und Anzeige erstatten. Also Vorsicht! Auf Wolli kann man sich wie eh und je verlassen, obwohl er ja weiß, dass er sich strafbar macht, wenn ich bei ihm unterkomme. Er fängt sich eine Lampe ein, wenn das rauskommt. So…, vorschriftsmäßig geparkt…

Pfeifend ging Benno auf die Hofeinfahrt von Wolli zu, als er von mehreren Gestalten zu Boden gerissen wurde. Er stürzte auf Hände und Knie und sie drückten ihn auf die harten Klinker. Benno sog Luft in seine Lunge und stieß einen hasserfüllten Schrei aus. Plötzlich machte es klick und er wusste: das Geräusch von Handschellen – und schon spürte er Schmerzen an seinen Handgelenken. Wieder einmal hatten sie die Fesseln so eng einrasten lassen, dass sie ihm die Hände abschnürten. Sie schienen es nicht zu lernen, waren seine Gedanken. Dann riss jemand seinen Kopf nach hinten. Es wurde schlagartig dunkel um ihn, als sie eine Maske über die Augen zogen.

„Das Spiel ist aus, Benno Konoppes!“, hörte er. Der Einsatzleiter des MEK, Wolfgang Daimler, hatte es ihm zugerufen…

Kapitel 43

Freitagnacht, 23:30 Uhr, Max´ Büro:

„Mann, bin ich kaputt", stöhnte Max laut und warf sich in seinen Bürostuhl, als Nicole mit zwei Kaffeebechern zurückkam. „Du wirst eben alt", erwiderte sie mit einem Lächeln. Max wollte einen Moment die Fische beobachten, sah sie aber nicht, weil die Zeitschaltuhr bereits die Oberbeleuchtung des Aquariums ausgeschaltet hatte und die Fische hinter Pflanzen und in den Höhlen verschwunden waren.

„Wollen wir gehen, es tut sich anscheinend doch nichts mehr?", fragte Nicole etwas ungeduldig, als das Telefon klingelte:

„Emm-Eh-Ka, Daimler. Hallo, Kollege Herbst, immer noch im Dienst?"

„Sieht so aus", antwortete Max.

„Wollt ihr Benno Konoppes haben? Wir haben ihn!"

„Oh, erzähle!"

„Tja, meine Gruppe hatte sich im Wellingsbütteler Weg auf dem Grundstück von Wolli Kaufmann positioniert, als gegen 22:20 Uhr Benno Konoppes mit einem VW-Käfer angedüst kam. Er parkte das Auto drei Häuser weiter und kam zu Fuß auf die Haustür von Kaufmann zu, als meine Leute aus dem Gebüsch sprangen und Konoppes zu Boden rissen. Er war so perplex, dass er ohne Gegenwehr in Handfesseln gelegt werden konnte. Nun hat er einige Blessuren, aber die wird er überleben!"

„Hatte er eine Schusswaffe?", fragte Max.

„Nein, hat er nicht gehabt, auch nicht im Käfer, den wir gleich durchsucht haben. Der ist übrigens geklaut, der parkte am Ohlsdorfer Bahnhof. Der Besitzer hatte noch gar nicht bemerkt, dass sein Auto gestohlen wurde. Wolli Kaufmann scheint von alledem nichts mitbekommen zu haben, weil die Außenrollläden seines Hauses ihm die Sicht verdeckten. Der Zugriff erfolgte, bevor Konoppes Laut geben konnte."

„Gut, gut, dann bringt ihn mir, bitte, ins Haus, macht nicht so lange! Tschüss, bis gleich!"

„Nicole, ruf drüben bei Dieter in der „Davidquelle" an, der soll uns zweimal Bauernfrühstück fertigmachen. Sein Schinken mit Eiern, Bratkartoffeln und den Gurken ist zwar deftig, aber erste Sahne. Das richtige, das man nach solch einem harten Tag gebrauchen kann. Mein Magen knurrt langsam immer heftiger!"

„Wo finde ich den Dieter?"

„Wenn du im Wachraum nach Westen aus dem Fenster siehst, kannst du die Schankwirtschaft erkennen. In der Davidstraße neben dem Herrenfrisör von Harry, direkt neben dem „Wienerwald". Als sie das Büro verließ, rief er ihr nach: „Zwei Cola brauchen wir auch noch!" Nach zehn Minuten stand Nicole mit einem Kellner der „Davidquelle" vor dem Wachtresen und der stellte zwei Teller in Alu-Folie ab. Nicole zog am Automaten noch zwei Cola, ging wieder nach oben und sie vertilgten ihre Mahlzeit. Ein paar Minuten später brachten drei MEK-Beamte „Berliner-Benno" ins Büro. Er trug die Handfesseln immer noch auf dem Rücken und sah mit der schwarzen Maske aus wie Zorro. Es war 23:50 Uhr. Nicole saß auf ihrem Platz, die Männer standen. „Befreit ihn ruhig von den Handschellen!", sagte Max zu den

MEK-Beamten. Und zu Benno: „Da, setzen, auf den Stuhl, auf dem Sie diese Woche schon mal gesessen haben!“

„Berliner-Benno“ sah müde und abgerissen aus. Er trug immer noch dieselben Klamotten wie vor der Flucht. Er war unrasiert und müffelte stark. Eine seltsame Erregung ergriff ihn.

„So sieht man sich also wieder, Herr Konoppes!“

Der Geräuschlose Kaufmann bekam Gänsehaut. Seine schwarzen Haare auf den Handrücken standen ab. Er ging in die Stoßatmung und Max erkannte die körperlichen Merkmale der Angst.

„Ja, Herr Konoppes, das Spiel ist aus! Schönen Gruß noch von Ihrer Frau Rosa aus dem Knast. Die nächsten Jahre werden Sie sie wohl nicht mehr sehen.“

„Vielen Dank für eure Unterstützung!“, sagte Max zu Gruppenführer Wolfgang Daimler und seinen beiden Mitstreitern. „Dann bis zum nächsten Mal. Wir kommen jetzt alleine klar!“

Leicht süffisant erwiderte Daimler: „Okay, aber lasst ihn nicht noch einmal flitzen gehen, wir haben auch noch andere Hobbys!“

Max grinste und wandte sich wieder Benno zu. „Es sieht nicht gut aus! Gegen das Mannheimer Ding sind die Hamburger Delikte geradezu Peanuts, die werden wohl alle als unwesentliche Nebenstraftat eingestellt. Selbst die Sache mit Ihrem Taubensport. Scheint wohl ganz einträglich gewesen zu sein. Bis vor kurzem hattet ihr euch alle noch mit „Sprechkörnern“*

*Preludin

zufrieden gegeben, heute muss immer häufiger die Weiße Dame zu Besuch kommen, abscheulich!“

„Ha, ich hatte nie Probleme mit den Drogen, immer nur mit euch“, meldete sich Benno, während er dachte: Das ist das Traurige, wenn man ganz oben steht, es geht nur noch abwärts.

„Aber die Sache mit dem „Mannheimer-Klaus“, das wird noch ein ganz großes Problem für Sie!“

Benno zog die Schultern hoch: „Was wollen Sie von mir? Ich dachte, die Sache ist erledigt…?“

„Erledigt? Wovon träumen Sie denn sonst noch, Benno Konoppes? Sie sind ja ein putziger Typ. Zwischenzeitlich haben wir den Ballermann in Ihrem Haus und die Munition nebst Schalldämpfer in Ihrem Taubenschlag gefunden, dazu weitere Beweismittel. Ihr Alibi ist ebenfalls geplatzt!“

„Dieser ausgemistete Baracken-Elvis linkt mich einfach. Das, der ..., der hat mir meine Mannheimer Partie, die Inge, abgefegt, einfach abgefegt. Hat sie einfach abgeloddelt. Sie war doch meine beste Partie seit Jahren, außer dass sie mal eine Zeitlang ständig zum Siff-Doktor musste, weil sie sich einen Tripper eingehandelt hatte. Als ich nach Mannheim kam, um sie zu besuchen, haben sich die Jungs im Puff totgelacht. Ausgelacht haben sie mir! Da bin ich raus, hab geschäumt vor Wut und bin zu der Disko, wo der Knaller sich nachts immer um die Zeit aufhält!“

„Halt stopp, Benno! Sie können die Aussage verweigern oder einen Anwalt nehmen oder von keiner der beiden Möglichkeiten Gebrauch machen, ich muss Sie nur belehren.“

Benno nickte kaum merklich. „Nee, nee, ich mache schon weiter, ist sowieso alles … ach, was soll's?

Also.. , ich habe uff ‘n Parkplatz in einer dunklen Ecke gewartet und als er kam, der Laberheini, hab ich plötzlich abgedrückt. Er war sofort tot. Er hat aber nicht gelitten. Ja, so war das. Ich musste das machen, sonst hätte ich bei den Jungs verschissen gehabt. Ich sagte mir, der hat es nicht anders gewollt, der provozierte mir einfach.“

„Man kann also sagen, Sie haben aus niedrigen Beweggründen heimtückisch den „Mannheimer-Klaus“ im Dunkeln hinterrücks erledigt! Das sind die Klassifizierungsmerkmale für einen Mord, mein lieber Benno! Wenn das Landgericht in Mannheim das ebenso sieht, sind Sie mit Lebenslang dabei.“

„Kann ich eine Zigarette haben?“

„Nee, Benno, jetzt wird hier nicht mehr geraucht. Der Qualm von Ihrem Vorgänger hat sich immer noch nicht aus der Bude verzogen. Sie werden in Ihre Zelle gebracht und später ins Untersuchungs-Gefängnis überführt, wo Ihnen morgen früh der Haftbefehl verkündet wird. Dann werden Sie nach Mannheim verschubt und warten dort auf Ihren Prozess. Ihre Frau wird hier in Hamburg verurteilt und sitzt ihre Strafe in Lübeck-Lauerhof ab.“

Nicole reichte Benno das Protokoll zur Unterschrift, worauf er das erste Blatt abzeichnete, aber sich bereits beim nächsten weigerte: „Nee, ich habe keine Lust mehr…!“

Max sah durch das Fenster, dass der Regen mit stürmischem Wind zugenommen hatte. Sauwetter. Um 0:25 Uhr des frühen Samstags ging Max Herbst in die Küche, um in dem Kühlschrank nach einer Flasche Selters zu schauen, als er einen gellenden Schrei hörte…

Nicole! Gefolgt von einem lauten Krachen, als wenn Glas splittert.

Von draußen hörte er ein Quietschen, den dumpfen Knall eines Aufpralls und weitere, nicht definierbare Geräusche.

Als er ins Büro rannte, rutschte er auf etwas Glitschigem aus, fiel zu Boden und schlug mit dem Hinterkopf auf den Fußboden auf.

In leicht benommenen Zustand raffte er sich hoch und entdeckte, dass er auf einen der Gurami-Eltern getreten war. Nun erst nahm er wahr, dass sich sein Aquarium nicht mehr auf dem Unterschrank neben dem Fenster befand, sondern zerstört war und die Glassplitter neben seinem Bürostuhl in einer großen Wasserlache lagen. Babyfische paddelten in der Pfütze herum. Fassungslos starrte Max auf die Katastrophe, bis er zu Nicole aufsah, die vor ihrem Schreibtisch stand und mit beiden Händen ihr Gesicht bedeckte, während ihr Körper bebte.

„Was ist, was ist los…?“, schrie Max, als Nicole plötzlich heftig an zu schluchzen fing. Jetzt bemerkte er, dass Benno schon wieder verschwunden war! Er rannte ans Fenster und nahm den Geruch von nassem Kopfsteinpflaster wahr, der ihm in die Nase stieg, nachdem er aus dem geöffneten Fenster nach unten sah. Das sich ihm bietende Bild war der nächste Schock: Ein 3,5-Tonner lag quer auf der Fahrbahn und unter dem umgekippten Aufbau des Lastwagens der Fischräucherei Behrens sah er zwei Beine mit exakt den gleichen Schuhen, die Benno getragen hatte. „Scheiße, vermutlich ja!“, ging es Max durch den Kopf. Der LKW schien aus Richtung Küste, also von unten aus der St. Pauli Hafenstraße zur Reeperbahn gefahren zu sein.

Es regnete stark, das Kopfsteinpflaster der Davidstraße glänzte und spiegelte das bunte Neonlicht der gegenüberliegenden Animierläden.

Mehrere uniformierte Kollegen mit weißen Dienstmützen liefen hektisch herum. Zwei Peterwagen fuhren mit Blaulicht und Martinshorn und sperrten die Davidstraße für den Zugangsverkehr.

Die auf der gegenüberliegenden Gehwegseite unter Regenschirmen stehenden Prostituierten waren geschockt und starrten den verunglückten LKW an. Der hatte gegenüber der Davidwache und vor dem Herrenfrisör „Harry“ die Straßenlaterne umgeknickt und die hatte beim Umfallen die große Fensterscheibe des Frisörgeschäfts zerstört. Auf der Lampenkuppel steckte eine blonde Langhaarperücke, die der männlichen Schaufensterpuppe gehört hatte, die umgestürzt war. Eine bizarre Szene: Da ein Kurzschluss ein Flacker-Licht an der Lampe bewirkte, konnte man das Blondhaar in Intervallen aufleuchten sehen.

Max ging zu Nicole, die kaum zu beruhigen war. „Was war los, Nicole?“

Ihre Antwort war nicht viel mehr als ein mühsames Keuchen: „Der, der, also Benno…, er ist sofort von seinem Stuhl aufgesprungen, als du aus dem Raum warst und hechtete auf deinen Schreibtisch. Dann ist er mit einem Sprung kopfüber aus dem Fenster raus und hat dabei mit dem rechten Fuß das Aquarium vom Schrank gestoßen. Wie ein Kopfsprung im Schwimmbad vom Fünfmeterbrett. Dann kam wohl der Lkw, der wegen der Fahrbahnnässe und dem Scheiß-Kopfsteinpflaster nicht abbremsen konnte und hat den „Berliner-Benno“ überfahren. Ist er tot?“

„Ich weiß es nicht, Nicole. Setz dich, ich hole dir Wasser. Trink erst mal was und dann sehen wir weiter.

Es war ja nicht dein Verschulden“, sagte Max, ging in die Küche und rieb sich die pochende Beule am Hinterkopf.

Meine armen Fische, alle tot, meine Lieblinge ... – mit einem Glas und einer Flasche Wasser kam er zurück. Nicole versuchte zu trinken.

Es misslang, er hielt das Glas an ihre Lippen und sie trank es bebend leer. Sie zitterte wie Espenlaub...

Da kam der Erste Wachhabende der Nachtschicht, Kurt Weinert, ins Büro. „Was war los? Ich war eben im Büro des Revierleiters unter euch, da tropft die Zimmerdecke!“ – „Ja, schau dich um, dann siehst du die Bescherung!“ –

„Mist“, fluchte Weinert. „Und wo ist euer Lude?“ – „Der ist durchs Fenster, kopfüber …“, war schwach von Nicole zu hören. „Sollte wohl doch keine Flucht, sondern eher ein Suizid sein.“

Max schloss die Fenster und setzte sich. „Eine echt geile Woche“, schrie er und haute mit der Faust krachend auf seine Schreibtischplatte. „Oh Mann, oh Mann! Kurt, bestimme, bitte, eine Peterwagen-Besatzung, die Nicole ins Hafenkrankenhaus fährt, sie scheint unter Schock zu stehen.“ – „Selbstverständlich“, sagte Weinert, „wird sofort veranlasst!“

Nicole weinte. Weinert hakte sie unter und ging behutsam mit ihr nach unten. „Ich melde mich morgen bei dir. Wird schon werden, dich trifft keine Schuld!“, rief Max hinterher.

Das Telefon klingelte, er hatte den Zweiten Wachhabenden Manuel Lehmann in der Leitung.

„Wollt dir nur sagen, dass euer Typ tot ist. Der Kastenaufbau des Lkw hat ihm die Birne zerquetscht.

Der Fahrer liegt mit einem gebrochenen Bein und einem Schock im Hafenkrankenhaus.“

Wieder ein Gestrandeter mehr, der im großen Haifischbecken des Vergnügungsviertels St. Pauli umgekommen ist, dachte Max.

Es war der Stadtteil, der jeden Besucher, egal welchen Gelüsten und Neigungen er nachging, befriedigen sollte; aber nicht unbedingt auf die Weise, wie Benno schied.

Erneut klingelt es. „Lagedienst Habermann, Kollege Herbst, die Pressestelle braucht Ihren unglücklichen Vorfall als Wichtige Ereignismeldung, nach Möglichkeit sofort!“ –

„Ja, Herr Polizeirat, erledige ich gleich“, sagte Max und beendete das Gespräch, ohne eine Resonanz abzuwarten. „Unglücklicher Vorfall ...“ – wie will dieser Typ das aus der Ferne beurteilen können? Aber typisch. Sollen die doch das endgültige Ergebnis abwarten, außerdem gibt’s, weiß Gott, wichtigere Dinge zu tun. Erst einmal setzte er ein Fernschreiben an den Kriminaldauerdienst in Mannheim auf, in dem er den Sachstand schilderte und auf Suizid hinwies. Anschließend notierte er in seinem Terminkalender für Montag: Prüfen, ob Nicole eine psychologische Betreuung benötigt…

Kapitel 44

Es war bereits Samstag, 9. August, 1:25 Uhr,

als er die Wichtige Ereignismeldung für die Presse und den Lagedienst übermittelt hatte. Diese Scheißfenster, nur, weil dieses Gebäude unter Denkmalschutz steht und an besondere Auflagen gebunden ist, haben die es bis heute nicht geschafft, Fenster oder Fenstersicherungen einzubauen, dass man frische Luft schnappen und trotzdem keiner raus hechten kann. Ist denen wohl zu kostspielig. Wer konnte sowas ahnen, war doch zuvor kein Anzeichen für einen Suizid erkennbar, dachte Max. Er ging in die Küche, holte sich Eimer und Schaufel, dazu einen Stapel Handtücher und beseitigte die Sauerei auf dem Fußboden. Die Fische legte er einzeln in einen tiefen Teller und spülte sie in der Toilette runter. „Tschüss, meine Lieben“, murmelte er. Um 1:45 Uhr schaltete er endlich das Licht aus, ging nach unten und erfuhr von Weinert, dass Nicole nach ambulanter Behandlung entlassen worden war. „Ich gehe jetzt“, sagte Max, „und wag es nicht, mich zurückzurufen!“

Wo steckt bloß der Ganove Emil Berg…? , grübelte Max und als er die Tür aufstoßen wollte, wurde sie von außen geöffnet und der Mordbereitschaftsleiter der Ersten stand vor ihm. Die Eile und Aufmerksamkeit Paul Wolter´ s schien seine besonderen Gründe zu haben…

Kapitel 45

Früher Samstag, um 01:50 Uhr, im Amtsgebäude:

„Hallo Max, wohin schon so früh des Weges?“ –

„So früh? Eher so spät“, sagte Max. „Kommst du gerade vom Tatort Bismarck-Denkmal?“ –

„Ja, und ich muss so einiges von dir wissen.“ – „Hm, hat es nicht Zeit bis zum Mittag, ich bin hundemüde.“ –

„Nee, muss jetzt sein!“ –

„Na, gut, komm mit nach oben in mein Büro.“

Und Paul Wolter begann, eine erstaunliche Geschichte zu erzählen:

„In den Abendstunden erhielt die Polizei-Einsatzzentrale über den Notruf 110 die Mitteilung, dass im Sockel des Bismarck-Denkmals eine bestialisch zugerichtete Leiche liegen soll. Der Anrufer wirkte dermaßen betrunken, dass der Kollege in der Funkzentrale es zuerst für einen Scherz hielt und keinen Streifenwagen hinschicken wollte. Er hat dann den Einsatzzettel nach seiner Prioritätenlage zurückgehalten wegen des starken Fallaufkommens, dann aber doch einen Peterwagen freischalten können und zum Denkmal geschickt. Die Besatzung war um 23 Uhr vor Ort.“

„Paul, mach hinne, was hat das alles mit mir zu tun?“

„Hör doch einfach zu! Die Kollegen trafen tatsächlich den Anrufer im näheren Umfeld im Gebüsch an. Es war ein Stadtstreicher, der merklich betrunken war. Er hockte vor dem zugemauerten Haupteingang des

Bismarck-Denkmals und zog sich eine Flasche Wein rein. Der Berber führte die Peterwagen-Besatzung zu einem der acht Zugänge der kreissegmentartig gebauten Räume im Sockel des Denkmals. Wie du weißt, dienten die Räume im Sockel während des Krieges etwa 1000 Bürgern als sicherer Ort vor Bombenangriffen. 1970 wurden alle Zugänge vermauert, weil sich das Monument aufgrund der Bombeneinschläge senkt beziehungsweise verschoben hatte. Starke Wassereinbrüche erhöhten das Sicherheitsrisiko. Der Zugang drei ist dennoch durch einen schmalen Spalt begehbar. Das Denkmal hatte sich nach Osten geneigt hat. Der Raum wird von Wohnungslosen als Nachtlager genutzt, man kann ihn durch eine Gasschleuse betreten. Nachdem der Zeuge die beiden Kollegen zur Leiche geführt hatte, haben die uns sofort verständigt. Ich traf etwa zwanzig Minuten später mit meiner Mannschaft ein und uns bot sich ein Bild des Grauens, wie in einem Horrorfilm. Das Problem war, dass wir nur kleine Lichtfunzeln dabei hatten, deshalb habe ich einen Lichtmastwagen angefordert und wir konnten das Gewölbe taghell erleuchten. Nachdem wir Hunderte von Fledermäusen aufgeschreckt hatten, sahen wir, dass sich neben einem mächtigen Stützpfeiler, an dem in großen schwarzen Lettern „Rauchen verboten“ zu lesen ist, eine gemauerte Liegemöglichkeit von etwa zwei Metern Länge und einem Meter Breite befindet, auf der eine Hartholzplatte befestigt ist. Inmitten des etwa 250 Quadratmeter großen Raumes befand sich die Leiche im nackten Zustand in Rückenlage auf dieser Holzplatte. Der Mann war bestialisch hingerichtet worden. Solch eine Menge Blut neben einer Leiche habe ich selten gesehen. Der Penis war abgetrennt worden und steckte im Mund. Seine Eier waren mit präzisen Schnitten dem Hodensack entnommen worden.

Es sah beinahe fachmännisch aus, wie von einem routinierten Chirurgen. Vermutlich warf der Täter sie weg und die Ratten haben sie gefressen. Durch die gespreizten Beine waren Zwanzigzöller in die Unterschenkel gerammt und auch durch beide Handgelenke der über dem Kopf gespreizten Arme. Hätte man die Hartholzunterlage am Kopfende vom Podest heben können, so hätte die Leiche wie Jesus am Kreuz ausgesehen. Die Augen waren so weit aus den Höhlen gequollen, dass man ahnen konnte, was für mörderische Schmerzen der Mann erlitten haben muss. In den Mundwinkeln klebte weißlicher Schaum. Neben dem Podest befanden sich Stofffetzen, die stark nach Äther rochen. Vermutlich wurde das Opfer zuvor betäubt.

Die Handgelenke wiesen starke, bläulich verlaufene Striemen auf, die darauf hindeuten, dass Handschellen so kräftig angelegt wurden, dass sie die Gelenke einschnürten. Im Brustkorb der Leiche war ein kleines Einschussloch im Bereich des Herzens erkennbar, das jedoch kaum Blutspuren aufwies. Nach erster Sichtung der Leiche meinte der Notarzt, dass der Herzschuss wohl erst stattfand, nachdem der Mann bereits tot, also ausgeblutet war. Als wollte der Täter sichergehen, ganze Arbeit geleistet zu haben. Zwei Meter daneben fanden wir eine Patronenhülse des Kalibers 7,65 Millimeter."

Max hatte eine Ahnung, aber er wagte es noch nicht, seinen Verdacht auszusprechen...

„Am Tatort liegen überall verdorbene Essensreste herum und Fäkalienhaufen in den Ecken. Wahrscheinlich von den Stadtstreichern. Einige fette Ratten flitzten quiekend herum. Skelettierte Ratten und Mäuse, wahrscheinlich die Hauptnahrung der Fledermäuse, verdreckte Matratzen und ganze Müllberge stinken vor sich hin. Einfach widerlich. Die Spurensicherer der Kriminaltechnik sind voll im Einsatz mit Mundschutz. Der Mediziner meinte, dass das Opfer etwa zwölf Stunden vor unserem Eintreffen verstorben sein muss. Ich wage den ersten Verdacht, dass der Mann unter Waffengewalt in den Raum geführt, betäubt und anschließend umgebracht wurde.“

Max versuchte, sich die Szene vorzustellen und eine plausible Erklärung für die Gräueltat zu finden. Was wollte der Täter mit der Handlungsweise für ein Zeichen setzen? Sollte es eine Warnung sein oder waren es einfach nur private Rachegelüste?

„Und habt ihr schon eine Vermutung, wer das Opfer sein könnte?“

„Keine Vermutung, sondern Gewissheit. Die am Tatort von der Leiche gesicherten Fingerabdrücke lieferten den Beweis. Es ist der Zuhälter und Bordellbesitzer Emil Berg. Hm, nun die Frage an dich:

Wer profitiert am meisten vom Tod des Zuhälters? Wer wollte diesen Kerl weshalb fertig machen und das auf diese bestialische Weise? Ist es die Tat einer verletzten Frau oder hatte er männliche Feinde im Milieu? Sollte es ein Ritualmord sein, bei dem einem Opfer im lebenden Zustand die Hoden entfernt werden? Vielleicht wird die Obduktion Klarheit schaffen. Hatte der Mörder eventuell Komplizen? Bergs Opfer, diese Corinna Mielke, kann es nicht gewesen sein, die liegt schwerverletzt in ihrem Krankenhausbett.“

„Was sagt der Zeuge, der trunkene Stadtstreicher, womöglich wurde der Mörder in Begleitung seines Opfers oder bei der Tat gesehen?

„Der Berber will gesehen haben, dass ungefähr zehn Stunden, also vormittags, vor Auffinden der Leiche ein blauer Klein-Pkw auf dem Gelände zwischen den Büschen parkte. Es sollen zwei Personen darin gewesen sein. Das Ungewöhnliche für ihn war, dass der Mann mehrmals laut geschrien hat. Er hielt das für eine Art Hilfeschrei. Das alles kam ihm so suspekt vor, dass er nach seinen Angaben zu euch kam, um den Vorfall zu melden. Aber man wies ihn am Tresen ab. Ein Wachtmeister, sagt er, habe ihn in rüdem Ton rausgeworfen. Er soll gesagt haben, er möge erst mal seinen Rausch ausschlafen. Er hat sich natürlich an kein Kfz-Kennzeichen erinnert, nicht einmal das Fabrikat wusste er. Der Mann war außerdem kaum in der Lage, einen VW von einem Mercedes unterscheiden zu können. Kannst also den Aktendeckel Emil Berg schließen. Es ist jetzt unser Fall. Mal sehen, ob wir über das Geschoss in der Leiche und die Nägel, sowie anderer Beweise den Täter ermitteln können. Die Tatortarbeit wird noch etwa zwei Stunden andauern. Es wird nicht einfach, der Fall gestaltet sich schwierig.“

„Ja, Paul, sieht wohl ganz danach aus.“

„Ja, ja, es scheint zwar eine Beziehungstat zu sein, aber wie weitreichend? Ich werde noch einige Verdeckte Ermittler zusätzlich ins Milieu jagen, die ihre Lauscher aufsperren sollen. Kannst ja auch eure Zivilfahnder informieren. Wir sind für jeden Tipp dankbar. Ich vermute mal, dass es eine Frau gewesen sein könnte. Oder ist es ein Ablenkungsmanöver?

So, Max, nun bist du informiert und ich zähle auf dich. Ich werde mal wieder zum Tatort fahren. Mal sehen, wie weit meine Leute sind.“

Sieh an, dachte Max. Die Flucht aus der U-Haft hat Emil Berg nichts genützt. Wäre er geblieben, wäre er noch am Leben. War das seine gerechte Strafe? Aber was ist schon gerecht? Na, zumindest eine Krake weniger.

Was hat der Stadtstreicher gesehen, einen blauen Kleinwagen? Um Gottes willen, wo ist die Handakte Mielke gegen „Braunschweiger-Willy“ und Emil Berg? Ah, hier. Max las die Vernehmung von Corinna Mielke, die er im Hafenkrankenhaus vorgenommen hatte, und da hatte sie von ihrer Freundin Liane erzählt, und dass diese einen blauen VW Polo fahren würde. Blau hatte er aber im Text nicht mit aufgenommen, weil ihm die Farbe unbedeutend zu sein schien. War Liane die Täterin? Sie wollte nach Auskunft der Mutter Corinna Mielkes mit nach Hamburg fahren, um Corinna im Krankenhaus zu besuchen. Corinna wusste von der Flucht Emil Bergs aus der Untersuchungshaftanstalt. Nicole hatte ihr blöderweise davon erzählt. War es ihr Ziel, Berg fertigzumachen? Wenn Corinna bei der Vernehmung durch die Mordkommission dichthält und Liane keine verwertbaren Spuren am Tatort hinterlassen hat, so bleibt die Tat eine „Unbekanntsache“. Aber vielleicht ist der Täter ja woanders zu suchen? Schlimmer Gedanke, dass zu allem, was Corinna Mielke wiederfahren ist, auch noch die bis dato unbescholtene junge Liane lebenslang hinter Gitter gehen würde. Nein, Max Herbst, du hältst dicht. Du weißt von nichts, obwohl ... – wir sind die Kripo, unser Job ist die Wahrheit! Aber es muss immer wieder Ausnahmen geben, die die Regel bestätigen. Ich hab nicht mal ein schlechtes Gewissen dabei. Ein guter Tag! Diese Hinrichtung könnte doch die ganze Zuhälterbande ins Grübeln bringen, oder klappt das nur kurzzeitig? Wahrscheinlich...

So, nun reicht es aber, beendete Max seine Gedankenspiele. Wie in Trance ging er zu seinem klapprigen Käfer. Ein leichter Süd-West-Wind wehte von der Elbe kommend in den Kiez. Max Herbst konnte die jodhaltige Seeluft riechen. Er roch sie gern und atmete mehrmals kräftig ein und aus. Die Davidstraße war wieder geräumt. Der Verkehrsunfalldienst hatte seine Arbeit ebenso beendet wie der Notarzt, die Sanitäter, die Feuerwehr, die Männer am Schwerlastkran und dem Lkw. Nur der abgeflexte Stumpf der Laterne und die zerstörte Schaufensterscheibe von Harrys Friseurladen, der gerade von zwei Männern einer Glaserei notdürftig gesichert wurde, erinnerten noch an den Vorfall mit Benno. Selbst die Blutflecke auf der Fahrbahn waren mit dem Regen verschwunden. Die zwölf Prostituierten vor dem „Wienerwald“ standen wieder in Reih und Glied und koberten die Männer an. Max sah das normale Szenario einer St. Pauli-Nacht, als sei der Vorfall überhaupt nicht passiert. Langsam und nachdenklich fuhr er mit stotterndem Motor nach Hause, parkte in der Tiefgarage – da kam ihm eine Idee: Er lief auf die Straße, hielt ein zufällig vorbeifahrendes Taxi an, stieg ein und ließ sich in die Milchstraße zum Lokal „Alt-Pöseldorfer Bierstuben“ fahren. Änderte aber plötzlich das Ziel und wies den Fahrer an, ihn „ nach unten zum Fährdamm an die Außenalster“ zu chauffieren. Max drückte ihm einen Zehner in die Hand mit der Bemerkung: „Stimmt so, Wiedersehen.“ Der Fahrer fuhr kopfschüttelnd davon, während Max ans Ufer trat und über die Wasseroberfläche blickte. Dann setzte er sich auf eine Parkbank und dachte nach:

Was habe ich falsch gemacht…? Nein, nein, unter den vorliegenden Voraussetzungen wohl nichts. Aber wofür mach ich das alles?

Bin ich an dem Punkt im Leben, an dem ich mich fragen muss, ob das alles war? Andere Kollegen bekommen das gleiche Gehalt an nicht so exponierten Dienststellen. Sie bearbeiten die kleinen Delikte wie Milch, Eier und Käse und gehen pünktlich und entspannt nach Dienstschluss heim. Außerdem haben sie nicht die ständigen Gerichtstermine und den dauernden Ärger mit den Rechtsverdrehern. Und dann die arme Nicole! Aber vielleicht gehören solche Ereignisse zu diesem Beruf dazu.

Es muss wohl so sein. Den quälenden Selbstzweifeln sollte man nicht zu sehr verfallen und Nicole hat überhaupt nichts falsch gemacht. Sie wurde kalt überrascht und hatte keine Möglichkeit einzugreifen.

Max erhob sich und ging langsam zur Milchstraße. Um 2:55 Uhr saß er bei Doro in den „Alt-Pöseldorfer Bierstuben“, die in dieser Sommersamstagnacht noch proppenvoll war.

„Hallo Herr Herbst“, schrie ein Mann aus einer verräucherten Ecke, in der ungefähr acht Personen saßen. Es war Andreas Waltemathe, der mit ausgestreckter Hand auf Max zuging. „So sieht man sich wieder! Heute rede ich aber leiser“, gluckste Waltemathe amüsiert, während Max einen Blick auf die Sitzecke warf.

Aha, dachte Max, das Schnittchen ist auch wieder dabei. „Wenn wir schon mal beim Thema sind, Herr Waltemathe. Ihre Zeugenaussage wird nicht mehr benötigt. Wir haben den Aktendeckel zugeklappt. Benno Konoppes ist tot. Ein Tipp von mir: Setzen Sie sich mit seiner Witwe Rosa in Verbindung. Die ist zurzeit in U-Haft.

Vielleicht können Sie ja den Jaguar von Benno günstig schießen, wir benötigen ihn nicht mehr.

Seine Frau hat keinen Führerschein und wird die nächsten Jahre kaum die Möglichkeit haben, einen zu erwerben."

Oder hätte ich mir den Jaguar schnappen sollen? Nee, ist mir eine Nummer zu heiß. Man muss ja Mensch bleiben, waren Max´ Gedanken.

„Oh, danke, Herr Herbst, eine gute Idee. Sie haben einen gut bei mir!" Während Max sich abwendete, gab er Waltemathe schnell noch einen Rat mit auf den Weg: „Das letzte Mal sind Sie hier im alkoholisierten Zustand weggefahren, eine zweite Chance ist nicht immer gegeben!"

Waltemathe verstand und nickte. Er würde den Kellner später bitten, ihm ein Taxi zu ordern…

Doro begrüßte Max: „Komm, setz dich zu uns an den Stammtisch, wir sind eine lustige Runde. Klaus Schu …, der Anwalt ist da, Gabi Ni ..., mit ihrem Mann. Richard Ma …, der Verleger, Axel Tho …, der Journalist, und ein paar andere, die du kennen dürftest."

Max schüttelte den Kopf: „Doro, ich möchte mich heute besaufen und meinen Verstand verjubeln. Bring mir, bitte, mal zuerst zwei große Bier und dann sehen wir weiter."

Er setzte sich, wo gerade Platz war und hörte die Gespräche der Gäste, ohne ihnen zu lauschen. Max war in Gedanken immer noch bei „Berliner-Benno" und Emil Berg. Verdammt nochmal, wer hatte den so zugerichtet? Um 4:45 Uhr waren fast alle gegangen. Doro saß mit Max allein da, aber nach dem sechsten Bier verabschiedete er sich um 5:15 Uhr und wankte den knappen Kilometer nach Hause. Die Sonne zeigte sich bereits zaghaft. Vögel zwitscherten und auf der Treppe begegnete ihm der glatzköpfige, behäbige Mieter mit dem dicken Bauch, der über ihm wohnte. Zuhause angekommen, schaltete Max das Radio ein, hörte Eric Clapton mit „I Shot the Sheriff" und fasste einen Entschluss:

Heute Abend telefoniere ich mit Nicole, und wenn sie möchte, fahre ich zu ihr. Wir beide haben dringenden Gesprächsbedarf, und falls es ihr Zustand erlaubt, werde ich sie aufs „Camelot" ansprechen, ohne ihre sexuellen Vorlieben zu diskutieren. Ist sie eine Wanderin zwischen zwei Welten? Was mich stört, ist dieser Laden, wo sie ihren Vergnügungen wie auf dem Präsentierteller nachgeht, weil das „Camelot" ein fester Anlaufpunkt unserer Zivilfahnder ist. Sollte ihr die Einsicht dazu fehlen, werde ich ihr eine andere Dienststelle suchen.

Weit weg vom Kiez, wo sie ihre Ausbildung zur Kriminalkommissarin beenden kann. Mit diesem Gedanken schlief er in unbequemer Lage auf seinem Sofa ein....

Kapitel 46

Samstag, 9. August, sechzehn Uhr, Max´ Wohnung:

Das Telefon klingelte. Schlaftrunken tastete Max nach dem Hörer.

„Hallo, Max, hier ist Paul, Mordbereitschaftsleiter der Ersten."

„Och, ne, was denn nun noch? Warum gönnt Ihr mir einfach keine Verschnaufpause?"

„Hätte ich gerne getan, aber es ist bereits sechzehn Uhr. Oder hast du noch geschlafen?"

„Nee, nee, ich bin schon auf!", log Max.

„Max, sitzt du gut?"

„Mach's kurz, Paul, ich bin hundemüde!"

„Max, der Mord an Emil Berg ist geklärt! Wir haben den Mörder!"

„Und ... – welcher Irre ist es?"

„Irre? Es ist deine Praktikantin: Nicole Dewitz!"

„Paul, hast du sie nicht alle?"

„Nein, Max, ich bin ganz klar. Meine Kollegen waren heute Morgen im Krankenhaus und haben Corinna Mielke vernommen. Im Verlauf der Vernehmung verwickelte sie sich immer mehr in Widersprüche. Sie erzählte uns, dass ihre Freundin Liane ihr gestern am Krankenbett erzählte, sie habe unmittelbar vor ihrem Kommen gestern

Vormittag mit Nicole Dewitz auf dem Krankenhausgelände Kontakt gehabt, Nicole habe sie gefragt, ob sie Liane heiße und Corinna Mielke besuchen wolle. Nachdem Liane die Frage bejaht hatte, bat Nicole darum, die Pkw zu tauschen. Zur Begründung erzählte deine Praktikantin, sie sei in das hübsche Blau des Polos verliebt und beabsichtigte, ihrem Freund übers Wochenende die Farbe zu zeigen, weil der Interesse an einem Neuwagen habe und sie sich bei der Farbwahl nicht einig seien. Nicole Dewitz soll dann zu der Liane gesagt haben, dass ihr die Sache etwas peinlich sei und sie bitte nicht darüber reden möge. Sie schlug dann vor, die Autos am Montag gegen Mittag am selben Ort wieder zurückzutauschen. Dafür überreichte Nicole der Liane 300 , damit diese solange in Hamburg in einer Pension auf ihre Kosten übernachten könne. Nach einigem Zögern war Liane einverstanden und sie tauschten Autoschlüssel und Papiere. Dann besuchte Liane ihre Freundin Corinna, der sie in einem Gespräch von dem Vorkommnis berichtete. Max, dies ist die Zeugenaussage der Prostituierten Mielke und der Stadtstreicher hatte doch vor dem Bismarck-Denkmal einen kleinen Pkw in einem auffälligen Blau gesehen. Einer meiner Mitarbeiter hat da, wo dieser Pkw parkte, Gipseindrücke von Reifenspuren gesichert.“

„Habt Ihr Nicole Dewitz schon festgenommen?“

„Nachdem sie in ihrer Hamburger Wohnung nicht angetroffen wurde, fuhren zwei Kollegen sofort nach Lüneburg, wo die Eltern der Dewitz wohnen.

Der blaue VW-Polo parkte vor der Garage und die Gipsabdrücke passen mit dem Reifenprofil überein. Deine Praktikantin wurde im Haus in Anwesenheit ihrer Eltern angetroffen.

Zudem sahen meine Mitarbeiter eine etwa 35-jährige Frau, die im Rollstuhl saß und querschnittgelähmt ist, wie die Mutter der Dewitz berichtete. Sie stellte sie meinen Kollegen als ihre Tochter, also Nicoles Schwester Yvonne, vor. Bei Betreten des Hauses durch meine Mitarbeiter bekam diese Yvonne einen Schreikrampf und rief ständig: „Nein, nein, nein!" Sie war kaum zu beruhigen. In einem ersten Gespräch unter sechs Augen im ehemali gen Kinderzimmer deiner Praktikantin räumte diese dann nach Vorhalt des Ermittlungsergebnisses ein, Berg getötet zu haben. Gestern Vormittag war sie offiziell auf Ermittlungen ins ‚Haus der Tausend Eier' und davor zum Krankenhaus gefahren, um aus Corinna Mielke herauszukitzeln, wo sich Berg eventuell verborgen halten könnte. Da habe sie gegen acht Uhr auf dem Krankenhausgelände plötzlich in einem vorbeigehenden Fußgänger den Zuhälter Berg erkannt. Sie verfolgte Berg und in einem Bereich, der wegen Hecken und Büschen schlecht einsehbar ist, bedrohte sie ihn mit ihrer Dienstwaffe, forderte ihn auf, seine Hände auf den Rücken zu nehmen, und legte ihm Handfesseln an. Außerdem drohte sie, ihn zu erschießen, falls er schreien würde."

„Paul, hör auf, das darf doch nicht wahr sein…?"

„Unterbrich mich nicht, aber genauso ist es! Sie sperrte ihn in einen kleinen Raum, in dem sich Gartengeräte befanden. Der Schlüssel steckte außen.

Dann nahm sie ihm ein langes Küchenmesser ab, das er bei sich hatte und steckte ihm einen dicken Wolllappen in den Mund, damit er sich nicht durch Schreien bemerkbar machen konnte. Während sie erst einmal planlos durch die Gegend lief, kam plötzlich die Liane mit ihrem blauen Polo und parkte neben ihrem Golf.

Das war der Moment, als sie den Kfz-Tausch einfädelte. Bei Dienstbeginn am Freitagmorgen hatte sie ihren Golf am Heiligengeistfeld geparkt und war zu Fuß ins Büro und mit einem Dienstwagen aus eurem Pool auf Ermittlungen gefahren. Auf dem Heiligengfeistfeld tauschte sie den Dienstwagen und fuhr mit ihrem Golf zum Krankenhaus."

„Weshalb?"

„Sie wollte nicht so viele Kilometer mit dem Dienstwagen fahren. Gefahrene Kilometer musste sie ja ins Fahrtenbuch eintragen und sie wollte jeglichen Verdacht vermeiden. Nach dem Kfz-Tausch ist sie mit Berg in Lianes Auto zum Bismark-Denkmal gefahren. Sie zwang ihn mit vorgehaltener Waffe in die Katakomben, wo er sich so hinlegen musste, wie wir ihn fanden. Sie betäubte ihn mit einer starken Ladung Äther und als er bewusstlos war, machte sie sich über ihn her. Die Einzelheiten kennst du. Wie in Trance hatte sie ihm dann noch einen Herzschuss verpasst, um ein absolutes Ende herbeizuführen.

„Aber warum, Paul? Das klingt doch nach einem Plan, und sie ist nicht der Typ, der von einen auf den anderen Tag durchdreht."

„Von Weinkrämpfen geschüttelt, erzählte sie, was für ein Ungeheuer Berg war. Er hatte vor sechs Jahren in Augsburg ihre über Jahre verschwundene Schwester Yvonne mittels Drogen zum Anschaffen gezwungen.

Die sei im Alkohol-und Drogenrausch nach einem heftigen Streit mit dem Zuhälter vom Balkon der gemeinsamen Wohnung in der sechsten Etage gestürzt, mit der Folge einer Querschnittlähmung. Heute ist Yvonne ein Pflegefall und lebt bei ihren alten Eltern, die sich rund um die Uhr um sie kümmern müssen.

Deine Nicole erzählte meinen Männern mit versteinerter Miene, dass sie damals mit ihrer Mutter Yvonne im Krankenhaus besucht und die Mutter Yvonne gefragt hatte: „Wie konnte so etwas passieren, wo bist du nur gewesen, mein Kind?“ Schwach soll Yvonne geantwortet haben: „In der Hölle.“

Nicole Dewitz wollte sich rächen und Berg möglichst grausam hinrichten für das, was er ihrer Schwester angetan hatte. Und als sie herausgekriegt hatte, dass er sich im Hamburger Rotlichtmilieu eine neue Existenz aufgebaut hatte, setzte sie alles daran, auf St. Pauli ihr Praktikum zur Kommissarin absolvieren zu dürfen. Sie wollte in seiner Nähe sein, um in einem günstigen Augenblick zuschlagen zu können.“

„Unglaublich, dass ich nichts gemerkt habe. Bin ich nur blöd oder blind oder was?“

„Max, Nicole Dewitz hat das sorgfältig und von langer Hand geplant. Da konnte dir nichts auffallen!“

„Aber was habt ihr mit ihr gemacht, wo ist sie jetzt?“

„Meine Leute beendeten erst einmal die Vernehmung und nahmen sie wegen Verdachts des Mordes an Berg fest. Sie zog widerstandlos ihre Dienstpistole aus dem Halfter unter ihrer Jacke und reichte sie meinen Männern. Plötzlich kam eine Frau ohne Anklopfen ins Zimmer, die wie ein Kerl aussah. Sie könnte ein „Casmus“ sein, meinten meine Männer. Sie heißt Bärbel, den Zunamen habe ich vergessen.

Auf Nachfrage gab sie an, eine Freundin deiner Praktikantin zu sein. Meine Männer legten Nicole Dewitz Handfesseln an. Sie war inzwischen sehr wortkarg und die Fesseln hatten die Kollegen deshalb benutzt, nicht, weil sie einen Fluchtversuch vermuteten, sondern eher einen Suizidversuch. Inzwischen wurde sie erkennungsdienstlich behandelt und befindet sich in der Vorführabteilung des Untersuchungsgefängnisses, wo sie auf den Haftrichter wartet, der ihr den Haftbefehl verkünden wird. Ihre letzten Worte waren, dass Berg seine gerechte Strafe bekommen habe – und sie ihren inneren Frieden. Sie sei froh, dass alles vorbei sei. Aber die Zeugenaussagen, als auch die Sachbeweise, dazu ihr Geständnis, sind so stark belastend, dass sie wohl wegen Mordes verurteilt wird. Ob ihr mildernde Zurechnungsfähig zugebilligt wird wegen des Schicksals ihrer Schwester, wage ich nicht zu beurteilen, das muss die Verhandlung ergeben."

„In was für einer fatalen psychologischen Gemütsverfassung muss diese Frau all die Jahre, und besonders während ihrer Dienstzeit auf St. Pauli, gelebt haben! Hätte ich doch bloß eine Ahnung gehabt, ich hätte ihr vielleicht helfen können!", antwortete Max.

„Kaum, Max. Während ihres Geständnisses machte sie einen total abwesenden Eindruck, den die Vernehmungsbeamten nicht durchbrechen konnten. Dieses Familiendrama scheint ihr jede Urteilsfähigkeit genommen zu haben – vielleicht sogar den freien Willen. Sie hatte in der Zeit mit dir hier Probleme damit, Dienstliches von Privatem zu trennen. Vorher schon durchlebte sie über Jahre hinaus eine tiefe Krise. Zuhause, das erzählte ihre Mutter, kramte sie immer und immer wieder die alten Fotoalben hervor. Sie betrachtete die Erlebnisse einer fröhlichen Jugend, die sie mit ihrer Schwester verbracht hatte. Wahrscheinlich steigerte sie sich immer mehr in den Wahn, an Emil Berg Rache üben zu wollen, vermutete die Mutter."

„Paul, ich kann es nicht fassen. Tschüss!“

Max legte langsam den Hörer auf und ließ sich stöhnend in das Sofa fallen. Mann, oh Mann, und nun? Ich werde morgen mit ihren Eltern telefonieren und ihnen einen guten Anwalt für Nicole empfehlen. Das arme Mädchen. Was für eine Tragik. Hätte ich mich mehr um sie kümmern müssen?

Fragen, einfach intensiver fragen sollen? Ich kann es nicht fassen…!

Was für eine Woche! Emil Berg zu Tode gequält, „Berliner-Benno“ stürzt sich aus dem Fenster der Davidwache. „Braunschweiger-Willy“ für Jahre im Knast. Ebenso Kunze, Rosa Konoppes und Ilonka Harmsen. Das Bordell dichtgemacht und dann auch noch Nicole Dewitz als Täterin.

Aber das große Wirklichkeitsdrama geht weiter, mit oder ohne uns. Wer gewinnt das nächste Mal? Man weiß es nicht. Es ist die unendliche Geschichte von Sieg und Niederlage. Und in ein paar Stunden beginnt die nächste Woche...

Da läutete das Telefon. „Hallo, spreche ich mit Kommissar Max Herbst?“, hörte er eine weiche Frauenstimme.

„Wer sind Sie, was möchten Sie und woher haben Sie meine Telefonnummer?“

„Wer ich bin, tut nichts zur Sache. Ich möchte Ihnen nur stecken, dass es grausame Zustände in einem Straßenbordell am Hans-Albers-Platz gibt; dort ist dringend Handlungsbedarf angesagt. Kümmern Sie sich mal drum, Kommissar Herbst! Ich melde mich wieder.“ Max legte auf und kritzelte eine Telefonnotiz auf den Schreibblock.

Dann zog er die Schublade seines Schreibtisches auf und entnahm ihr Fotos des letzten Betriebsausflugs. Auf einem Lichtbild fand er Nicole, die lachend neben ihm an einer langen Theke saß und sich zu amüsieren schien. Es war ein fröhlich wirkendes Foto, was aber nicht mehr stimmte, wenn man die Wahrheit kannte, die sie mit ihrer Tat enthüllt hatte. Ratlos legte Max die Fotos zurück in die Schublade. Danach schaltete er das Telefon lahm und die Türklingel aus. Anschließend nahm er zwei Schlaftabletten, spülte sie mit Leitungswasser runter, warf sich erschöpft aufs Bett und fiel nach wenigen Minuten an diesem Samstagnachmittag um 16:45 Uhr in einen traumlosen Schlaf …

Der Autor war zehn Jahre lang Zivilfahnder auf der Davidwache und hatte mit seinem Partner tagsüber oder nachts Kontakt zu allen Alphatieren unter den Zuhältern, zur mittleren Ganoven-Ebene und den Ratten der untersten Kategorie. Keinem Außenstehenden, und keinem anderen Autor, ist es möglich, derart tief hinter die Kulissen des Rotlichtgewerbes zu schauen. Dieser authentische Kriminalroman kann deshalb auch als Zeitdokument gelten. Der Autor versichert zwar, dass sowohl die im Roman vorkommenden Personen als auch die Handlung fiktiv sind, aber es dürfte jedem ziemlich klar sein, dass er nahezu identischen Figuren und deckungsgleichen Szenarien bei seiner Tätigkeit auf St. Pauli begegnet ist.

Waldemar Paulsens Autobiografie ist im Rowohlt-Verlag unter dem Titel „Meine Davidwache – Geschichten vom Kiez“ als Taschenbuch und eBook erschienen.

Ein weiterer Rotlicht-Krimi, „Bürde der Lust“ ist ebenfalls als Buch und eBook im Handel.

WALDEMAR PAULSEN

Bürde der Lust

Ein St. Pauli-Krimi

ISBN 978-3-7467-7283-7
9 783746 772837
www.epubli.de